小学館文庫

# セイレーンの懺悔

中山七里



小学館

目次

# 一　誘拐報道

## 1

「この度、帝都テレビはＢＰＯ（放送倫理・番組向上機構）の放送倫理検証委員会より、先月に放送した〈アフタヌーンＪＡＰＡＮ〉の一部内容について、再発防止策の策定と検証番組の放送を求められました。局が勧告を受けたのは今年に入ってこれが三度目となります」

報道局長の簑島(みのしま)が怒りを抑えきれない口調で切り出すと、大会議室に集められた局員たちは一様に項垂(うなだ)れた。

その中でも社会部の面々は羞恥(しゅうち)と申し訳なさの分、他の部署の人間よりも深く頭が下がっている。社会部単独で犯したエラーでも責任は報道局全般に及ぶ。所謂(いわゆる)、連帯責任だ。簑島自身の処分もさることながら、報道局員全員にも何らかの処罰があるのは自明の理だった。

会議室の最前列にいた朝倉多香美(あさくらたかみ)には、簑島の額に深い皺(しわ)が寄るところまで見えた。

社会部に身を置く多香美には居たたまれない。報告をするにあたって社会部の局員だけではなく報道局全員を集めたのは、連帯責任という名目以上に一種の見せしめでもある。

「局としては勧告を受諾し、直ちに再発防止策の策定と検証番組の放送を決定しました。わたしたちは今後こうしたことのないよう、自らを律していかなければなりません」

慇懃な言葉が簑島の怒りの大きさを物語っている。普段はざっくばらんな喋り方をする男なので効果は尚更だった。

「どうせ糾弾するなら個人名を挙げてくれ」

多香美の真後ろで里谷太一が小声で呟く。

「丸い刃で切るような真似、するなよ」

よもや簑島の耳には届かないだろうが、多香美はひやりと首を竦める。簑島の言葉も剣呑だが、里谷の言葉は爆弾そのものだ。

「このうち再発防止策については番組審議会と内部監査委員会事務局が共同で策定し、検証番組については報道局の報道審査委員会が主導して制作することになりました」

番組審議会と内部監査委員会は共に取締役会直轄の組織になっている。対外的にも内部的にも、今回の問題が決して小さくないことの表れだ。

「検証番組の制作過程で関係部署の局員は色々質問や確認をされるでしょうが、協力を惜しまないように。以上」

最後の言葉は社会部に対する止めの一撃だった。里谷流に翻訳すれば、首を洗って待っていろといったところか。

集められた一同はそこで一斉に息を吐く。だが、それで訓示が終わった訳ではなかった。

マイクがばんっという音を拾った。

音は拡声されて会議室一杯にわんわんと反響した。

簑島が憤懣やる方ないといった面持ちで机に拳を叩きつけたのだ。

報道局長の怒りは自制が利かないほど激烈だった。局員たちは再び頭を下げざるを得ない。やはり社会部の人間は他の部署の局員よりも深く。

多香美たちが社会部フロアに戻っても沈鬱な空気は継続した。里谷は自分のデスクに両足を乗せると「けったくそ悪い」と、早速毒づいた。こういう場合の宥め役はコンビを組んでいる多香美だ。

「里谷さん、声少し大きい」

「これ以上小さかったら聞こえねえだろ。嫌味とか愚痴ってのは周りに聞こえなかったら意味がないからな」

「でも」

「心配すんな。一番嫌味を聞かせたい人間は先刻から姿が見えん」

慌てて周囲を見回す。確かに番組プロデューサーの住田と兵頭ディレクターの顔は見当たらない。不祥事のA級戦犯の不在が里谷の口を余計に軽くしている。反骨精神剝き出しの里谷も、さすがに本人を前にして悪態を吐けるはずがない。また、正当な理由で吐き出される悪口だからこそ周囲からぎりぎり許容されている。

「あの二人、どこに行ったんでしょうね。まさか二人きりで反省会とか」

「あいつらがそんなタマかよ。今、何時だと思ってる。時計見てみろ」

「……二時十五分」

「遅めのランチ摂ってるんだよ。今頃は社屋向かい側のイタ飯屋でダべってるはずだ。いいか、朝倉。どんだけ性根が腐ってもあんなのだけは絶対に見習うなよ」

「部下に謝罪せずに雲隠れするってことですか」

「違う。昼飯ごときで野郎同士が連れ添うってことをだ」

「そっち？」

「小学生じゃあるまいし、いい齢した野郎同士がつるんで昼飯食う図なんて相当に歪んでる。あれはな、自分には仲間や信奉者がいるんだと確認するための作業だ。手下を引き連れるヤツも、そいつにへいこらするヤツも一人きりが怖くて怖くて仕方がない。孤独に耐えられない。一人で責任を取れない。いや、責任を取る前に必ず他の誰かに転嫁する」

「それは少し言い過ぎなんじゃ……」

「言い過ぎなもんか。俺の知ってる管理職のほとんどはそういうヤツだった。そしてその全員が、退職後は再就職もできず野垂れ死に同然になっている。当たり前だ。社内の肩書だけで繋がっているのに、それを自分の能力もしくは人間的魅力の賜物だと信じて疑わない。そんなのは肩書を取ったらただの馬鹿だ。馬鹿が世間の荒波に呑まれて生き残れるもんか」

黙って聞いていれば相当に独断と偏見が混じっていたが、里谷の悪口雑言にも頷ける部分がないでもない。そのくらい住田と兵頭の犯した過ちは愚かで、思慮に欠けていたのだ。

事の発端はまず一月に遡る。重要文化財となっている建造物が悪戯書きされるという事件が相次いだ。〈アフタヌーンＪＡＰＡＮ〉は参拝者と観光客のモラルの低下を大きく報じたが、このうち一件は社会部の自演であり、スタッフの一人が自身で落書きしたものと他局から暴露されたのだ。この時はスタッフの単独犯とされ、帝都テレビはＢＰＯから勧告を受けたが、世間に陳謝する一方で実質的な処分は当該スタッフの懲戒解雇に留めていた。

二件目の事例は五月に起きた。岐阜県の発注した土木工事に絡んで裏ガネ作りが行われていると〈アフタヌーンJAPAN〉のやはり社会部がスクープをものにした。ネタ元は建設会社役員の証言だったのだが、後になってこの証言が全くの虚偽であり、工事を受注したライバル社への妨害工作だったことが判明した。これは大誤報であるばかりではなく、放送がライバル社に対する偽計業務妨害の手段にもなったことから処分はスタッフだけに留まらず、前社会部長の更迭にまで及んだ。

そして決定的ともいえる三件目が六月に起こった。

首都圏で被害者が殺害された後、その臓器が全て持ち去られるという事件が連続した。世に言う〈平成切り裂きジャック事件〉だ。この時、ジャックは犯行声明を帝都テレビの報道局に送りつけてきた。やり口は典型的な劇場型犯罪のそれだったが、住田と兵頭がそれを逆手に利用することを思いついた。つまり〈アフタヌーンJAPAN〉を介してジャックと警察に直接対決させるというアイデアだ。本来なら一笑に付されるような提案だったが、選りにも選って捜査本部を束ねる管理官がこれに乗った。鶴崎という管理官はひと言で言えば出世欲と自己顕示欲の権化のような男で、よせばいいのにテレビ画面から犯人を挑発した挙句、こう言い放った。

『お前の狙いは何だ。お前の欲しいものは何だ。単なる復讐心か。それとも愛する者の身体の一部か。言いたいことがあるならわたしが聞いてやろう』

律儀な犯人はこの言葉に従い、すぐ三人目の犠牲者を手に掛けた。警察上層部と世論は鶴崎の軽率さに憤慨する一方で、帝都テレビの倫理観にも反発心を抱いた。三人目の凶行は鶴崎と帝都テレビが犯人を煽った結果と受け取られたからだ。

幸いにして犯人は検挙されたが、同時に戦犯追及も始まった。警視庁の管理官だった鶴崎は所轄署に左遷・降格の憂き目に遭った。そして帝都テレビに対する懲戒がBPO三度目の勧告だった。偽計業務妨害どころではない。厳密な見方をすれば殺人教唆の要素さえ含んでいる。BPO放送倫理検証委員会の勧告内容は検証番組の放送だが、番組内では当然関係者の責任について言及しなくてはならず、とどのつまりは自分で腹を切れというのが眼目だ。

「こんな時に、レストランで呑気にダべってるなんて有り得ますか」

「あの二人なら充分有り得るさ。ダべるといっても今後の打開策を練っているんだろうな」

「打開策？」

「同じ報道局でも報道審査委員会が検証番組を制作するということは、同時に粛清が始まることを意味している。下手をすれば今度こそ住田・兵頭のコンビも追い詰められる」

今度こそ、の言葉にはいくぶんかの呪詛が聞き取れる。建造物への落書きは「もっと派手でないとテレビ映えしない」という兵頭の意を汲み取ったＡＤが阿吽の呼吸でしでかしたことだった。建設会社役員の証言を直接受けたのは前社会部長だったが、スクープを報じる段階でその信憑性をチェックするのは住田と兵頭の役目だ。それを二人は全くしなかった。上司経由という事情もあったが、特ダネという一点に目が眩んで慎重さを放棄していたきらいがある。

「前二回はスタッフ本人や上司に責任をおっ被せることで逃げ果せることができたが、切り裂きジャック事件では自分たちの企画でしかも担当者だ。さて、どんな手段を講じてくることやら」

里谷の声が大きくなったが、それを制止しようとする者がいないのは、この場にいる全員が同じことを考えているからだ。

住田も兵頭も有能であることに異論はない。ただしジャーナリストとしてではなく、責任回避に秀でた管理職としての評価だった。成果は自分の手柄にし、失策は全て上司と部下の責任にする。出世競争に打ち勝つには最も有効な手段であり、その点だけを取り上げれば彼らほど優秀なサラリーマンは存在しない。

「でも、結果的にはそれでよかったんですよね。社会部の膿みたいなものを出し切ることができるから」

声を潜めて言うと、予想に反して里谷は渋い顔をした。

「……ちっともよかねえんだよ、それが」

「え」

「分からないのか。今回のことで報道局の人事がいいようにされる口実を作っちまうんだよ」

多香美はただ首を横に振るしかない。社会部に配属されて二年、インタビューには慣れたものの、社内人事には未だ疎かった。

「いいか。不祥事が起これば担当役員や担当部署の責任者には進退のかかる責任問題になるから、本気で再発防止に努めようとするだろ」

「そう……ですよね。それが当然だと思います」

「再発防止に向けてどれだけの防止案を策定できるか、そしてそれをどれだけ効果的にプレゼンテーションできるかが評価や査定に繋がってくる。つまり不祥事が続けば続くほど管理志向の強い役員や管理職が幅を利かすことになる。例えばコンプライアンス推進室の誰かが報道局長に任命されるかも知れん。内部監査委員会付きの役員が報道局の担当役員を兼任するかも知れん。そうなりゃ報道局は植民地と一緒だ。それがどういう意味かぐらいはお前にも分かるよな」

報道局生え抜きの局員は発言力がなくなり、報道内容自体が内部監査向けの当たり障りのないものに劣化する——。

「失敗を怖れるあまり、他局の後追い報道ばかりになる。まあ、マニュアル対応が優先される、局員が育たなくなる、士気が低下するのも弊害だが、実はその先にもっと深刻な問題が大口を開けて待ち構えている」

「それって何ですか」

「不祥事続き、他局の後追い報道しかしない番組なんぞ誰が見るものか」

「あ……」

「視聴率が下がる。スポンサーは降りる。広告収入がガタ減りする。カネがなけりゃ予算が取れなくなる。制作費は削減、新しい機材は導入できない、優秀な人間は他局に流れる、ますます番組の質は低下する、視聴率がますます下がる……負のスパイラルだ」

そこまで説明されて、やっと里谷の物憂げな理由が理解できた。帝都テレビを取り巻く環境は、自分が思う以上にずっと深刻だったのだ。

多香美が入社するはるか以前、帝都テレビといえば在京テレビ局の雄であり、〈アフタヌーンJAPAN〉をはじめ報道番組は長らく視聴率トップを誇っていた。広告収入は倍々ゲームのように上がり、制作費も潤沢、局員の平均年収も他局のそれに大きく水をあけていた。ドラマも好調で、勢いに乗って制作されたテレビシリーズの劇場版は邦画史上二位という莫大な興行収入を叩き出した。平家でもあるまいに、「帝都でなければテレビに非ず」と嘯いた社長を諫める者は誰もいなかった。

それがここ四、五年ですっかり風向きが変わった。正確にはリーマン・ショックから二年ほどのタイムラグを経て逆風が吹きはじめた。各企業の広告出稿数は経費削減の号令の下、軒並み目減りした。テレビ局は外出控えから番組の視聴率が上がることを期待したが、蓋を開けてみればそんな気配は微塵もなく、報道・ドラマ・バラエティとほぼ全般に亘ってテレビ離れが加速していた。

それでも真摯な報道や良質なドラマ作りに力を注いできたテレビ局は、やがてゆっくりとだが業績を持ち直した。当たり前の話だが良質なコンテンツほど寿命が長く、客離れも少ない。

ところが帝都テレビは過去の成功体験が強烈過ぎて、なかなか旧弊なモノ創りから脱却できなかった。旬な話題と旬なタレントの起用、関連媒体を総動員した大量宣伝をこれでもかと繰り返し、結局はジリ貧を招く結果となった。

そして止めが自社制作の映画だった。過去の粗製乱造が祟り、まともな演出家も脚本家も育てられず、コミックなどの原作の人気に頼った映画は全て大コケした。中でも壊滅的だったのは往年の戦隊アニメを実写化したもので、社運を賭けた一大プロジェクトだったにも拘わらず十億円の制作費に対して興行収入はわずか二億円にも届かなかった。

多香美が入社してから帝都テレビは鳴かず飛ばずの状態であり、そこにBPOの勧告が三度も重なった。泣きっ面に蜂とは正にこのことだ。

「景気がいい時なら、大抵のことは何とかなるものなんだ」

里谷はもはや不貞腐れたように言う。

「大方の新聞社やテレビ局は公共メディアの中立性を護るという大義名分があるから株式公開していない。乱暴に言っちまえばどんぶり勘定でも内部監査が文句言うくらいで済む。儲かっている時期なら、そんなこと誰も気にしやしない。ところがな、会社の業績が下向きになると、みんな一斉にアラ探しを始めるのさ。実績の上がっていない部署、それから不祥事を起こした部署。他部署の評価が下がれば相対的に自分たちが上位になれるからな。で、報道局は今まさにそういう状態なんだ」

「里谷さん」

「何だ」

「それって、もしかして社会部が特ダネを追えないってことじゃないんですか」

「自然にそうなるだろうな。安全なネタってのは大抵手垢のついたニュースだからな」

「納得できませんっ」

フロア中に響き渡る声に、里谷は顔を顰める。

「わたしが報道局に入った時、最初に言われたのは特ダネを取ってこい！　でした。ジャーナリストを目指す人間はそれが当たり前なんだって」

「おい、朝倉」

「世間から隠されていること、埋もれていることを白日の下に曝け出す。それがジャーナリストだと教えられました。それをどうして」

「お前、ちょっとこっち来い」

言葉を遮られて強引に腕を摑まれる。引っ張られた先はフロアの隅に設置された喫煙コーナーだった。中央に吸煙器が置いてあるものの、普段は密閉されているせいで壁にタバコの臭いが滲みついている。局全体に禁煙運動が広がっているせいで、ここを訪れる者はめっきり少なくなったと聞く。服に臭いが移るので多香美も敬遠している部屋だが、ガラス戸で仕切られているため廊下を行き来する者の姿は丸見えで、内密の話をするにはちょうどいい場所だった。

里谷は胸のポケットからラークを一本取り出して火を点ける。

「お前、何を急に熱く、しかも隣のフロアにまで聞こえるような声で」

「だって」

「だってもクソもあるか。何で俺が小声で喋ってたと思う。あれ以上、大声出すな。

どこで内部監査のヤツらが聞き耳立てているかも知れないってのに」

「えっ」

「報道局長が訓示出した段階で、とっくにあいつらは動き出してるさ。さっきの話の続きだがな、当面俺たちの敵は他社でもなけりゃ視聴率でもない。身内であるはずの内部監査委員会と番組審議会、それからコンプライアンス推進室だ。そいつらに言質取られるような真似をするな。住田・兵頭コンビもそれが分かっているから、わざわざ社外に出て密談してるんだ」

社会部の人間は上から下まで対応の仕方を知っている。知らないのは自分だけだったという事実に、まず多香美は衝撃を受けた。

「お前が吐いた青臭い言葉はよ、あの場にいた全員が腹に溜め込んでいる言葉だ。いや、おそらくあの住田・兵頭コンビにもそれはある。特ダネを取る、他社を抜くってのは報道に携わる者のDNAみたいなものだからな。あの二人に欠けていたのは唯一つ、人を見る目だ」

里谷は深く吸い込んだ煙を長々と吐き出す。

「建設会社の役員、それから鶴崎という管理官。一人は嘘吐きで一人は自己顕示欲の塊だった。それを最初から見抜いていれば、あんな失態は犯さずにすんだ。二人ともそこそこ報道で飯を食ってそれなりの世知がついているにも拘わらず、だ。何故かっていうと……」

途中で言葉が途切れた。里谷は少し迷ったような目で多香美を見る。

「……まあ、早晩分かることだから今はいいか。なあ、朝倉よ。お前、ジャーナリストの仕事、これからも続けたいか」

「はい」

続ける理由は確固として胸の裡にある。面接試験で口にするような薄っぺらな模範回答ではなく、多香美にとっては血の出るような話だ。ただ、それを里谷に対してでも言うつもりはなかった。

また他局に移って再度報道の部署に就けるかといえば、この不景気の中で可能性は恐ろしく低い。同じ仕事を続けたいのなら、帝都テレビにしがみついていくしかない。

「お前、報道局以外で知ったヤツいるか」

「ええ。新入社員研修で知り合った同期とか」

「基本、そいつらは信じるな。たとえ向こうが親しく近づいてきても絶対に心を許すな。コンプラにお前の本音が筒抜けになる可能性がある」

「そんな……」

「痩せても枯れても〈アフタヌーンＪＡＰＡＮ〉は帝都テレビの看板番組だ。相応の人材と経験値を持っている。今、番組を潰して報道局の人間を入れ替えでもしたら、培ってきたノウハウも人脈も途絶する。それじゃあ何にもならない。報道局に求められているのは反省じゃなくて起死回生だ。そして窮地に陥った時の起死回生は、やっぱり特ダネを取るしかないんだ」

つまり局内で四面楚歌になり、同じ社会部以外には誰も信用できない状態でスクープをものにしろという意味だった。

里谷は三分の一まで喫ったタバコを無造作に揉み消した。

「〈アフタヌーンJAPAN〉を潰さないために特ダネを拾ってくる。お前がこの局でジャーナリストの仕事を続けたいのならな」

「……それを配属二年目のわたしに言っちゃう訳ですか」

「やっぱり分かってないな。お前は他のヤツらより有利なんだよ」

「有利？」

「こういう時、監視の目は大抵俺たちみたいな中堅どころに集中しやすい。良きにつけ悪しきにつけ実績があるからな。その点、お前はノーマークに近い」

里谷の言うのはもっともだった。過去に幾度も社長賞を手にしている里谷は必ず注目される。

「でも、注目されないのは取材力がないのを見透かされているってことで」

「じゃあお前、指咥えて傍観者を決め込むつもりなのか」

「荷が重いです」

「矯めた角は元には戻らん。逆にこういう逆境の中でこそ取材力や人を見る目が肥えるもんだ」

　里谷の口から出るとひどく説得力のある言葉だったが、だからこそ実績のない多香美には素直に頷けない。今までは里谷との二人三脚だったから何とか仕事をこなしてきた感がある。これがもし自分単独だったらと考えると、途端に不安が押し寄せる。

「そろそろ戻るぞ」

　割り切れない気持ちのまま自席に戻ると、兵頭が二人を待ち構えていた。

「今までどこで何やってたんだ」

「打ち合わせっス」

　里谷が悪びれる様子もなく答えると、兵頭は苦々しい顔を見せるもののそれ以上は突っ込まない。

「二人とも今すぐ警視庁に行ってくれ」

　兵頭の性急な口調で分かる。どうやら突っ込む余裕がないほどの事態になっているらしい。危急の時に頼れるのは、やはり里谷のような存在だった。

「事件ですか」

「誘拐だ」

そのひと言で里谷の顔色が変わった。多香美も思わず息を止めた。

「警察からマスコミ発表があった。おそらく報道協定絡みの話になる」

報道協定が絡むのは、現段階でまだ被害者の安否は確認されておらず犯人も逮捕されていないことを意味する。

すぐに支度を始めた里谷の背中に兵頭の声が掛かる。

「里谷……今の状況、呑み込めているよな」

「まあ、大体のところは……。行くぞ、朝倉」

そして二人はフロアを飛び出した。

## 2

警視庁正面玄関で社員証を提示し、二人は記者クラブに向かった。記者クラブの詰所は仮眠ベッドの傍らに竹刀や木刀が立て掛けられている。最初見た時は何事かと思ったが、里谷に訊くと記者の何人かが警視庁の道場に出入りをしているからだという。いずれにしても体育会系の部室のような雰囲気が漂っており、多香美は今も慣れずにいる。そういえばフロア全体もどことなく汗臭い。

実際、現場で走り回る記者やカメラマンは体力勝負のところがある。夜討ち朝駆けは当たり前、暑い中は陽に灼かれ、寒さの中では冷気に身体を縮め、逃げる対象者を追いかけ、あらん限りの声で問い質す。軟弱な身体では競合相手の後塵を拝することになり、脆弱な神経では対象者を捕捉する前に潰れてしまう。報道の現場はとっくの昔から男女雇用機会が均等になっており、性差でハンデがつけられることは一切ない。仕事を続けていけば、自ずと女性記者も男性同様に鍛えられ、逞しく、あるいは猛々しくなってくる。

狭いフロアの中は既に記者やカメラマンですし詰め状態になっていた。その人混みを見て里谷がぼそりと呟く。

「この数だと、三クラブを全部招集したようだな」

多香美も同じ感想だったので黙って頷いた。

警視庁には三つの記者クラブが存在している。新聞各社・通信社が加盟する七社会、ＮＨＫ・産経新聞・時事通信・ニッポン放送・文化放送・ＭＸテレビの加盟する警視庁記者倶楽部、そして帝都テレビ他民放五社が加盟する警視庁ニュース記者会。フロアに詰め込まれた人数を考えると、この三クラブに加盟している全社が揃っていると見て間違いない。

やがて前方の雛壇に警視庁の面々が姿を現した。フロアのあちらこちらで起きていたざわめきは潮が引くように収まる。

村瀬管理官。

津村捜査一課長。

そして桐島警部。

村瀬の顔は先に通信社に配信された電子メールで見知っていたが、実物を拝むのはこれが初めてだった。前任者だった鶴崎管理官が〈平成切り裂きジャック事件〉での不手際を理由に更迭され、その後釜に座った直後なので、これが初陣の重大事件になる。そのせいだろうか、報道陣を前にして緊張の色を隠しきれていない。

津村は小柄で飄々とした風貌だが、これでも都内で発生する凶悪事件を一手に担ってきた古強者で、報道陣に対しても外見ほど穏健ではない。むしろ報道などは捜査の邪魔と決めつけているフシがあり、歴史も発言力もある七社会の記者たちが舌鋒鋭く迫っても、ことごとく躱してしまうような冷徹さがある。

桐島は多香美も何度かマイクを向けた相手だが、未だに人となりが摑めないでいる。捜査員に対してどんな顔をするのか分からないが、少なくとも多香美たちの前ではポーカー・フェイスを崩したことがなかった。

「お集まりの報道各社の方々にはご苦労様です」

それが村瀬の第一声だった。

「昨夜、葛飾区内において誘拐事件が発生しました。被害者は都内公立高校に通う十六歳少女。昨日夕方に自宅を出たきり連絡が途絶え、深夜になってから男の声で誘拐を告げる電話がありました。家族からの通報を受けて警視庁は直ちに葛飾署に特別捜査本部を設置。これが現在までの概要です」

村瀬はそれだけ言うと口を閉ざした。何か続きがあるかと思ったが、その気配はない。

途端に最前列から手が挙がった。

「はい、どうぞ」

「発表はそれだけですか。深夜にあった誘拐犯らしき男からの話は具体的にどうだったんですか」

「具体的にと仰る(おつしや)と?」

「声の特徴とか要求金額とかあるでしょう」

「要求は、明確ではありません」

「えっ」

「正確にはまだ明確ではないという意味です。電話を取ったのは母親ですがその際、男は少女を誘拐したことと身代金は一億円であることを告げたのみで、受け渡しの日時や場所については何も言っていません」

「それはどういうことですか。また二度目の電話が掛かってくるということなんですか。それに被害者の家というのは資産家なんですか」

質問が畳み掛けられると、村瀬は不快げに顔を顰めてみせた。どうやら、まだ記者とのやり取りは不慣れと見える。

「捜査の詳細については次の通りです」

まさに阿吽の呼吸で、隣の津村が言葉を引き継いだ。

「まず掛かってきたのは固定電話であり、録音機能は付属していなかったので、内容は母親の記憶によるものですが、『娘は自分たちが預かった。生きて返して欲しいのなら、身代金を一億円用意しろ。決して警察には通報するな』というものでした。この時、後刻に連絡するという結びもありませんでした。両親はやがて二回目の連絡があるものと、夜通し電話の前で待ち構えていましたが、夜が明けて、本日の正午近くになっても連絡がなかったため、両親が110番に第一報を入れたものです」

「資産家だったのですか」

「いや、父親は契約社員、母親はパート勤めで特に資産家ということはありません」

報道陣が静かにどよめいた。

資産家でもない家庭の子女を誘拐し身代金を要求するのは、犯罪のリスクを考えると理に適(かな)っていない。

「それでは祖父母が資産家なのですか」

「いいえ、祖父母は双方とも既に他界しています。親戚はありますが、まだこちらの捜査状況については公表を控えさせていただきます」

事件の通報が本日正午前後であれば、まだ五時間ほどしか経過していない。捜査状況の公表を控えるというのは、実質的な捜査活動には未着手であることの言い換えに過ぎない。

この時、多香美が抱いた疑問はフロア中の報道陣も可能性として同時に抱いたはずだ。

一つ。被害者の夫婦に隠された資産があり、犯人はそれを知っていた可能性。

二つ。犯人が資産家の子女と被害者を間違えてしまった可能性。

別の記者から早速その指摘が為されると、これにも津村は捜査状況の公表は控えると回答した。

続いて村瀬が再びマイクを握った。

「今ご説明したように、事件は継続中であり、犯人側からの連絡を待っている最中です。被害少女の安否も確認されていない現状、お集まりいただいたマスコミ各社には報道協定を要請するものです」

やはりそうきたか。

これも多香美だけではなく、報道各社が予想していたようで特に異議を唱える声は上がらない。

そして次の記者の質問で、フロア内の空気はぴんと張り詰めた。

「被害少女の実名と住所を教えてください」

すると村瀬は津村と目配せをしてから、改めて報道陣に向き直った。

「それもまだ公表できません」

その途端、報道陣に火が点いた。

「何だって」

「管理官、待ってください」

火を消す素振りもなく、村瀬は言葉を続ける。

「被害少女の住所氏名を伝えてしまえば、報道関係者が勇み足で被害者宅を取材する惧れは皆無ではありません。その取材によって被害少女の安全が担保できなくなる可能性は充分に考えられ、よって現状の公表に留める所存です」

「たったそれだけで情報開示と言えるのか」

「そんな情報、何も教えないのと一緒じゃないか」

「ふざけないでくれ。こんなもの、何が報道協定だ」

「これじゃあ招集された意味なんて、ないじゃないかあっ」

たちまち非難と怒号が飛び交う。雛壇に座る三人はこうなることを予期していたのか、憮然とした表情ながら困惑している様子はない。

「ちょおっと待ってくれ」

野太く、張りのある声がフロア中に響いた。

その声を合図に怒号はやみ、しんとした沈黙が流れる。

前列でゆらりと手を上げた者がいる。跳ね上がった癖毛と太り肉の後ろ姿だけで何者かが分かる。歴史ある七社会の中でもヌシと評される東日新聞社会部の新堂記者だった。

発言の主が新堂と分かると、津村は途端に顔を顰めた。いかにも露骨な反応だったが、津村と新堂の間柄を知る者には頷けるものだ。同い齢で現場に駆り出されたのも同時期。それぞれにいがみ合い、利用し合い、騙し合い、そして各々の階段を上って来た。良く言えば荒波を乗り切った同士、悪く言えば腐れ縁といったところか。

「津村さん。あんたも知ってるだろうが、俺が駆け出しだった頃から誘拐報道については取り決めがあった。歴史を紐解けば何と半世紀も前に遡る。確か雅樹ちゃん事件だったな。当時は協定なぞなく、各紙とも報道合戦を繰り返し、それが結果的に犯人を追い詰めて人質を死に至らしめてしまった。現在ある報道協定はその反省から生まれたものだ。その方針は日本新聞協会編集委員会が纏め上げたものだが、その詳細は今更あんたに説明するまでもないだろう」

津村だけではなく、現場経験の浅い多香美でも概要は知っている。記者クラブに出入りする者なら最初に教えられることでもある。

誘拐報道の取り扱いについて、その方針が正式に決定されたのは一九七〇年二月五日のことだった。

方針の骨子にはこうある。

〈誘拐事件のうち、報道されることによって被害者の生命に危険が及ぶおそれのあるものについては、報道機関は捜査当局からすみやかにその情報の提供を受け、事件の内容を検討のうえ、その結果によっては報道を自制する協定（仮協定を含む）を結ぶ。ただし、これが、単に捜査上の便宜から乱用され、あるいは報道統制とならぬよう厳に注意する〉

この文言の中にある自制の方法や範囲は、事件の態様が様々であることから一律には規定できない。報道活動を部分的に制限することは却って困難であり、また取材活動を認める一方で報道は控えるという措置も、人命保護という協定の目的からは好ましいものではない。

そこで報道機関は一切の取材・報道活動を控えるという自制措置を取った。事実上、最大限の自制措置であり、現状の報道規制はその自制措置が慣習化したものに過ぎないのだ。

「釈迦に説法だが、報道協定は記者クラブの合意じゃなく、加盟各社が本社の了解を得て初めて締結する各社間協定だ。だから警察の方針に異を唱える社が存在すれば、当然協定は成立しなくなる」

するとと津村は面倒臭そうに口を開いた。

「理屈は確かにそうだ。しかし、その結果被害者にもしものことがあれば、東日新聞はどうやって責任を取るつもりだ。社主が腹でも切るのか」

「そうだ。責任なんか取れっこない。だから報道各社は足並みを揃えて協定を結んでいる。赤信号、一人で渡るにゃ怖過ぎるってヤツだ。だが一方、方針の末尾には捜査上の便宜から乱用され、あるいは報道統制とならぬよう厳に注意する、とある」

「それがどうかしたか」

「報道協定の前提条件を無視しちゃいかんな。協定が結ばれている期間中、捜査当局は捜査状況の詳細を報道側に発表する義務がある。俺たちは被害者の人命保護を優先して、本来は自由であるはずの取材と報道を自制しているんだから、それは当然の義務だ。それをどんな理由で反故にする」

さすがに新堂は記者クラブの主張を代弁していた。居並ぶ報道陣も我が意を得たとばかりに、納得顔で頷いている。多香美も我知らず、深く聞き入っていた。

だが次に津村が放った言葉は、昂っていた多香美に冷や水を浴びせかけるものだった。

「先日、ＢＰＯから勧告を受けたテレビ局があったな」

瞬間、味方であるはずの報道陣が多香美と里谷を注視した。

「同じ業界で知らん者もおるまい。帝都テレビ〈アフタヌーンＪＡＰＡＮ〉の行き過ぎた扇情的な報道で、切り裂きジャック事件を更に混迷させたが故の勧告処分だ。だが、事は帝都テレビだけの問題じゃない。帝都テレビの尻馬に乗って、面白おかしく後追い記事やら報道特集を組んだのは二社や三社じゃない。徒に市民の恐怖を煽り、被害者遺族に容赦ない取材を繰り返していた社はどこだ。確かこの中にいるはずだ」

血の気が失せていく気配を感じながら、多香美はようやく思い出した。切り裂きジャック事件の時、現場で陣頭指揮を執っていたのは誰あろう津村一課長だったではないか。事件を悪化させた一因が報道機関にもあると考えたのなら、情報開示を渋る理由にも察しがつく。

「切り裂きジャックの一件から報道機関に信用が置けないってことか。それとも意趣返しってことなのか」

「どう取ってもらっても構わん」

「よくもそんなことが言えたものだな。大体、あれは前任の管理官がパフォーマンスよろしく、犯人に向かって挑発したのが直接の原因だったはずだ。だったら事件を悪化させた張本人は警察の方じゃないか」

「こちらは責任を取っている。犯人は逮捕し、飛ぶべきクビも飛んだ。しかし、そっちはどんな責任を誰が取った。精々帝都テレビがBPOから勧告を受けたくらいで、他の報道機関は全くお咎めなしだろう」

途端に怒号が戻った。

「問題のすり替えだ」

「これは全マスコミに対する侮辱に等しいぞ」

「我々を愚弄する気かあっ」

「一課長、撤回しろ」

「謝罪しろおっ」

「報道の自由という言葉を知らないのかあっ」

一人一人が勝手に喚き立て、事態は完全に紛糾した。

津村から名指しされた手前、多香美は肩身の狭い思いをしたが、怒声が飛び交う中で沈黙していると、やがて頭の隅が冷えてきた。

報道機関の暴走を危ぶむ警察と、警察の報道統制を疑う報道機関。そんな状況で協定の締結など望むべくもない。このままでは雅樹ちゃん事件の二の舞だ。警察と報道側が相互に犯人を追い詰め、人命を危険に晒すことになりかねない。

その時、やはり野太い一喝が有象無象の声を蹴散らした。

「静かにしろぉっ。貴様ら小学生かあっ」

勢いのある声にフロアのガラス窓が震えるかと思えた。

「改めて訊くが管理官。今、津村一課長の発言したことは管理官個人の意見なのか。それとも警視庁の総意なのか」

新堂と相対した村瀬は気色ばむ。

提起の仕方に息を呑む。これが記者クラブ最古参記者の詰めというものか。

情報開示の制限が村瀬だけの方針なら、働きかけ次第で撤回や修正は可能だ。しかし、これが警視庁の総意となれば、誘拐報道に限らず今後一切協定は締結できなくなる。

進退窮まった形の村瀬だったが、そこに津村が耳打ちをした。すると村瀬は何やら納得した様子で小さく頷いた。

「しばらく、この件は預からせてもらう」

「どういうことか」

「記者クラブの主張は理解できるし、誘拐報道の取り扱い方針について、これを軽々に扱うものではない。ただ犯人側から明確な指示が為されていない今、記者クラブに人が集まっている事実を知られるのさえ危険であることは承知して欲しい」

人命を盾に言われては反駁する口も鈍くなる。今度は新堂が憮然とする番だった。

「それほど待たせるつもりはない。あと七時間、つまり深夜零時まで待ってもらえれば、被害少女の実名ならびに住所を伝えるかどうかを決定する」

深夜零時というタイムリミットは絶妙だった。

新聞協会を中心とした協定では、朝刊は午前一時十五分が締切時間になっており、それ以降発生した事件・事故については掲載しないことになっている。つまり警察との交渉が決裂したとしても締切ぎりぎりには間に合うので、誘拐事件を朝刊に掲載できるということだ。

急遽、三クラブの代表が集まって協議を始めた。警察に猶予を与えるべきか否か。双方のメリット・デメリットを秤にかける以外に、クラブ間の擦り合わせも必要になるからだ。新聞には朝刊掲載という締切があるが、警視庁記者倶楽部の一部と警視庁ニュース記者会は速報性を特長とするテレビ媒体なので締切時間が少し緩い。こうした条件の違いを記者クラブという枠に嵌め込んでしまおうというのだ。

多香美と里谷はフロアの隅に移動して事の成り行きを見守っていたが、時折何人かの記者から非難がましい視線を浴びせられ、その度に身を固くした。

図らずも警察対記者クラブの様相を呈してしまったが、そもそものきっかけは自分たち〈アフタヌーンＪＡＰＡＮ〉の暴走だ。それがなければ警察もここまで懐疑的にはならなかったはずだという憾みがある。言わば多香美たちは騒動を引き起こした戦犯という立場だから、多少居心地が悪くても文句の言える立場ではない。

三クラブの結論をじりじりと待っていると、横で里谷が畜生と呟いた。

「せめてあいつの居所さえ分かったならな」

「あいつって誰のことです」

「桐島班のエース、宮藤賢次。被害者宅には十中八九、彼が出張っているはずだ」

その名を聞いて多香美は納得した。

宮藤賢次は桐島の懐刀とされる刑事だった。階級はまだ巡査部長どまりだが、桐島班で扱った重大事件では多くの功績を上げている。確か個人の検挙率は警視庁でも一、二を争うと聞いたことがある。今回の捜査を担当しているのが桐島なら、宮藤を現地に向かわせない訳がない。

「本庁から出て行く宮藤の後を追うことができれば、被害少女の住所も実名もすぐに判明するんだがな」

「里谷さんは、記者クラブと警察が決裂するという読みなんですか」

「馬鹿。まかり間違ってもそんな事態にはならないよ。大方、記者クラブ側がタイムリミットをもっと短くさせたところで手打ちだ。警察側も報道協定をなし崩しにはしたくないから、小出しにはするかも知れんがやがて実名を出さざるを得ない。お互いの出方を睨(にら)み合いながら、それでも譲歩し合う。記者クラブ側としても自分たちがフライングした結果、被害少女に危険が及んだ場合、どうしても世間の非難を浴びることになるからな」

「じゃあ、どうして宮藤刑事の後を追うなんて。捜査本部からの発表を待っていたらいいじゃないですか」

「さっき言ったことをもう忘れたのか。〈アフタヌーンＪＡＰＡＮ〉は特ダネをスクープしなけりゃ存続できなくなるんだぞ」

「え。だって報道協定があるのにスクープだなんて無理ですよ」

「死中に活を求めるという言葉を知らないのか」

急に里谷は声を落とした。

「事件の展開を何通りも考えろ。報道協定の期間中に首尾よく捜査本部が被害者を保護、犯人逮捕となれば問題はない。警察からの情報を得てニュースを構成すれば、各社足並みを揃えた報道ができる。万々歳だ。しかし、もし捜査本部が犯人との接触に失敗し、最悪の事態を迎えたとしたらどうだ」

被害者の遺体発見。

犯人の逃亡。

「そうなった時点で報道協定は解除、報道各社は挙(こぞ)って警察と犯人の動きを追い、逐一報道することになる。特ダネを摑むためには、今から捜査の最前線に網を張っておく必要があるんだ」

「でも協定期間中は取材も一切しないって」

「それはあくまで慣習だ。第一、尻尾を摑まえられなきゃ追及もされん」

「抜け駆け、ですか」

「その通り。スクープというのは文字通り、他を抜くことだからな」

里谷は何ら悪びれることもなく言い放つ。

多香美はぶるりと肩を震わせた。それが武者震いなのか、それともルールを破る恐怖のせいなのかは分からなかった。

やがて警察と三クラブとの協議は終わり、午後九時に再度会見を開くことで合意を見た。

### 3

午後九時を少しだけ回って会見が再開された。雛壇に座る三人はいずれも憮然とした表情で決して再開を喜んでいないようだが、まさか笑う訳にもいかないのでこれは当然だろう。

まず村瀬が口を開いた。

「では被害少女の身元を公開します」

ざわついていた記者席は潮が引くように静まり返る。

「被害少女の実名は東良綾香（ひがしらあやか）、両親は東良伸弘（のぶひろ）氏と律子（りつこ）さん。住所は葛飾区青戸九丁目」

「葛飾区役所の近所だな」

土地鑑のある里谷が洩（も）らす。

「九丁目……ああ、団地の建ち並んでいる界隈（かいわい）だ」

「現在、被害者宅には専従の捜査員が配置されています。事態は緊急かつ慎重を要する。このように住所と実名を公開したからには、各報道機関も独自取材、独自報道は厳に慎んでいただきたい」

「そのくらいのことは心得ている」

新堂が反論すると、津村が返した。

「どうかな。最近は最低限の仁義さえ知らんヤツらも増えたからな。念には念を入れておかんとな」

一瞬、津村と新堂が睨み合うが、これもまた多香美には辛（つら）い場面だった。帝都テレビ報道局社会部の体（てい）たらくが、広く報道陣の足を引っ張る要因にされている。

　これ以上、突ついても新情報は得られないと悟ったのか、報道陣の中には早くも散っていく者が出た。

「さて、いったん戻るぞ」

　里谷の声は弾んでいる。既に戦闘態勢に入った声だった。

「え」

「意外そうだな」

「てっきり里谷さんだったら被害者宅に直行するかと思って」

「まず兵頭ディレクターの言質を取っておく。俺たち二人が無断で行動したことになったら、責任が全部こちらに掛かってくるからな」

「……やっぱり意外です」

「どうして」

「いちいちセーフティネット張るような性格に見えないから」

「ずいぶんな言い方だな、おい。後で知らせるより前もって知らせた方が責められ難い。それに、ディレクターを巻き込んでおけば、徒手空拳でない分多少無理な行動もできる。セーフティネットっていうのは安全策じゃない。自分がより自由に動くための保険みたいなものだ。憶えておけ。上司に巻き込まれるな。上司は巻き込んで責任を取らせるものだ」

局に帰ると兵頭が二人を待ち構えていた。

「で、どうだった」

捜査本部が被害少女の実名を公表することと引き換えに報道協定を申し入れたことを報告すると、兵頭は予想していたかのように二、三度頷いてみせた。

「そこまではフォーマット通り、か」

「いえいえ、そのフォーマットに戻るまでにひと悶着がありまして……捜査一課長は帝都テレビにえらく批判的でしたよ」

「警察だけじゃない。今やBPOならびにスポンサーまで批判的だ」

「スポンサーが？　まさか〈アフタヌーンJAPAN〉のスポンサーを降りるとか言ってきたんですか」

「いや、あの枠は時間帯で買ってもらっているからスポンサーを降りるような真似はせんさ。その代わり提供から名前を外したいと言い出したらしい」

提供から外れるということは、番組でCMが流れなくなるということだ。

「今までドラマで抗議を受けて提供が外れたことはあったが、報道番組でそんな脅しをかけられたのは初めてだ。局長は顔を真っ赤にして怒り狂っていた」

その様子を思い出したのか、兵頭はくすくす笑っていた。

多香美は呆れるしかなかった。BPOからの勧告もスポンサーからの抗議も、元はといえば兵頭の段階で発生した誤報でありトラブルだった。つまりは自分のミスから番組が窮地に陥っているのに恬として恥じるところがない。

「ピンチはチャンスだ」

兵頭はそう嘯いた。

「何にせよ、世間の耳目は〈アフタヌーンＪＡＰＡＮ〉に集まっている。こういう時、大人しく他社の後追い記事に終始するか、あるいは特ダネを追うか。それで番組、延いては局の趨勢をも決定しかねない。さて……里谷。お前たちなら当然、特ダネを追うよな」

ここを出る直前、里谷が多香美にけしかけたことと同じだ。

だが里谷は素直に首肯することなく、兵頭の出方を推し量っているようだった。

「焦りは禁物ということもあります。俺はともかく、このお嬢さんがフライングして、またぞろ誤報をしでかすような可能性もありますぜ」

「その手綱を引くのがお前の役目だろう。それとも何か。今この時期、他社の後追い記事に終始したいってか？　笑わせるな。お前が誰よりも後追い記事を嫌っているのはお見通しだ。ま、もっとも報道に身を置く人間は皆、嫌がるもんだが」

兵頭は多香美に向き直った。どこか不遜な顔を見ているうち、多香美は当然のことに思い至った。今はスタジオに籠もりきりになっている兵頭も、若い頃は里谷や多香美と同様、現場で特ダネを追いかけ続けていたのだ。

「他社に特ダネを抜かれるほど痛いことはない。抜かれると、その日の会議で報道局長から部長、部長から担当記者が吊し上げを食らう。他社の記事の信憑性を測り、後追いするかどうか決断を迫られる。追ってみて正しいネタなら二流、追わずに無視すれば三流。だから他社に抜かれるんじゃないかと疑心暗鬼になって他社の朝刊やニュースを見るのが怖くなる」

兵頭の言葉には頷かざるを得ない。まだ現場経験の浅い多香美でさえ、特ダネを抜かれる恐怖は尋常ではない。他社に抜かれると、身体中が疲労に襲われる。知り合いの記者にはストレスで円形脱毛症になった者さえいる。

「焦りは禁物だと？　お前の口からそんな言葉が出るとはな。それで、雛壇には他に誰がいた」

「新任の村瀬管理官と桐島さんですよ」

「総務部の顔はなかったんだな」

「ええ」

「てことは、まだ特別警戒態勢を敷くまでには至ってないということか」

広域捜査が必要と判断されると、刑事部長から総務部長経由で特別警戒態勢が発令される。犯人逮捕に警視庁管内の全捜査員が投入され、それこそ蟻の這い出る隙もないローラー作戦が展開される。

「現時点ではおそらくそうでしょうね。精々特殊犯係と強行犯係が共同でコトに当たっているくらいでしょう」

「だったら、まだ捜査本部につけ入る余地はあるな」

「本気で狙ってます？　兵頭さん」

「俺より住田さんだ」

やはり、ここでプロデューサーの名前が出てきた。この期に及んで二人とも起死回生を狙っているというのは、里谷の読み通りだったのだ。

「今回は、あの人も出処進退を懸けている。早急にスクープを連発して〈アフタヌーンＪＡＰＡＮ〉ここにありってところを局に見せなきゃ、改編期に粛清されるのは決まりきっているからな」

無論、粛清されるのは今まで住田と二人三脚を続けていた兵頭も同じだ。だが、この男はそんなことをおくびにも出さず、多香美たちに発破をかけようとしている。鉄面皮といえばそれまでだが、この臆面のなさがディレクターの地位を守ってきたのかと思えば頷けないこともない。

「さあ、見せてみろよ。現役の根性ってのを」

多香美は里谷の顔を窺った。日頃から住田・兵頭コンビを悪し様に言っているのが、実は近親憎悪に近いものであることは本人も承知しているに違いない。

里谷はこれ以上ないほど不機嫌な顔をしていた。

「ちゃんとケツは拭いてくださいよ」

「歴戦の勇者の口から出る言葉とは思えんな」

「俺じゃなく、こいつですよ」

里谷は多香美を顎で指した。

「もしフライングかましても、こいつには保険掛けておいてください」

「えらく守りに入ってるな」

「慎重なんですよ」

「ふん」

鼻を鳴らして兵頭は会話を打ち切った。それが合図であったかのように、里谷も席を立つ。

「戦闘開始だ。俺のクルマで行くぞ」

社用車を使わないのは、もちろん報道関係者であるのを隠すためだ。

局を出て、型落ちのレガシィに乗り込む。本人は何度も禁煙しているが、車中にはヤニの臭いが滲みついている。

「芳香剤、買っときましょうか」

「要らん」

「タバコが恋しくなりますよ」

「臭いを消したら余計に恋しくなる。それに芳香剤の臭いは好かん」

そう言うなり、里谷は乱暴にクルマを発進させた。

「今のうちに寝とけ。しばらく強行軍が続くかも知れんぞ」

「里谷さん、一ついいですか」

「何だ」

「どうして、兵頭ディレクターからあんな言質取ったんですか。わたしには保険掛けておけだなんて」

正直、里谷の物言いに腹が立っていた。この道十年の里谷にしてみれば確かに自分は駆け出しだろうが、自分で責任も取れないヒヨっ子扱いはさすがに業腹だった。

「保険を掛けとくのは決して安全策じゃない、と説明はしたよな」

「見え透いてます」

「お前が力不足だとは思っていない。むしろ逆だ」

「逆？」

「同じフライングでも、俺とお前では種類が違うんだよ」

「どう違うっていうんですか」

「認めたかないが、俺のフライングは住田・兵頭コンビと同じなんだ。ニュースのでかさ、新奇さに引っ張られて踏み外す。つまり人を見る前にニュースを見ちまう。ほれ、喫煙コーナーで途中まで話しただろ。あれも一種の特ダネ病でな、まず抜くことが優先だから人物が二の次三の次になっちまう。他人から紹介されたネタ元をそのまま信じ込んでウラを取ろうとしない。で、素人の嘘にいとも簡単に引っ掛かる」

その指摘は多香美にももっともと思えた。誤報の原因を辿れば、全て情報提供者が他人の伝手で得たものであり、まずそこから疑うことをしなかった点が挙げられる。

「だが、お前のフライングってのはニュースのでかさじゃなく、人に引っ張られて起こす類のものだ。そこが違う。お前はな、取材対象に感情移入し易い」

「そんなこと……ないと思います」

「そうか」

里谷はそれ以上、追及しようとしなかった。

多香美もわざわざ蒸し返そうとは思わなかったので黙っていた。実際は、里谷の指摘が的外れであることを自分で証明できなかったからだ。

被害者宅の詳細は事前に調べていた。この辺りは団地が建ち並び、どこもかしこも同じ佇まいを見せている。団地の入居条件を考慮すれば世帯主の収入は似たようなものだろう。

「どこも同じ家みたいに見えますね」

「ああ。だが、この中から東良綾香が誘拐対象に選ばれた理由が必ずある。それがこの事件の根幹かも知れん」

一応、団地内に月極駐車場はあるものの路上にも何台か駐まっている。里谷はその中に紛れるようにしてクルマを停めた。

該当する被害者宅は一つ向こう側の棟、八階の端から二番目だ。車内からでも窓明かりが目視できる。

「張るぞ」

「被害者の家族を、ですか」

のこのこ被害者宅に顔を出すのが得策ではないのは承知しているが、娘を誘拐された家族がこの時間に外出するとは思えない。

「言っただろ。張るのは宮藤だ」

「あの、ディレクターとの話では、捜査に特殊犯係も加わっているんですよね」

「ああ。誘拐事件は大抵彼らが出張ってくるからな。オーソリティといったとこだ」

「今更だけど、それでも一課のいち刑事に張りつく理由って何なんですか」

「さっきの話に戻るがな、情報提供者の人となりを確かめるってヤツだ。その点を見れば、宮藤という刑事は絶好のネタ元なんだ」

「ああ、里谷さんと仲がいいんですか」

「顔を合わせば悪口を言い合ってる」

「お喋りなんですか」

「捜査事項については誰よりも口が固い」

「愛想がいいとか」

「野郎相手には最悪だな」

「そんな人のどこがいいんですか」

「いつも事件の本筋を外れない。ブン屋やテレビ屋には寡黙だが、行動に間違いがない。だからヤツの行動をトレースしていれば、必ずネタにありつける。今はまだ巡査部長の地位に甘んじているが桐島班の主戦力だ。いずれもっと上に行く。顔見知りになって損な人間じゃない」

「……愛想悪いんですよね」

「あくまでも野郎相手にはだ。女性記者からは不評を聞いたことがない」

ああ、だから女の自分を同行させたのか――多香美はそう合点した。

女であることを武器にするのに反発や逡巡（しゅんじゅん）はない。使える武器はモラルに反しない限り何でも使う。男だって体力という性差を利用している。女である自分が色香や愛嬌（あいきょう）という性差を利用するのにどれほどの違いがあるというのか。

「でも、刑事だったらやっぱり被害者宅に張りついているでしょう」

「張りついているのはおそらく特殊犯係だ。強行犯係の捜査員はその補助に回されているのが現状だろう。ただし、宮藤という刑事は補助に回って指を咥えているような男じゃない。きっと被害者宅周辺を嗅(か)ぎ回る」

「どうしてそんなことが分かるんですか」

「これもさっき言ったが、誘拐対象に東良綾香が選ばれた理由が必ずある。それを探ろうとすれば被害者の生活範囲から潰していくのが妥当だし、犯人側が被害者宅を監視している可能性もある。俺がもしヤツの立場だったら、被害者宅の様子が丸分かりの地点を重点的に調べていく」

　つまり宮藤ならこの場所に立ち寄るという読みだ。

　ひどく確実性に乏しい話に思えたが、里谷の口調は自信に溢(あふ)れている。里谷がこういう口調になる時は大抵経験則に根ざしている。それを考えると、宮藤との駆け引きを散々繰り返した過去が目に見えるようだった。

　それでも半信半疑のまま助手席で丸まっていると、一時間ほどしてから里谷に肘(ひじ)で突つかれた。

「当たりだ。来たぞ」

　見れば、前方を長身の男が歩いている。路上駐車の車内にちらちらと視線を投げている様子は、明らかに刑事のそれだった。

止める間もなく里谷はクルマから出た。車中に残る訳にもいかず、多香美も後に続いた。

「こんばんは、宮藤さん」

突然声を掛けられた男は一瞬立ち止まったが、声の主が里谷と分かると、露骨に顔を顰めてみせた。

「何だ、あなたか」

これが宮藤賢次か――今まで里谷やサツ回りの記者から度々噂を聞くことはあったが、本人を見るのはこれが初めてだった。

年の頃は三十代半ば。女子の中では背の高い部類に入る多香美が見上げるくらいだから、身長は一八〇を少し超えたところか。ジャケットの上から見ても無駄な贅肉がどこにもついていないことが分かる。

先刻、女性記者から不評を買っていないと里谷から聞いたばかりだが、間近にするとその理由がよく理解できた。細面で目鼻立ちが整い、刑事というよりは刑事に扮した俳優のような面立ちなのだ。洒落た服を着せれば、そのままモデルで通用しそうな風貌をしている。

「こんな時間に、こんなところで何をしているんですか」

「分かってる癖に。あんたを待ってたんだ」

すると、宮藤は眉間に刻んでいた皺を更に深くした。

「何の事件で張っているのか大方の察しはつくが……帝都テレビはお咎めを受けたばかりじゃなかったのか」

「ああ、受けた」

「そんな局が、報道協定が締結されたってのにこんなところで取材していていいのか」

「別に被害者家族にマイクを向けてる訳じゃない。俺の取材相手はあくまでもあんただよ。それなら協定破りにはなるまい」

「だからって俺に張りつく必要はないだろ」

「あんたの傍（そば）にいれば少なくとも誤報は避けられそうな気がする。何せお咎めを受けたばかりなんでね。どうしても動きが守りに入るのはしようのないことだ」

「俺は帝都テレビ専用の広報課になった覚えはない」

「迷惑か」

「迷惑だ」

「だったら引き揚げる条件に何某（なにがし）かの情報を提供するべきだろう」

いつもながら里谷の強引さには舌を巻く。いや、ここまでくれば強引というよりは屁理屈に近い。ただし、それがこと里谷の口から出ると妙な説得力を持つのは、彼の交渉力の賜物だった。

「そういうのをナントカ猛々しいと言うんじゃないのか」

「何も秘匿情報を教えろなんて言ってない。明日になれば分かることなら構わないだろう」

里谷はこれ見よがしに自分の腕時計を掲げた。

「ほら。喋っているうちに、もう日付が変わった」

「……相変わらずだな、あなたは」

「仕事の流儀なんてのはそうそう変えるもんじゃないだろう」

宮藤は溜息を吐いてから、やっと気がついたという風に多香美を見た。

「その人は？」

「相棒だよ。ほれ、挨拶」

慌てて一礼する。

「はじめまして。報道局社会部の朝倉多香美です」

「あ。どうも」

宮藤の反応があまりに素っ気ないものだったので、多香美は少なからず不快になった。

マイクを握った女性の中では辛うじて美人の部類に入ると自負している。取材で徹夜が続いても化粧っ気を失くしたことはない。これでも大学生の頃はミスコンテストにノミネートされたこともある。里谷に伴われて宮藤に引き合わされたのも、自分の容姿を買ってのことだと認識していたのだ。

　ところがこの反応だった。

「ひょっとして君も里谷さんタイプの記者を目指しているのか」

「それって、どういう意味ですか」

「声高に報道の自由を叫んで、規制線の内側や許可されない場所へ当然のように乗り込んで行くタイプ」

　その口調には明らかな侮蔑が感じ取れた。

元より警察関係者でマスコミに好意を抱いている者は少ないと教えられてきた。多香美自身も何人かの捜査員と対峙して、少なくとも歓迎はされていないと実感している。しかし、これほどあからさまに対決姿勢を見せられたことは初めてだった。

　だから、つい感情的になった。

「許可されない場所には大抵真実が隠されています。わたしたちには大衆にそれを伝える義務があります。大衆にも知る権利があります」

「真実、ねえ」

宮藤は面白くなさそうに返す。

「あなたたちやテレビに齧りついている人たちがそんなものに興味があるとは、到底思えないけどね」

「え」

「真実っていうのは実際、キツいものだよ。あなたが言う大衆って人たちは本当にそんなものを望んでいるのかって話さ」

「……仰っている意味が分かりません」

「それなら別にいい」

すると宮藤は二人に背を向けた。

「おおっと宮藤さん。スルーされたら困るな。まだ俺の要求に応えてもらってないよ」

「応える必要もないんじゃないのか。ここに居座り続けて捜査の邪魔をするなら公務執行妨害で引っ張るだけだ」

「あのな、宮藤さん」

里谷はめげずに宮藤の前に回り込む。

「立場上、帝都テレビが警察の味方になるとは言えんが、余分な敵は作らん方がいい。そんなこと、あんただったらとうに承知しているだろう」

　これも強引な物言いだったが、宮藤はしばらく里谷の顔を睨んでいた。

「明日になれば分かること……あなたはいったい何が知りたいんですか」

「どうして東良綾香が誘拐されたのか。住まいを見た限りじゃ一億なんてカネを右から左に用意できる家庭じゃなさそうだ。どんな資産を隠している？」

「捜査中だ」

「父親は契約社員、母親はパート勤め。仕事で作れるカネじゃない。普通の家庭とは思えんが」

「普通の家庭？」

「父親か母親、どちらかがヤバい商売に手を出しているんじゃないのか」

「捜査中だ」

「やはり問題のある家庭なんだな」

　宮藤はおや、という表情になった。

「あなたにしてはありきたりな見方だな」

「何だって」

「どこの家庭にも問題はあるさ。ただ、それぞれの形が違うだけだ」

「ふん。じゃあ質問を替える」

「しつこい」

「これが最後だよ。攫われた綾香というのはどんな娘だったんだ」

「母親の話を聞く限りじゃ、どこにでもいる普通の娘さんだ」

思わず多香美は口を開いた。

「刑事さんにしては、ずいぶんありきたりな見方ですね」

不意打ちを食らったように、宮藤がこちらを振り返る。

「何か言ったかい」

「綾香さん、十六歳なんですよね」

「ああ、そうだ」

「その年頃の女の子に普通の娘なんていませんよ」

「はあ？」

「両親に何でも打ち明けて、友達にも恵まれていて、恋愛も上手くいって……そんな娘は存在しませんよ。みんな、胸の中に何か爆弾を抱えて、不安で不安で堪らないんです」

畳み掛けてそう告げると、宮藤は毒気を抜かれたような顔になった。

「……貴重なご意見を有難う。さあ、もういいでしょ。この場から立ち去ってください」

「本当はこのまま、ここで待機したいところなんだが」

「里谷さん、あなたが仕事熱心な記者なのは知ってる。しかし、戦場カメラマンじゃあるまいし、命までは懸けてないだろう」

「ん？」

「俺たちの仕事には十六歳の女の子の命が懸かってるんだ。もし邪魔をするんだったら、ただじゃおかない」

宮藤は言い残すと、もう二度と振り返らなかった。二人を置き去りにして次の路上駐車を点検に回り出した。

「まだ犯人からの連絡はないみたいだな」

里谷は憤慨する風もなくクルマに乗り込んだ。

「移動するんですか」

「怖い怖いお巡りさんに、立ち去れと命令されたからな」

案外、根性なしだと思っていると、クルマをしばらく走らせた里谷は二十メートルほど進んでから、また停車した。

「里谷さん？」

「前方のワンボックスカー、見えるか」

「はい」

「あれは特殊犯係の警察車両だ。中で変化があれば必ず動く」

「あの、ここから立ち去らないんですか」

「ちゃんとあの場所からは立ち去ったじゃないか」

前言撤回。やはり、この男は性根が据わっている。

「それにしても感じ悪い刑事でしたね」

「そうか？　一課の刑事じゃまともな方だぞ。取りあえずはこちらの仕事を理解してくれている」

「あれでですか」

「さっきの会話でも消極的ながら情報を寄越したんだ。頭の回転が速くて仕事熱心だから、ヤツの後をついていけば何を考え、何を探っているかも分かる」

それは長年、彼を追っていた里谷だからこそできる芸当だと思ったが、黙っていた。

「しかし、さっきの返しは見事だったぞ。あのイケメンが目を白黒させるところなんて久しぶりに見た」

「あれはちょっとイラッとしたんで……でも、典型的なマスコミ嫌いですね」

「そうでもないぞ。噂じゃ、大昔はアクションスターを目指してたっていうからな。おまけに実の兄貴は映画の助監督してるって話だし」

「じゃあ、どうして」

「一度、訊いたことがある。犯罪捜査も報道も犯人を追っているのは一緒だろうって。

そうしたら奴さん、何て答えたと思う。同床異夢なんだとさ。追っているものが同じでも求めているものが違うらしい」

それから二人は数時間待機していたが、前方の警察車両に特段の変化は見られなかった。

変化が生じたのは東の空がわずかに白み始めた五時過ぎのことだった。

いきなり数人の男が駆けて来たかと思うと警察車両の中に飛び込んだ。発車したのは、それからすぐだった。

気がつけば、周辺のクルマの何台かも同様に走り出していた。

「動いた!」

里谷も急いでイグニッション・キーを回した。

「どうやら待機していた捜査員たちが一斉に動いている。いったい何が起こったんだ?」

あちらこちらに駐めてあった警察車両らしきクルマが見る間に団地から出ていく。

多香美と里谷は、その最後尾について追跡を開始した。

## 4

警察車両の一団は団地を抜けると西に直進し、六号線を本田広小路方向に走った。夜明けの薄暗がりの中、テールランプだけが毒々しいまでに赤い。

里谷は二本指を唇に当てるなり、くそと呟いた。どうやら指が無意識にタバコを求めていたらしい。

「この方角だと葛飾署だ」

「捜査本部ですか」

「そうなると警察が動いた理由は自ずと絞られてくるな」

里谷はそう言って表情を硬くした。

「誘拐事件で警察の動きが急変するとしたら可能性は四つある。一つ、被害者が発見された。二つ、有力な容疑者が判明した。三つ、その両方」

早期解決。それならば捜査本部のガードも下がる。彼らについていけば、事件解決の第一報は多香美たちによってもたらされることになる。

「でも里谷さん。あとの一つは何なんですか」

「最悪で最良のパターンだ」

詳しくは答えず、里谷はステアリングを握り続ける。

「里谷さん、様子が変です」

多香美は前方を指差した。警察車両は六号線を左に折れて葛飾署に向かうものとばかり思っていたのだが、そのまま直進し葛飾署の横を通り過ぎてしまった。

「捜査本部じゃないのか。しかし、この方向だと警視庁でもない」

やがて警察車両の一群は四つ木に入り、その一角に次々と停車し始めた。

この一帯は東京都の中でも特に工場が集中している地区だ。ほとんどが自社ブランドを持たない中小零細企業だが、工業ゴムをはじめとするゴム製品製造では全国的な生産地にもなっている。

もっとも最近は、安価な中国製品にコストで攻勢をかけられ、また大手企業の生産部門が海外に拠点を移している事情から廃業に追い込まれるところも出てきている。まだ始業前でどこの工場も灯りが消えているが、既に廃工場となって打ち棄てられた場所もあるはずだった。

警察車両の停まった工場もやはり灯りが消えている。ヘッドライトの光で〈羽川生コン〉という朽ちかけた看板が見える。窓ガラスもところどころが割れたままなので、おそらく廃工場の一つなのだろう。

里谷はもう一度、くそと呟いた。

「どうやら最悪で最良のパターンかも知れん」

まるで合図でもあったかのように、車両から捜査員たちがわらわらと出てきて、廃工場の中に入って行く。ここからでも彼らの動きが緊迫したものであることが伝わってくる。

里谷はクルマから出て、周囲を見回した。

「何を探しているんですか」

「どこかに高い場所はと……ああ、あそこだ」

里谷が見つけたのは五階建ての雑居ビルだった。

「あのビルの非常階段は外付けになっているだろ。上から、あの廃工場が一望できる」

なるほど里谷の示す方向には非常階段が見える。ただし手摺の部分がいかにも脆そうで、高所恐怖症ではないが最上階まで上るにはかなりの勇気が必要だろう。

「朝倉。お前、カメラ持って来たか」

「デジカメなら」

「二方向から押さえる。俺はビルの上から廃工場を捉える。お前は工場の横か裏に回り込んで中を探れ」

「さ、里谷さん。それってもろに無断の取材じゃないですか」

「最悪で最良というのはな、被害者が死体で発見された場合だ。被害者が死亡しているのなら、報道協定も自動的に消滅、取材や報道には一切の制限がなくなる」

そういう意味だったか。

多香美は急に胃の辺りが重くなったように感じた。

ぶるりと身体が震える。寒いせいではない。これからスクープをものにするという武者震いでもない。

禍々(まがまが)しい場所に足を踏み入れる時の怯(おび)えだった。

一瞬の躊躇(ちゅうちょ)を読み取ったのか、里谷は多香美の顔を覗(のぞ)き込んできた。

「ひょっとしてお前、ホトケさんを見るのは初めてか」

「はい……」

「いい機会だ。一度は見ておいて損はない」

「損得、なんでしょうか」

「俺たちは仕事でしょっちゅう人の死を扱っている。事故死・病死・自殺・他殺……。だがニュースにする時に、その死体を実際に思い浮かべながら原稿を書くのと死を抽象的に捉えるのとでは雲泥の差が出てくる」

それはその通りだろう。

「もちろん犯罪小説を書く訳じゃないから死体の状態を具(つぶさ)に描写する必要もないし、

そんなニュースを見たがる視聴者も多くないだろう。しかし、実際の死がどんなものなのかは知っておいた方がいい。心中だろうが自殺だろうが、人の死は決して美しくもなければ、ロマンチックなものでもないことが分かるはずだ。それを知っているのと知らないのとでは、必ずニュースの内容が違ってくる」

「リアリティの問題ですか」

「それも少し違うな。リアリティというよりは覚悟の問題だ」

「覚悟？」

「百聞は一見に如かず。見てから考えろ。じゃあ、行くぞ」

言うなり、里谷はビルの非常階段に向かって駆け出した。フットワークの軽さが里谷の身上だが、ブレーキの緩さには困惑する。

それでも廃工場を二手に分かれて監視するというのは正攻法だと思えた。

多香美は里谷の背中を恨めしく追っていたが、やがて諦めて廃工場にそろそろと接近する。

様子を窺っていると、何人かの捜査員がブルーシートを取り出し、テントのように骨組みを立て始めた。推測が確信に変わる。ブルーシートで囲みを作らなければならないのは、一般には見せられないものを搬出する必要があるからだ。

もう間違いがない。自分の進む先には死体が転がっている——。

そう思った途端、肌に粟が生じた。今までも事故や事件を報道したことはあったが、いずれも現場に到着する頃には死体は搬出されたか、シーツが被せられた後だった。事故死体や他殺死体が、納棺間際のように安楽な死顔をしているとは考え難く、その有様を想像すると自然に怖気づいた。

しゃんとしろ、朝倉多香美。

多香美は両手で自分の頬を叩く。

死体の一つや二つ怖れていて、報道記者も何もあったものではない。

まだ警察が到着して間がない。もしここに死体があるのなら、まず検視官による検視と鑑識の捜査が行われる。死体の搬出はその後だ。だから捜査員の動きを捉え、事件の展開を読む時間は充分にあるはずだ。

外に出ている制服警官たちに見つからないように回り込む。彼らは工場の正面に集中しており、脇や裏手にはまだ配置されていない。

じわじわと工場に接近しながら考える。もちろんデジタルカメラは持っているが、これで死体を撮ったところで放送に乗せられる訳がない。一番実現可能でかつ訴求力があるとすれば、死体を取り囲む捜査員たちをフルサイズで捉えた構図だろう。

最近はヘリから現場を捉えた俯瞰映像を活用する局が増えてきた。俯瞰映像というのは、つまり神の視座だ。全てを見通しているかのような全能感を醸し出す。

だがしばらく見ていると飽きがくるのも早い。あまりにも客観的過ぎて、迫真性に欠けるからだ。

多香美は現場での経験から、事件報道に関しては接写が効果的だと思っている。画角が狭く、時には手ブレも発生するが、現場にいるという臨場感は他では得られない。視聴者を画面に釘（くぎ）づけにするには最適の撮影法だ。

里谷は近接するビルの上から現場を狙っているので、映像は俯瞰気味となる。対する多香美は完全に接写だ。

怖気をふるう一方で、多香美はシャッターチャンスを思い描いた。期せずして里谷とスクープを競う羽目になったが、現状では自分が有利といえる。ニュース映像で自分の撮った画（え）が採用される――想像するだけで心が湧（わ）き立つ。昂奮（こうふん）が怖気を駆逐し始めてもいた。

工場に更に近づくと、隣に面した方からも灯りが見えた。捜査員たちが照らしているライトが洩れているのだろう。しめた。これで脇のガラス窓から工場内を撮影することができる。

やっとの思いで脇に辿り着いた。滅多に人が通らないためか、脇道はゴミと雑草で足の踏み場もない。既に稼働していないとはいえ、工場の周辺には生コンと薬品の臭気が混じり合ってうっすらと吐き気を催させる。何度か顔面にクモの巣が張りついた。

仕事を終えたらすぐにバスルームに直行しよう——そう呟きながら進んでいると、土砂が堆く(うずたか)なっている部分を見つけた。あの上に上れば中が覗けるに違いない。

多香美は土砂に足をかけて背を伸ばす。一番下のガラス窓が頭の位置にあった。

あと十五センチ。

カメラを構えたまま、更に背を伸ばした。

ガラスは白濁していたが、何とか中を見ることができた。

天井からの灯りがないために全体像は摑めない。床の数ヵ所が照らし出されているだけだ。

コンクリートの打ちっ放しの中を、捜査員と鑑識課員が足元を照らしながら動き回っている。特に鑑識課員は床を這い、懸命に遺留品を捜索している様子だ。

中央では三人の捜査員が輪になって何かを見下ろしている。

記者の勘が、それこそが死体だと告げた。

死体を囲む捜査員たち。絶好の構図が目の前にある。

多香美はカメラを構えて照準を合わせる。自動フォーカスが働き、電子音で準備完了を告げる。

後はシャッターを押すだけ——。

その時、正面に立っていた捜査員が横に移動した。

瞬間、彼らの見下ろしていたものが視界のど真ん中に入ってきた。

コンクリートの上に横たわる人間の身体。

着衣はほとんど脱げかけており、肌が大きく露出している。

だが、細かな部分にまでは注意がいかなかった。

多香美の目は死体の顔を注視したまま動かない。

死後による鬱血（うっけつ）などの変色ではない。

額から顎にかけて、その顔は赤黒く焼け爛（ただ）れていた。

皮膚の一部が剝（は）がれ落ち、ぷらぷらと揺れている。目蓋（まぶた）は開いたまま、白く濁った眼球を晒している。額といわず頬といわず、顔全体が火ぶくれで醜く膨脹（ぼうちょう）している。

それは既に人の顔ではなかった。

まるで赤鬼だった。

不意にカメラを持つ手から力が抜けた。

長く尾を引く叫び声が自然に口から出た。

叫んだ途端、腰からも力が抜け、多香美は土砂の上からずるずると滑り落ちた。

「誰だっ」

逃げる間も身を隠す間もなかった。たちまち多香美は捜査員たちによって囲まれた。

「こんなところでいったい何をしている」

「この工場の関係者か何かか」

「身分を証明するものを提示しなさい」

ライトを直接顔に照らされながら矢継ぎ早に質問を受ける。応えようとするが、気が動顛して舌が思うように回らない。

そして里谷の名前を叫ぼうとした時だった。

「何だ、君か」

捜査員たちの中から聞き覚えのある声がした。

宮藤だった。

「ああ、お騒がせでした。彼女は帝都テレビの記者さんですよ」

「何だ、テレビ屋か」

「こんな時に大声上げるな。何かと思うじゃないか」

「おい、このお嬢ちゃんをさっさとつまみ出せ。邪魔だ」

「すぐ排除しておきます」

人をつかまえておいて何が排除だと腹が立ったが、仁王立ちする宮藤を見上げているとその気が失せた。なまじ整った顔立ちなので、怒り、呆れているのが眉の形だけで分かる。

すると、唐突に死体の顔が脳裏に甦った。

胃の中身が急速にせり上がって、多香美はうっと声を洩らした。

「おおっと。こんなところで吐くなよ。犯人の吐瀉物と間違えたらどうするつもりだ」

宮藤は多香美を抱えて軽々と持ち上げる。大した力だった。片手に抱えられて運ばれる多香美がまるで子供のようだった。

脇道を出たところでやや乱暴に下ろされた。途端に我慢ができなくなり、多香美は四つん這いの姿勢のまま大量に嘔吐した。

何度も何度も吐いた。

吐瀉物が鼻に入り、涙も出てきた。強烈な酸味に喉が焼けるようだったが、胃の中身は次から次へと逆流してくる。

やがて空嘔しか出なくなった頃、目の前にティッシュを差し出された。

「すみません……」

「ああいう死体を間近で見るのは初めてだったのかい」

情けないが頷くしかなかった。

「どうやら団地から、ずっと俺たちを尾行して来たみたいだな。どうせ、あの面の皮が厚い先輩が同行しているんだろ。里谷さんはどこに待機している」

「知りません」

「君が窓から狙っていたということは、彼はどこか上の方から捕捉しているはずだな。君が引きずり出されたのを見て、もうすぐここにやって来るはずだ。ああ、そうだ。落とし物」

「あっ」

宮藤が差し出したのは多香美のデジタルカメラだった。

奪うように受け取り、画像の保存状態を確かめる。

駄目だった。シャッターを押す前に本体が手から離れたらしく、データには何も残っていなかった。

「何もなし、か。まあ、写っていたところで消去させたから結果は同じだがな」

「報道記者の撮った映像を強制的に消去させるって。いったいどこの国の警察ですか」

「あのままだったら、間違いなく君は死体を撮っていた。そんな代物をお茶の間に流すつもりか」

二の句が継げなかった。

「今の君がどういう風なのか、客観的に見ることができるか」

「え」

「報道協定が敷かれている時点で、およそ協定破りと指弾されても仕方のない行動を取り、現場に来たはいいが、転がっている死体に慌てふためき、一枚の写真も撮れずに、そこら中に吐きまくる。そういうのを足手纏い(あしでまと)というんだ」

さっき会ったばかりの人間に何故こうまで言われなければならないのか。

理不尽な話だと思ったが、指摘されたことはいちいちもっともで反論の余地はない。

「君たちにとってスクープを抜くことが最優先事項なのは分かるが、俺に言わせれば単なる出歯亀(でばがめ)根性だ。しかも、それを覚悟もテクニックもないヤツがやろうとしているから余計始末に悪い。里谷さんだったら、今頃ショットの二、三枚はモノにしているはずだ。彼にとっては足手纏い、俺たちにとっては捜査の邪魔。少々キツい言い方になるが、ここに君の居場所はない。さっさと帰りたまえ」

「あ、あなたにそんなことを言われる筋合いはありません」

「筋はあるさ。少なくとも君が騒いだせいで捜査が中断された。広義に捉えれば立派な公務執行妨害だからな。ここから立ち去れというのは進言とか勧告とかじゃない。通告だ」

そこに里谷が姿を現した。

「朝倉、どうした」

やっと助けが来てくれた。

だが、多香美は恥ずかしさと情けなさで里谷の顔を見ることができない。

「あなたの後輩が死体を見て、盛大に吐いた」

今度は里谷が黙り込んだ。

「吐いたものを片付けろとまでは言わんから、一刻も早くこのお嬢さんを連れて撤収してくれ」

「ウチの者が迷惑をかけたことは謝る」

里谷は一度だけ頭を下げる。

だが殊勝なのはそこまでだった。

「迷惑のかけついでに教えてくれ。殺されていたのはやっぱり東良綾香だったのか。東良宅に待機していたあんたたちが揃って移動した理由は他に考えられん。もし死体が彼女以外だったら、持ち場を離れるはずがないからだ」

「答える義務はない。どの道、司法解剖が済み次第、捜査本部から公式に発表されるんだから、それを待っていればいいだろう」

「さっきも言ったが、どうせ今日中に知れることなら今話してくれても構わないだろう」

「この期に及んで、またその妙ちきりんな主張か。懲りない人だな」

「この程度で懲りるくらいなら記者なんてとっくの昔に辞めてるさ。司法解剖を待たずとも検視官の、いや、あんたの見立てで被害者がいつごろ殺害されたかは大体分かるだろう。被害者はいったいいつ殺された。東良宅に最初の電話があった時には、もう殺されていたのか」

「答える義務はない。第一、確定してもいないことを俺がぺらぺら喋るとでも思うか」

多香美は死体の状況を思い出す。口に出すのなら今しかない。

「里谷さん、わたし見ました」

「何を」

「死体は顔が焼け爛れていました。人相も判別できないくらいに」

「……それはどういうことだ」

里谷は再び宮藤に向き直る。その目は突破口を見つけた目だ。

「顔を焼いて身元を分からなくしたのか。生死を隠したままで身代金を強奪しようとしたのか」

畳み掛けるように問い質されると、宮藤はしばらく相手を睨んでいたが、やがて諦めたように頭を振った。

「知らぬ存ぜぬを貫くと、また猟奇殺人だ何だと勝手な憶測を書かれそうだから、事実だけを伝える。まず、ここが生コンを作っていた工場だというのは分かるな」

「ああ、看板を見ればな」

「じゃあ、生コンが強アルカリ性だということも知っているか」

「強アルカリ性？」

「皮膚が長時間触れていると化学熱傷で皮膚炎を起こす。着衣に付着すればぼろぼろ、金属片はたちまち腐食してしまう。それを防ぐために、製造工場では生コンの入っていたミキサーや使用後の器具を希硫酸で洗浄する」

「ふむ、つまり中和させるということか」

「この羽川生コンもそうしていたらしく、工場を閉鎖したのはひと月も前だったが、金属片を洗浄するためのプレートに希硫酸が残ったままだった。被害者はそのプレートに顔を突っ込んでいたんだよ。希硫酸入りの洗面器にずっと突っ込んでいたようなものだ。顔がどんな風になるかは想像がつくだろう」

焼けたのではなく、希硫酸で爛れたということか。

「それが故意によるものだったのかは不明だが、少なくともバーナーの火を顔に浴びせた訳じゃない。くれぐれも扇情的な想像に走らない方がいいと思うけどね」

宮藤は釘を刺すように言った。

「扇情的、ねえ。それは帝都テレビがセンセーショナルな話題ばかり狙っているという意味か」

「さあ、どうでしょうか……ああ。そろそろ集まり出したようだな」

宮藤はついと視線を工場側に移す。

建物の陰で、小さなフラッシュが何度も光っていた。

もう他社が駆けつけて来たのか——まさかと思い、目を凝らしてみると、そこには一般市民が携帯電話で撮影をしている風景があった。

「朝も早くからご苦労様だな、もう野次馬たちがあんなにいる」

はっきりと蔑んだ物言いだった。

「里谷さん。俺は一回あなたに訊いておきたいことがあってね」

こちらを振り向いた顔には、ひどく疲労感が漂っていた。

「パトカーが到着する度に、ああやってケータイで現場を写して嬉々とするヤツらがいる。撮るだけならまだしもツイッターやら投稿サイトやらにアップして悦に入っているヤツも多くなった。匿名で訳知りなコメントまでつけてな。ああいう輩とあなたたちはいったいどこがどう違うんだろうな。機材だけなら朝倉さんのデジカメと彼らの撮影機能つきケータイでは、そう画質も変わるまい。事実、視聴者がケータイで撮った画像をソースとして買い取ることが帝都テレビもあるだろう」

「さすがにあんなのと比べられるとムカつくな。俺たちは仕事でやっているが、あいつらは遊びだ。俺たちには責任があるが、あいつらにはない」

「カネか。しかし突き詰めればカネの問題でしかない。あなたは責任の有無を言うが、それでは誤報を流した場合、報道各社はいちいち訂正記事を出すか。誤報で迷惑を受けた人間にいちいち謝罪するか。それにあなたたちが探し求めるニュースネタの多くは泣ける話だったり、地位ある者の腐敗であったり、猟奇的な犯罪だ。ネットに投稿する輩の自己満足とどれだけ違いがある」

「俺たちも野次馬と同じだというのか」

「じゃあ、根本的な相違というのを教えてくれないか」

「あんたはジャーナリズムを分かっていない。いや、分かろうとしていない」

「それは否定しないな。所詮（しょせん）、分かり合えないと思っているから、そういう努力は放棄している」

「犯罪を追うという点では報道も警察も一緒だろう」

「それこそ一緒にされたら迷惑だ。あなたたちと俺たちとでは手段が同じでも目的が違う」

「どういう意味だ」

「俺たちは被害者とその家族の無念を晴らすために働いている。だけどあなたたちは不特定多数の鬱憤（うっぷん）を晴らすために働いている」

宮藤はそれだけ言うと、里谷の返事も待たずに背中を向けてしまった。

# 二　協定解除

## 1

捜査本部の会見は正午過ぎに行われた。

会見席に座るのは村瀬、津村、桐島とメンバーは変わらないが、三人とも顔つきに微妙な変化が生じている。緊張感はそのままだが、何か吹っ切れたような迷いのなさが見て取れる。

口火を切ったのは村瀬だった。

「本日午前五時十二分、葛飾区四つ木の生コン廃工場において少女の遺体が発見され、捜査本部は検視の結果、その遺体が誘拐されていた東良綾香さんであると断定しました」

記者席の中から声にならない呻き（うめ）が洩れる（も）。被害少女が殺されたことの無念さももちろんあるが、中には一層扇情的になった事件に対して闘争心を掻き（か）立てられた者もいるだろう。

やはりそうか、という思いとともに、再びあの火ぶくれした顔が脳裏に甦りそうになる。多香美は慌てて映像を振り払った。

集中しろ。今はこの会見で出来得る限りの情報を引き出すのが自分に与えられた仕事だ。

「死因は首を絞められたことによる窒息死。ただしそれ以前に、身体には大小三十ヵ所に及ぶ擦過傷と打撲傷が残存していました。これらは全て事故ではなく人為的につけられたものであり、誘拐犯によって虐待された痕跡と思われます」

三人の顔から迷いが吹っ切れたように見えるのは、これで人質の安全に配慮することなく存分に狩りができるからだろう。

だが傍観者たちの反応は少し違っていた。記者の誰かがひどい、と呟く。それはおそらく会見場に集った者たち全員の感想だった。

「誘拐された少女が遺体で発見されましたので、事件は営利誘拐から殺人事件に移行します。従って報道各社にお願いしていた報道協定はこの時点で解除となります」

「ヨーイ、ドン！　だな」

隣にいた里谷がぼそりと言う。

「これで俺たち帝都テレビにアドバンテージは望めなくなった。各社一斉にスタートという訳だ」

言い終わるなり里谷は手を挙げた。壇上の村瀬がそれを見て指を差す。

「帝都テレビです。死体の死亡推定時刻はいつ何時だったのですか」

「詳細を伝えることはできませんが七月二十三日の夕刻から夜までの間と推定されます」

「被害少女を誘拐したという一回目の連絡が自宅にされたのは同日の深夜ということでしたが、それでは犯人は少女を殺害してから電話を入れたということですか」

「……その通りです」

演出効果を考えていた訳ではないのだろうが、村瀬の感情を押し殺した声でフロア内はしん、と静まり返った。

十六歳の少女に虐待を繰り返した挙句、殺害し、その上で両親に一億円を要求した犯人。

多香美の背筋におぞましさが走る。ちらと周囲に陣取る記者たちの顔色を窺うが、誰もが同じ表情をしている。

残虐非道な誘拐犯。良心など欠片もなく、その所業に同情する余地はない。たとえその犯人にどんな辛い過去や悲劇があったとしても、犯した行為の免罪符にはなり得ない。

我々善良なる市民の敵だ。

許してなるものか。

徹底的にその悪辣な内面と犯罪に至った経緯を白日の下に晒してやる――。

およそ他人の考えていることなど知る由もないが、大勢の人間が醸成する空気を読む力は誰しもが持ち合わせている。多香美が読んだこの場の空気は、まさしく義憤だった。報道人として、いや、人としてこの犯人を決して許すまじという意思が一つの渦となってフロアを支配している。

里谷の質問をきっかけに各社から質問の手が挙がる。

「捜査本部では犯人像をどのように把握しているんですか」

「プロファイリングということであれば、市民に不必要な予見を与える可能性もあるので、見解は差し控えさせていただきます」

「容疑者は絞り込めているのですか」

「現在、捜査中です」

「犯行現場について、もう少し詳しく。それから遺体はどのように発見されたのですか」

「一カ月ほど前に閉鎖した廃工場ですが、閉鎖時の後始末がされていない状況で、機材やら薬剤やらが半ば放置された状態でした。施錠もされていなかったので、近所の不良たちの溜まり場になっていたらしい。遺体を発見したのは、この廃工場に入り込んだホームレスの男性です」

夏のホームレスは夜行性だと聞いたことがある。陽射しの強い日中は日陰に眠り、陽が沈んでから食料調達に出掛けるのだそうだ。

「犯行現場付近の監視カメラは解析が終わっていますか」

「現在、捜査中です」

「まあ、そっちの望みは薄そうだな」

里谷は多香美に耳打ちする。

「お前、現場で監視カメラを確認できたか」

「いいえ。里谷さんは？」

「俺もだ」

報道写真を撮ろうとする者は、まずロケーションを考える。対象物を遠くからでも捉えられるよう、最適な撮影位置を探すのだ。

そして最適な撮影位置というのは、監視カメラの設置場所と同じであることが多い。廃工場に集まった捜査陣を写そうとした際、場数を踏んだ里谷なら当然それを探しただろう。その視界に監視カメラが確認できなかったという事実は、少なくとも目立つ場所には設置されていなかったであろうことを推測させる。

「おい、そろそろフケるぞ」

「え。もうですか」

「報道協定が解除されたといっても、死体発見からまだ半日も経ってやしない。どのみち捜査本部が発表できることなんざ、高が知れてる」

里谷は親指で後方を指す。その方向を見れば、後列に陣取っていた記者たちの何人かがそそくさと席を立ち始めていた。

多香美は身を低くすると、里谷についてフロアを抜け出した。

クルマに乗り込んだ里谷は、早速青戸方面に向けてアクセルを踏む。行き先は被害少女の自宅と知れた。

「両親への取材、ですか」

「現時点で他の取材対象はないだろう」

東良の自宅には綾香の死体発見の報がいち早く届いているはずだ。今から自分たちは悲嘆に暮れる遺族の許に向かい、無念のコメントを取ってくる。

取材拒否は織り込み済み。それでも遺族の心の隙間にマイクを捻じ込み、心情を拾う。遺族側の心の壁をどうやって突き崩すか。それこそが報道記者の腕の見せ所といえる。

「おい、どうした」

里谷の問い掛けで多香美は我に返った。

「えらく気が張っているようだが大丈夫か」

「大丈夫です」

「遺族にマイクを向けるのは初めてじゃないよな。なのに、その気の張り方は功名心の顕(あらわ)れと受け取っていいのか」

「功名心だなんて」

「名誉挽回(ばんかい)も功名心のうちだぞ。違うか」

返す言葉もなかった。

誘拐された少女を死体で発見——その第一報は先刻の協定解除を合図に、各社で報道される。帝都テレビでも〈アフタヌーンJAPAN〉のトップで扱うことが決まっているが、使用される素材は里谷が収めたショットだった。近接したビルの上から俯瞰(ふかん)で撮った、現場周辺の物々しい動き。それはそれで緊迫感のある画(え)ではあるが、多香美にはそれをはるかに凌駕(りょうが)するショットを手中にするチャンスがあったのだ。

それをみすみす無駄にしてしまった。誰のせいでもない。全ては自分の未熟さ、覚悟のなさが招いた失態だ。あの時、宮藤からは足手纏(あしでまと)いと蔑(さげす)まれたが弁解の余地もない。シャッターに指を置きながら動画はおろか一枚の写真も撮れず、そればかりか反吐(へど)の池をこしらえた。素人以下と罵(ののし)られても仕方がない。

「必要以上に気を張っているとドツボに嵌(はま)るぞ」

「気を張らない訳にいかないじゃないですか」

つい言葉が尖ってしまう。

「あんな醜態晒して、しかもあのいけ好かない刑事の前だったんですよ。正直、悔しいったらないです」

「実力が発揮できなかったから悔しい、か」

「ええ」

「自惚れるな。お前の実力はあの通りだ」

「里谷さんまでそんなこと言うんですか」

「背伸びはしろ。だが自分の力を過信するな」

里谷は諭すように言う。

「ホトケさんを見るのは初めて。しかも顔が爛れた死体なら最初から上手くシャッターが切れなくて当然。そんな有様で俺のショットを凌ごうなんて考える方が傲慢だ。今の自分の実力を知る。野心を抱くのはそれからでいい。自分のジャンプ力も知らないヤツが、いきなり棒高跳びしても怪我するだけだ。宮藤に罵られて悔しいと思うのは、それが事実だとお前自身が知っているからだ。そうだろ?」

指摘されたことはどれも正鵠を射ていた。

廃工場の脇道で反吐を吐き、涙目で宮藤を見上げた時、最初に覚えたのは悔しさではなく羞恥だった。犯罪捜査のプロフェッショナルがきびきびと働いている中、右も左も分からない素人一人が紛れ込んだようで居たたまれなかった。

「死体の醸し出す独特の死臭、おぞましさ、やり切れなさ。そういうリアルを知らなけりゃ、どんな取材をしたって嘘になる。最初はいいんだよ、吐こうが腰を抜かそうが構うこたぁない。要はそのリアルを直視する覚悟があるかどうかの問題だ」

「でも、悔しい気持ちも本当にあったんです」

「だからなあ」

「里谷さんも聞いてましたよね。宮藤刑事が去り際に残した言葉です。警察は被害者とその家族の無念を晴らすために働いている。だけどわたしたちマスコミは不特定多数の鬱憤を晴らすために働いているって」

　多香美はやっとの思いでそう声を絞り出した。

　自分が惨めで情けない状態で浴びせられた言葉だったから、余計に応えた。いつもは忙しさと仕事への忠誠心で省みることもなかったが、ああも悪し様に言われれば嫌でも胸に溜まる。胸に溜まった不信は時が経つにつれて自己嫌悪に成長し、内部から毒素を吐き出す。

「それで報道の仕事に疑問を感じるようになったってか。お前、案外と打たれ弱いんだな」

「宮藤の物言いは直截過ぎるが、詰まるところ報道の使命というのは伝えることだ。政治・経済・社会。今、どこで何が起こって何が隠されているのか。口幅ったく言えば例の知る権利ってヤツだが、俺たちの仕事は真実を報道することであって主張することじゃない。判断し、批判するのは大衆であって、俺たちは正当な判断が下せるように正確な情報を提供する……そう割り切ったらどうだ」

「でも、現に〈アフタヌーンJAPAN〉もキャスターが意見を言ったり、帝都新聞の論説委員を招いて主張させたりしてるじゃないですか」

「案外って」

「本来、社会の公器であるはずの報道機関が公正中立の立場を忘れて偏った報道をするのは正しいことじゃない。あれはバラエティ色を付加して差別化を図るための苦肉の策だ。たとえばNHKが右や左に傾いたらどうしようもないだろう。理屈で言ったら俺たち帝都テレビだって一緒だ。もっと露骨に言っちまえば、スポンサーの顔色を気にして黒を黒と言えないようなマスコミがどの面下げて偉そうに講釈垂れるかっていう話さ」

里谷の言うことは理解できる。

だが納得はできなかった。

大抵の人間は自分の職業に誇りを持っている。殊に報道に携わる人間は多香美も含めてその矜持が顕著で、自分たちが正義であると自負している。里谷のようにシニカルな人間は少数派なのだ。

伝えるだけなら警察発表をただ垂れ流しにすればいい。それこそ警察専用の動画サイトでも開設すれば事足りる。

自分は報道という手段で世界の歪みを正したいのだ。朝倉多香美というジャーナリストの存在を世に知らしめたいのだ。

東良宅の部屋番号は一階備えつけの集合ポストで確認することができた。８０２号室。周囲に報道関係者らしき人間は見当たらないので、どうやら多香美たちが一番乗りらしい。

昨夜のように間に合わせの装備ではない。里谷はクルマからソニーの業務用カムコーダーを担ぎ上げ、多香美も手に馴染んだＩＣレコーダーを忍ばせる。

エレベーターで階上に行くと、８０２号室の表札には確かに〈東良〉とある。多香美はインターフォンに向かって来意を告げた。

「すみません。帝都テレビと申します。東良さんのお宅でしょうか」

ややあって、女性の声で返答があった。

『何の御用でしょう』

ひどく疲れてはいるが、老いた声ではない。一家は三人家族と聞いている。では、この声の主が母親の律子だろう。

「取材の申し込みなんですが、今ちょっとよろしいでしょうか」

『お帰りください』

ここまでは想定内の反応。続く交渉がインタビュアーの腕の見せ所だ。

「綾香さんのお母さん、ですよね」

『……はい』

「ご迷惑を承知で来ました。今のお気持ちをお聞かせいただけませんでしょうか」

『迷惑だと承知しているのなら帰ってください』

「たったひと言でも構わないんです」

『テレビ局さんに協力するつもりはありません』

「協力じゃありません。わたしたちはお母さんの気持ちを代弁したいだけなんです」

『あなた方にそんなことをしてもらう必要はありません。必要のないものを強制するのは押し売りというんですよ。もういいですか』

まずい。会話が畳まれそうになる。背後に立つ里谷は今にも助け舟を出したそうにしている。だがここで助けられたら、ますます自分の立つ瀬はなくなってしまう。

多香美は慌てて言葉を継ぐ。

「お母さんは娘さんの、綾香さんの無念を伝えたくないんですか」

『……はい？』

「今も綾香さんを殺した犯人は一般市民の中に紛れ込み、ご遺族の声の届かない場所でのうのうと暮らしています。でも、わたしたちは亡くなった綾香さんとご遺族の無念を犯人に伝えることができます」

インターフォンの向こう側で、しばらく沈黙が流れる。だが、これは拒絶の沈黙ではなく迷いの沈黙だ。

やがて思い出したように返事が戻ってきた。

『どうせ、あなたも他人の家の不幸を面白がっているんでしょう？』

「他人だなんて思っていませんっ」

後の言葉は無意識のうちにこぼれ出た。

「わたしは妹を殺されました。だから肉親を失った悲しみは分かるつもりです」

思わず口を押さえた。

言うべきことではなかった。今まで取材相手にはもちろん、報道局の仲間たちにも打ち明けたことがなかったというのに。

そろそろと背後を見れば、案の定里谷も驚いた様子だった。

気まずい思いをしていると、ドアの向こう側で開錠の音が聞こえた。

警戒心も露わにドアがゆっくりと開かれる。その隙間からこちらを覗いているのは四十代と思しき女だった。

「……今の話、本当なんですか？」

多香美は黙って頷いた。咄嗟に口をついて出たことだが、多香美にとっても完全に癒えた話ではない。瘡蓋を剝がせば途端に血の噴き出るような記憶だった。

「少しだけなら」

そうして開かれたドアに、多香美と里谷は身体を捻じ入れた。

「綾香の母です。どうぞ上がってください」

至近距離から見る律子の顔は憔悴しきっていた。化粧がお座なりのせいか、それともここ数日の心労が祟ったのか、血色が悪い。無造作に束ねた髪も艶が乏しい。

それにしてもインターフォン越しのインタビューを予定していたのに、家の中に入れてもらえたのは幸いだった。

インタビューの仕事を一年以上続けて分かったことがある。人は対面している相手には悪意を向け難い。電話では攻撃的な者も、面と向かって話せばやがて少しずつ胸襟を開いてくる。自ずと質問の内容も深く掘り下げたものにできる。

期待を胸にリビングに誘われると、安っぽいソファに男が座っていた。スウェット姿に無精髭。男は少し取り乱した様子で腰を引く。

「帝都テレビさんですって。あの、夫です」

仲弘は軽く頭を下げると、律子を責めるように見た。どうやらマスコミ関係者を入れるつもりはなかったらしい。

幸運は重なる。両親からのコメントが取れれば、より訴求力の強い画を作ることができる。いや、二人のツーショットという画もいける。

「写すのですか？」

里谷の担ぐカムコーダーを見た律子が不快そうに訊いてきた。

「大丈夫です。お嫌でしたら首から下しか映しませんし、声も分からないように加工することができます」

律子はしばらく胡散臭げにカムコーダーを睨んでいたが、溜息を一つ吐いてから徐に口を開いた。

「綾香が見つかったのを聞いたのは今朝早くでした。死体が綾香かどうかを確認したのもついさっきです。だから、まだ気持ちの整理がつかなくって……」

話している最中からゆっくりと頭が下がっていく。声が途切れがちになるのは嗚咽を堪えているからだろうか。

「今のお気持ちを……」

「おい、あんたたち馬鹿か」

いきなり激した伸弘が割り込んできた。

「本人がまだ気持ちの整理がついてないって言ってるんだ。それなのに何が今のお気持ちをだ。そんなもの辛いに決まってるだろ！」

「あなた……あたしは大丈夫だから」

律子は静かに夫を執りなす。

「正直、訳が分からないんです。綾香を誘拐したという電話を受けた時から、どうしてわざわざウチの娘を攫うのかって。犯人はウチのどこに一億円なんておカネがあると思ったのか……」

だが、綾香が標的に選ばれた理由は必ずあるはずだ。そこで多香美は質問を変えた。

「綾香さんはどんな娘さんでしたか。その、最近の振る舞いとか」

律子はしばらくの間、押し黙る。伸弘はその様を半ば苛つき半ば狼狽えて見ている。

こんな時、急かすのは禁物だ。相手は懸命に思いを言葉にしようとしている。

「実は二年前にこの人と再婚して……綾香はあたしの連れ子なんです。あの娘が十四歳で多感な時だったから……」

つまり親子関係はぎくしゃくしていたということか。

「綾香さんは七月二十三日の夕方になって外出していますよね。いったい何の用事だったんですか」

「さあ……最近はあたしたちに黙って外出することが多かったから……あまり良くない友達と付き合っていたようだし」

話を聞くうちに、綾香という少女の印象がどんどん変質していく。再婚した母親とうまくいかず、悪い友人と夜遊びを繰り返していた少女。

宮藤に対して放ったはずの言葉が撥ね返ってきた。

その年頃の女の子に普通の娘なんていない――。

「でも、決して他人に迷惑をかけるような娘じゃありませんでした。心を閉ざしていても、人一倍優しかったのはあたしが一番よく知っています。そんな娘がどうして殺されなきゃいけないんですか」

とうとう堪え切れなくなったのか、律子は顔を覆い、その場に頽れた。

駆け寄るなり、伸弘は多香美に食ってかかった。

「もういい加減にしろ！」

突き出した手が多香美の肩を押す。

よろめいた多香美を背後にいた里谷が支える。大したもので、里谷はその体勢になってもカムコーダーを東良夫婦に向けたままだ。

「これだけ母親の嘆き悲しむ姿を撮ったんだ。満足しただろう。とっとと出て行ってくれ」

あわや拳が飛んできそうな勢いだったが、多香美は引き下がらない。

「ではお父さんのお気持ちをお聞かせください」

「何だと」

「お話では綾香さんのお父さんになられて二年ということですが……」

「それがどうした！　二年だろうが十年だろうが父娘であることに変わりはないだろう」

「犯人に対して、何か言いたいことは」

「犯人に言う前にお前らに言いたい。いいか、俺たちはさっき綾香の亡骸と対面してきたばかりなんだぞ。あいつがどんな風になっていたか、お前は知っているか」

知っている、とは言えなかった。

脳裏にまたもや火ぶくれのおぞましい形相が再生される。

「酷い有様だった。それを無理やり見せられた親の気持ちが分かるか。それとも分かった上でそんなことを訊いているのか」

言葉の一つ一つが胸に刺さる。殊に今回は被害者の死体を目の当たりにしているので、律子たちの悲憤がより克明に迫ってくる。

ああ、そうか。

これが里谷の言うリアルという意味か。

「他人の不幸に群がりやがって。ハイエナみたいな連中だな」

「ハイエナというのはあんまりです」

「死体に群がるんならハイエナそのものじゃないか。出て行け。これ以上居座るつもりなら警察を呼ぶぞ」

あくまでも律子に招かれたから家に上がった。それを今度は退去しなければ警察を呼ぶというのは勝手な理屈だと思ったが、潮時でもあった。里谷も目で合図をしている。

「帰ります。失礼しました」

そう告げて踵を返す。玄関に戻って外に出たが、当たり前のように夫婦の見送りはない。

ドアを閉めた瞬間、最前のやり取りが高速再生された。

伸弘からはずいぶんな言葉を浴びせられたが、では自分の質問はどうだったのか。少なくとも被害者と遺族を思いやる言葉は出てこなかった。綾香の情報を引き出すのに手一杯で、母親の気持ちを斟酌する余裕はついぞなかった。

死体に群がるハイエナ。確かに被害者遺族の目にはそう映るのかも知れない。

自己嫌悪と罪悪感に襲われる。いつもは職業意識で抑えられるはずが、今日に限って上手く機能しない。

「よくやった」

真横で里谷が言った。

振り向くが、その顔は全くこちらを見ていない。思わず嗚咽が洩れそうになった。

「久々の独占インタビューだ。会話は短かったが、遺族の素顔が撮れた。マスキングしてもあの悲しみと怒りは充分視聴者に伝わる」

律子からは撮影許可の言質(げんち)を取ってある。ニュースで流したとしても抗議されることはないだろう。

しかし後味の悪さは一階に下りても継続していた。まるで動物の死体を踏んだような不快感がずっと付き纏っている。

そして唇を固く締めていると、背後から里谷の声がした。

「よくやった。だがお前自身の過去を取引に使ったのには驚いた」

「ああでも言わないと、会話を打ち切られそうでしたから」

「誉(ほ)めてやりたいが誉める訳にはいかん」

里谷の口調は急に不機嫌なものになった。

「あんなことを続けていたら、今に自己崩壊するぞ」

## 2

「さすが社会部の誇るエースだな。よくやった」

兵頭は両手を挙げて二人を称賛した。数字が取れれば笑い、取れなければ渋面をつくる。いつもながらの単純明快な意思表示で本心のほどは分からないにせよ、自分の仕事が社内的にどう評価されているかの物差しにはなる。

「誉めるんだったら朝倉を誉めてやってください。母親からあのコメントを絞り出したのはこいつなんですから」

「もちろんだ。しかし横でカメラを担いでいた人間を誉めても構うまい？　被害者遺族にあそこまで飛び込んでいく勇気は、傍で誰かが支えてくれるという安心感があってのものだ」

そう言いながら、兵頭は多香美の肩にぽんと手を置く。すぐには離さず、ゆさゆさと軽く力を加える。言葉を重ねるよりも雄弁な賛辞。色々と問題のある上司だが、部下の誉め方だけはさすがと思わせた。

律子のコメントをいち早く流した〈アフタヌーンＪＡＰＡＮ〉の視聴率は先週比で五ポイント上昇していた。多香美のインタビューに懲りた東良夫婦がそれ以降の取材

を全て断ったために、律子の画像はより希少価値を生んでいたのだ。同業他社からは

恨み節が聞こえたものの、同時間帯でトップを記録したのはBPOの勧告を受けてかから初の快挙なので、兵頭の喜びようはもっともだといえた。

だが、もちろん兜の緒を締めることも忘れない。

「出し抜かれた他社は記者が二年目の新米と知って、汚名返上とばかりに目の色を変えてくる。下手したら取材対象よりもマークされるかも知れん。心してかかれよ」

質問は許さないとでも言うように、兵頭は二人の前から立ち去った。

多香美は喉まで出かかっていた言葉を里谷に向けることにした。

「心してかかれって言われましたけど、具体的にはどうしたらいいんでしょうか」

「先行したまま逃げ切れってことだ」

「先行逃げ切りって、まるで競走馬じゃないですか」

「ベテランみたいに持続力のないヒヨっ子は瞬発力で勝つしかない。お前には適したアドバイスだと思うが」

持続力がないという指摘は的を射ていたので敢えて反論はしなかった。

「遺族とのインタビューで自分の過去を誘い水にしたんだ。咄嗟の判断でそうしたんなら、間違いなく瞬発力はある」

「……それで次の取材はどこですか」

「決まってる。宮藤にずっと張りつく」

宮藤に見下された際の羞恥と自己嫌悪が甦る。

気持ちが早速顔に出たらしい。里谷が覗き込むようにして言った。

「あの男が苦手か。イケメンなんだがな」

「わたしは顔より内面を選びます」

「内面なんか分かるのか」

「あの人はジャーナリズムをとことん毛嫌いしています。それも偏見で凝り固まって。

里谷さんみたいに調子を合わせていくなんて無理です」

「偏見のないヤツなんてマザー・テレサくらいしかいないさ。それに調子を合わせている訳じゃない。マスコミにはマスコミの言い分があり、警察には警察の言い分がある。相容れないのは当たり前だ。それさえ押さえておけば口論にはなっても喧嘩にはならん」

死体発見の夜、里谷と宮藤の間に交わされた会話を思い出した。喧嘩ではなく口論。なるほど、それが二人の長続きしている理由か。

「盲腸ってのはうざったいものだが、だからといって切ればいいってもんでもない。まあ、そのくらいに考えとけ」

里谷はそう言って社会部のフロアから出た。多香美は後を追いながら、ではどちらが盲腸なのか気になったが、結局訊きそびれた。

警視庁には社員証の提示で記者クラブ詰所まで入ることができる。問題はそこからいち担当刑事を尾行する手段だったが、里谷はさして悩んでいる風ではない。

「さて、行くか」

「行くってどこにですか」

「地下駐車場の入口だ。そこで宮藤が出て来るのを張る」

警視庁地下一階の駐車場には警察車両が駐車されているが、ここは警察庁・官邸・皇居と地下道で繋がっているため、多香美たちがおいそれと自由に立ち入りができるものではない。駐車エリアも一般車両と警察車両のそれは厳重に区分けされている。

「張るって……出入りする警察車両なんて山ほどあるじゃないですか。その中から宮藤刑事が乗ってるクルマを見分けるなんて」

「黒のインプレッサ」

「え」

「黒のインプレッサＷＲＸ。アルミホイールが金色で、ブレーキキャリパーは赤。ナンバーも分かっている。捜査系の車種は数あれど、奴さんは可能な限りそのクルマを使用している。俺はクルマの中で待機しているから、該当のクルマを見掛けたらすぐ連絡しろ」

何故(なぜ)そこまで、とは訊かなかった。長い付き合いなら憶(おぼ)えていて当然のことなのだろう。

決して怪しまれることのないよう、何気ない素振りで駐車場の出入り口を徘徊(はいかい)する。現場レポーターを始めた時分から思うことだが、取材対象に張りつく様は、窃盗犯の下見とあまり変わらない。

しばらく見張っていると里谷の告げたナンバーのインプレッサが姿を現した。ちらと運転席を見ると確かに宮藤の横顔があった。

多香美はすぐに携帯電話で里谷を呼び出す。

「宮藤刑事、出ました！」

『よし、正門に走れ。そこで拾ってやる』

言われた通り正門に向かって全速力で走る。警邏中(けいらちゅう)の警官がこちらを見るが構ってはいられない。

正門では既に里谷が待っていた。多香美が助手席に飛び乗るとクルマはすぐに発進した。

「よし、ナイスタイミングだ」

「宮藤刑事、どこに向かうと思いますか」

「奴さん、どんな顔していた。焦っていたか」

「そんな風には見えませんでした」

「だったら定石通り、東良綾香の周辺を洗うんだろうな」

「東良綾香は高校生……じゃあクラスメートですか」

綾香が通っていたのは北葛飾高校だ。宮藤の駆る覆面パトカーも高校のある葛飾方面に向かっている。

「事件が起こってから何度も疑問に思われたことだが、東良家は現状律子の収入を合わせてやっと立ち行く状態だったはずだ。資産と呼べるものはなし。営利誘拐にはとことん不向きな家庭だ。それなのに何故襲われた？　警察や俺たちはその疑問に終始振り回されてきた。だが、そもそもそれが全くの見当外れだったとしたらどうだ」

「……誘拐事件自体が偽装だったというんですか」

「犯人は綾香を殺してから自宅に電話を入れている。もし電話の向こう側から、人質の声を聞かせろとか要求されたらどう対処するつもりだったんだろうな」

「でも、誘拐犯が身代金受け取りまでに人質を殺してしまうのはよくあることじゃないですか。自分の顔を目撃されているんだし」

「それにしたって短気過ぎる。だが偽装誘拐というのなら辻褄が合う。東良綾香は営利誘拐以外の動機で殺され、自宅に一度きり掛かってきた電話はそれを誤導するための小細工だ。誘拐事件ともなれば人命優先の手前、警察の初動捜査も遅れる」

身代金奪取以外の動機といえば怨恨、あるいは享楽。それなら綾香の人間関係を洗うという捜査は理に適っている。

「でも、人間関係っていっても周りは全員高校生じゃないですか」

「全員とは限らん。第一、今日び高校生の殺人犯なんざ珍しくも何ともない」

言われてみればもっともな理屈だった。しかし多香美の頭は理解できても納得できずにいた。

いや、違う。

納得できないのではなく、感性のどこかが納得するのを拒否しているのだ。

覆面パトカーは六号線に入り、青戸の団地群を右手にやり過ごしていく。多香美がナビゲーターを確認すると、その直進方向には北葛飾高校があった。

「ビンゴ、かな」

「だったら、どうします」

「校舎の中で宮藤と鉢合わせしたってつまらん。俺たちは奴さんの収穫した獲物を横から拝借しようじゃないか」

「横から拝借、ですか」

それでは伸弘が指摘した通りハイエナのようで、多香美は少し面白くない。

「くさるなくさるな。どの道、捜査権を持っているお巡りさんと違って、俺たちが帝都テレビの腕章していきなり校舎に入っても先生連中から止められるのがオチだ。正式に取材申し込みをしたとしても、学校の体面や保護者への説明義務を考慮して体よく断られるだろうしな」

「でも生徒の中から獲物をどうやって見分けます？」

「お前な、ちったあ自分で考えてみろよ。お前だって何年か前は女子高生だったんだろ」

セクハラ紛いの物言いだったが、この先輩に抗議してもいいようにあしらわれるだけだ。それよりは出された問題に頭を巡らせる。

高校生時分、多香美や周りの友達はどんな風だったのか。

根拠のない自信があって、それでも不安で。

男の子に興味があって、別の日は無関心で。

噂好きな癖に、秘密主義で。

友達に優しくて、そして残酷だった。

多香美はやっと思い至る。

「まさか、校門で出口インタビューをしようっていうんじゃないでしょうね」

「ご名答。刑事が校内に乗り込んで聞き取り調査するんだ。誰が聴取されて何を喋らされたかなんて、その日のうちに広まるだろ。俺たちはその中からこれぞというものをピックアップしていく」

「全校生徒に訊くつもりですか」

「東良綾香のクラスは1―B。取りあえずはそれに絞って本人の情報を掻き集めるさ」

「それって効率が悪くないですか。どうせ刑事だったら担任から本人の交友関係を訊くでしょうから、わたしたちも担任の先生を捕まえた方が」

「ほう。朝倉の担任だった先生は、クラス全員の交友関係や性格を完全に把握していたのか」

「……いいえ」

「一人一人の能力も、希望も、悩みも、そして可能性も全てを把握していたのか」

「いいえ」

「俺の学生時代もそうだったなあ。先生なんて何も分かっちゃいなかった。鬱屈を抱えた生徒は見て見ぬふり、成績と日頃の態度だけで人間性を決めていたな。要は自分が扱い易い生徒は厚遇して、それ以外の生徒には関心なし。取りあえず自分が担任している間に問題が表沙汰にならなきゃ安心って先生ばっかりだった」

聞いているうちに奇妙に懐かしく、そして不愉快な気分に襲われた。

里谷の体験談はそのまま多香美の体験にぴたりと重なる。多香美の知る教師たちもまた親しくはなれても悩みを打ち明ける気にはなれず、賢明であっても尊敬できる人物は皆無だった。

いかに人生経験が浅くても、大人の値踏みくらいはできる。いや、十六、七の娘たちにさえ見透かされるほど彼らは浅薄だった。事なかれ、偽善、権威主義。そうしたものが言葉の端々や表情に表れているのに、本人たちは気づきもしなかった。

「そんな経験は俺だけじゃないはずだし、今だってあまり状況は変わるまい。それなら担任の先生より、同級生から話を訊いた方が情報量も信憑性も上だ」

正式なルートより裏ルートという訳か。これには多香美も異存はない。教師に話せないことも友達には話せる。そして仲間意識は、住んでいる世界が狭ければ狭いほど濃密になる。以前、別の出来事に関して今どきの少年少女たちから話を訊いたことがあるが、間違いなく多香美が学生だった頃よりも彼らの世界は窮屈になっている。

「ただ……」

「ただ、何ですか」

「あの宮藤刑事が、俺ごときが思いつくことを見過ごすとは思えない。一応、学校側を通しはするだろうが、俺たちと同様、生徒たちを個別で当たるだろうな」

「でも、パトカーに乗ってたのは宮藤刑事だけでしたよ。たとえ一クラス限定だとしても、たった一人で生徒個別に聴取するなんて」

「そういうことをやる刑事なんだよ。あの男は」

宮藤のクルマは里谷の推測通り北葛飾高校を目指していた。校門を潜り、敷地内へと入って行く。

　里谷は高校周辺を流し、適当なパーキングエリアにクルマを駐めた。

「これからどうします。下校時間には、まだ当分ありますけど」

「待つさ。おそらく学校側も事情聴取に長時間を費やすつもりはないだろうから、1―Bのクラス、しかも少数からの聞き取りでケリをつけようとする。大して時間は掛からんだろう」

　まだ立ち入ってもいない学校についてずいぶんと見下した物言いだったが、妙に説得力があるのは多香美にも同じ思いがあるからだ。

　学校というところは警察の介入をとことん嫌う。警察沙汰イコール管理責任への問責、教育の失敗として保護者や教育委員会から叩かれるのを極端に恐れているからだ。警察力の介入が生徒たちに不安を与える、というのは単なる口実であり、自分たちが管理する聖域を部外者の土足で荒らされたくないからだ。

　昨今少年犯罪を取材することが多くなり、その度に多香美は学校関係者の対応に幻滅と怒りを覚えずにはいられなかった。生徒がいじめの辛さに死にたいと遺書を残しているのに、校内でいじめは存在しなかったと必死に否定する校長、明らかに体罰が原因で生徒が死んだのに担当教員を弁護する同僚の教師たち、例を挙げ出したらキリがない。犠牲になった生徒と遺族の悲嘆には一切耳を傾けようとせず、ひたすら自身と学校の保身に走る姿はもはや教育者というより、上司の命令に従って不祥事の火消しに奔走するサラリーマンにしか見えなかった。

最初から真摯に問題に向き合えばいいものを、下手に隠し立てしようとするから生徒や保護者、延いては世間の不信と反感を買う。その反感を代行する形でマスコミが追及すると、学校側が逃げの一手を打つのでどうしても責任者の首を要求するような雰囲気が醸成されてしまう。そしてまた保身と責任転嫁が繰り返され、教育者の姿はどんどん醜悪になっていく。

「今度の事件で東良綾香の人間関係がクローズアップされても、おそらく学校側は知らぬ存ぜぬで通そうとする。東良綾香は模範的な生徒だった。彼女の交友関係には何ら問題がなかった。学校としては彼女の不合理な死に遺憾の念を覚え、一刻も早く事件の解決を望むものである……」

里谷の顔にうっすらと諦念が浮かぶ。それは怒りや憤りを通過した、投げやりなニヒリズムにも映る。

「朝倉よ。お前、自浄作用というのを考えたことがあるか」

「もちろんありますよ。今回ウチがＢＰＯの勧告を受けましたから切実な問題です」

「自浄できなければ組織は内部崩壊し、自分の居場所がなくなるからな。組織の収入が途絶えれば自分たちの死活問題になる。だから民間企業というのは割合に自浄作用が働く。善悪や倫理の問題ではなくて、組織を存続させるための手段としてな。だが身分の保障されている公務員はその限りじゃない。不祥事が発生しようが人死にが出ようが世間からの猛バッシングがあろうが、首を縮めて嵐が通り過ぎるのをじっと待っていりゃいい。だから学校やら警察やら検察の不祥事は、いつでもどこでも再発する。しかしな、実を言えば事の本質はそんなことじゃない」

「本質？」

「矜持ってヤツだよ」

　里谷は虚空を見つめて言う。多香美と目を合わせようとしないのは、きっと気恥ずかしいからだろう。

「世間の良識とか肩書じゃない。自分のしている仕事が何かにとって意義のあるものであること、自分のしている仕事が胸に抱いた信念に沿っているものなのかどうか。たとえば東良伸弘は俺たちをハイエナ呼ばわりした。悔しかっただろ」

「はい……」

「どんな組織にだって問題はあるし、反感を持つヤツがいる。殊に報道なんて世間に向けて発信する仕事だから、文句を言うヤツはいつでも一定数いる。それを雑音と割り切れるほどの矜持があれば何ということもない」

多香美は自問する。外部からの非難を雑音として処理できるような誇りを、自分は獲得しているのだろうか。

正直、自信がない。だからこそ仲弘に罵倒(ばとう)された時、感情的に反応するしかなかった。

不意に里谷の存在が遠く感じられた。こうして隣に座っていても、自分は経験値と知見においてこの男の足元にも及ばない。この仕事を続けていこうとするなら、おそらく里谷と同等かそれ以上のノウハウを身につけなければならない。

「さてと」

里谷は後部座席に置いてあったカバンからノートパソコンを取り出した。

「何をするんですか」

「どうせ下校時間まで間があるんだろ。下調べしておこうと思ってな」

やがてネット検索で開いた画面を見て驚いた。

黒い背景におどろおどろしい模様が走り、最新記事の一覧と書き込み欄、そして各種のスレッドが立っている。

「ほう、やっぱりあったか」

里谷の方はさして驚きもせず、淡々と画面をスクロールしていく。

「生徒の中に一人でもこういうのに精通したヤツがいれば、すぐに学校裏サイトが開設される。読んでいて決して気持ちのいいもんじゃないが、ここには生徒の本音が垂れ流しになっている。宮藤が校内に闖入すれば、当然その反応がサイトに反映され、東良綾香個人の評判や交友関係が虚実入り乱れて吐き出される」

「虚実をどうやって見分けますか」

「生徒本人に訊いて確かめるまでさ。情報収集と裏付け。俺たちの仕事は警察の捜査と相似形を描く」


クルマの中で待機していると校庭から終礼後のチャイムが流れ出した。それを合図に多香美と里谷は校門に急ぐ。もちろんＩＣレコーダーは忘れないが、カメラは置いていく。人混みの中でカメラが回っているとギャラリーが周りを取り囲み、取材対象が冷静さを保てないからだ。

二人は校門で待ち構える。すると早速生徒たちの群れが玄関から出て来た。きっと部活動には縁のない連中なのだろう。

多香美はＩＣレコーダーを携えてその群れの中に飛び込む。

「ごめんなさい。帝都テレビの〈アフタヌーンＪＡＰＡＮ〉なんだけど、あなた１―

Bの生徒？　違う？　じゃあいいわ」

「あなた1―Bの生徒？　え、そうなの。じゃあ訊くけど、同じクラスに東良綾香っていう子がいたでしょ。どんな子だったの」

　ＩＣレコーダーを突きつけられた女子生徒は目を白黒させたが、直に落ち着きを取り戻した。

「あの……そういうの、外部の人に気安く喋るなって」

「担任の先生？」

　やはり箝口令が敷かれている。

　頷く隙間を狙って次の質問をする。相手に考える暇を与えない方法だ。

「担任の先生、何て名前」

「樫山邦夫」

「どうして外部の人に喋っちゃいけないのかな。クラスメートの印象を言うだけでいいのよ。あ、そうだ。交友関係でもいいよ。綾香さんは誰と仲がよかったの」

「あの、済みません。アタシ、何も知らなくて」

　そう言って女子生徒は逃げるように立ち去って行った。

　知らないはずがあるか。多香美は去りゆく後ろ姿に向かって心中で叫ぶ。

　クラスメートが誘拐された挙句、身体中に暴行を加えられて死んだんだぞ。思うことがあるはずだ。思い出したことがあるはずだ。言いたいことがあるはずだ。

そうしているうちにも校舎からは次々に生徒が吐き出されてくる。門の反対側には里谷がいる。多香美は手当たり次第、生徒たちを捕まえては質問を投げる。

「あなた、1―Bの生徒？」

「東良綾香さんて知ってる？」

「事件に関して、クラスの誰かが呼び出されなかった？」

「あのう、同じクラスだけど、あまり付き合いなかったんで」

「確かにウチのクラスだけど目立たなかったなあ」

「えー、ウチ、あの子と話したことないしー」

「済みません。これから塾があるので」

「そういうことは学校に訊いてください……って答えるように言われました」

「可哀想だと思うけど……ごめんなさいっ」

箝口令の効果は絶大らしく、想像以上に全員口が堅かった。同じクラスの生徒を十人捕まえたが、誰も彼も口を開こうとしない。

即座に思いついたのは、学校側からの過度な締めつけだ。ひと言でもインタビューに答えてはいけない。もしインタビューに応じたら学校の秩序を乱したとして――。

いささか妄想逞しいとも思ったが、そうとでも考えなければ生徒たちの反応が腑に落ちない。

答えて。

空振りが二十人を超えた時、多香美は半ば祈るような気持ちになっていた。事前情報では1—Bは三十人クラスだから残りは十人足らずということになる。

誰か教えて。

あなたたちの証言が犯人を捜す手掛かりになるかも知れないの。

毎日毎日、綾香さんの近くにいたんでしょ?

黙っているのが賢いとでも思っているの?

気ばかり焦って、ついつい詰問口調になる。すると訊かれた生徒はますます口を閉ざすようになる。悪循環だ。

ところが二十三人目に捕まえた女の子が皆とは違う反応を見せた。

「あの……こんなところでは話せません」

控えめな声、肩まで伸びた黒髪、小動物のように不安げな表情。だが目は話したいのだと訴えている。

「いいけど、あなた何か知ってるの」

「あの日……綾香が誘拐されたって日なんですけど……一日中、綾香に付き纏(まと)っていた子がいるんです」

## 3

女の子は生方静留という名前だった。

インタビューを申し込むと静留は場所を変えて欲しいと言う。確かに箝口令が敷かれている中、校門であれこれ答えている姿は見られたくないだろう。多香美と里谷は彼女を学校から離れた喫茶店に連れて行った。

奥のテーブル席に静留を誘う。静留は周囲を見回し知り合いがいないのを確認したのか、ようやく安心した様子で口を開いた。

「あの、このこと、あたしから聞いたって絶対洩れませんよね?」

その口調で、今から静留の話す内容が半ば公然の秘密であることが窺える。

「絶対、洩らさない。それはわたしたちが責任を持つから。話して」

「……綾香はクラスの一部から苛められてたんです。首謀格っていうかリーダーは仲田未空って子で、あの日も朝から綾香に付き纏ってました」

やはりそういうことだったのか。

頭の隅に絶えず置いていた可能性だったが、実際に証言を得てみると苦い思いがある。

「いじめはずっと続いていて……皆のいる前で馬鹿にしたり、パシリにしたり、女子トイレに連れ込んでバケツの水をかけたりしてました」

「担任の先生は止めなかったの」

「先生は知らんぷりしてました。あの、ウチの学校はいじめがないんだって、いつも朝礼で校長先生が自慢しているんです。でも本当はいじめなんてどのクラスにもあって……それが先生たちの間ではないことにされてるんです」

よくある話だ、と多香美は思った。

生徒間のいじめは学校側にとって不可触の問題だ。根本的な解決策はなく、それでいて常に学校側の管理責任が問われる。本来であれば問題を解決しなければならない立場の大人が頬かむりを決め込み、そもそも問題などないのだと強弁に走る。いや、ひょっとしたら強弁を繰り返すことで自分に暗示をかけているのかも知れない。

いじめがあったという両親の主張に対し、学校側延いては教育委員会までがそれを真っ向から否定する。まるでいじめを認めてしまえば組織が壊滅するかのような恐慌ぶりで、知らぬ存ぜぬを押し通す。

最近では文科省の働きかけでいじめ隠しの風潮をなくす動きも出ているが、それでも学校の隠蔽体質は相変わらずだ。各都道府県の教育委員会が校長以下の人事権を握っていて、現場ではとにかく外部からの批判を受けないように戦々恐々としている。

そして隠蔽し、見て見ぬふりをしているうちに、いじめは虐待となり、虐待は暴力へと変質していく。

これで綾香について箝口令が敷かれている理由が理解できた。箝口令が敷かれたことは、静留の証言が正しいということを逆に証明している。

「どうして綾香さんはいじめを受けていたの？　その未空という子と何か争いごとでもあったの」

「……何も、ありません」

「えっ」

「綾香は勉強でもスポーツでも目立つ子じゃなかったし、未空と何か接点があった訳でもありません」

「じゃあ、どうして」

「綾香のお母さんが再婚だから」

後を待ったが、続く言葉は出てこなかった。

「再婚だからって、それだけ？」

「それだけです」

ざわ、と多香美の背中に悪寒が走った。

「訳が分からないわ。どうして母親が再婚したという理由だけで苛められなきゃいけないの」

「理由は何でもいいんだと思います」

「何でも……いい？」

「親の職業が風変わりなものでもいいし、その子がお笑い芸人の誰かに似ててもいい。親が警察官とかじゃなければネタは何だっていいんです。とにかく苛めても反抗しようとしない子、先生に告げ口をしないような子ならそれでいいんです」

「そんなの、まるで生贄じゃないの」

「生贄……そうですね。その言い方が一番しっくりくると思います」

静留はまるで自分が責められているかのように、どんどん声を落としていく。

「いじめって、している側はそんなに悪気がないっていうか遊び感覚っていうか……あんまり自分の悪気に気づかないんです。向こうもいじめられて本当は嬉しい、みたいな」

多香美は思わず口を差し挟みそうになったが、その寸前で里谷に制止された。

里谷は黙って首を横に振る。そのまま喋らせろという合図だ。

「それで、あの、みんなムシャクシャしてるんです。家のこととか、友達のこととか、将来のこととか。でも、そういうのって真面目に話したら引かれるから、友達には話せないし、親に相談しても予想してた通りの当たり前の回答しかしてくれないし、先生は全然親身になってくれないし、親身になって欲しいとか思ってないし……ヤだ。あたし、さっきから何愚痴ってんだろ」

それでも多香美と里谷が黙っているので、静留は思い直したようにまた口を開く。

「えっと、だからですね。みんなムシャクシャしてて、放っておくと頭がおかしくなりそうなんです。どこかで息抜きっていうか、ストレス発散させないとやってられないんです」

多香美は不意に学生の頃を思い出した。静留の話を聞いているうちに、記憶が無理やり引き摺り出された格好になっていた。

驚いたことにあの頃の自分と静留には共通点が多い。いじめの話はともかく、周囲に真剣な相談がし辛かった。親の話は何の参考にもならず、教師は最初から信用できなかった。ひょっとしたら、これはこの年頃に共通した認識なのかも知れない。

たかが高校生がストレスなどと言い出せば大人は一笑に付すのだろうが、思春期だからこそ抱える悩みもある。それに精神が脆弱な分、受ける精神的圧迫も負荷が大きくなる。

だが、いじめをストレス発散の手段にしていたという件だけは共感できなかった。

「生贄っていう言い方は、だから正しいです。誰か一人を徹底的に犠牲にすることで、他の生徒全員がひと息つけるんだから」

静留の話しぶりを聞いていて分かったことがある。

それは、静留も共犯者だったということだ。

共犯者というのが言い過ぎなら、傍観者と言葉を替えてもいい。とにかく静留は未空たちのいじめを目撃しながら、それを止めようとはしなかった。止めたのであれば、真っ先にそれを多香美に告げ、未空を悪し様に罵ったはずだ。それをしなかったのは静留自身に罪悪感があるからに違いなかった。

「誰か止める人はいなかったの」

婉曲に訊くと、果たして静留は首を横に振った。

「……ルールがあるんです」

「ルール？」

「いじめを止めに入ったら、今度はその子がターゲットにされるんです。それに……それに……」

「あなたたち、いや、クラス全員がそれを面白おかしく見物していた。だから敢えて誰も止めようとしなかった……そういうことだったのね」

つい言葉が尖ってしまった。静留は身体のどこかを刺されたように顔を顰める。

すると里谷が問答無用で多香美の前に出てきた。

「じゃあ、もうちょいと事件に沿った話を聞かせてくれないかな。事件のあった日、その未空って子が綾香さんにずっと付き纏っていたんだよね。それは放課後になっても、という意味かい」

「そうです。怖がって他に証言する人がいないかも知れませんけど、あの日、綾香は未空たちと一緒に学校を出たんです」

「どうして、そう断言できる？」

「見たんです。あたし」

「君がか」

「はい。綾香は未空たちに取り囲まれるようにして校門から出て行きました。後を追わなかったから、どこに行ったのかまでは分からないけど」

それなら、もし後を追っていたなら綾香さんは殺されずに済んだのかも知れないわね――。

喉まで出かかっていた言葉は、またもや里谷の差し出した手で遮られた。どうにも癪な先輩で、自分の言うこと為すことをことごとく読まれているような気がする。

「その子は仲田未空っていうんだよね。他のメンバーも教えてくれないかな」

「1―Bの中だったら柏木咲。それから1―Cの当真祥子……」

違うクラスの生徒まで加担しているのか、と少し呆れた。

「都合三人のグループなんだね」

「はい」

「それじゃあ、もう一つ。綾香さんの死体発見のニュースが流れたよね。その時の三人の反応はどうだった？」

「何か……とても怖がっているみたいでした」

「ありがとう、協力してくれて。そうだ、ついでにもう一つ。その仲田未空って子の写真とかプリクラとか持ってないかな。それと住所」

「ケータイには入れてないけど、家に帰ったらクラスの集合写真があります」

「お、助かる。後で俺のケータイに写メで送ってくれたら助かるんだけどな」

まだ不安の抜け切れない静留に、里谷は自分の携帯電話を見せる。

「あの、本当にあたしの名前は出ませんよね」

「それはもう、帝都テレビの看板を信用して……と言いたいところだけど、最近ウチも不名誉なニュースで名を馳せちまったからなあ。この話、知ってる？」

静留は気まずそうに頷いてみせる。

「と、なれば俺たち二人を信用してもらうしかないな。えっと、静留ちゃん、今証言してくれたことは本当だよな」

「本当です」

「だったら俺たちは君を信じる。だから君は、君を信じる俺たちを信じろ」

ぽかんと口を開けた静留は、次の瞬間に破顔一笑した。

「そんなこと言った人、初めて。分かった、あたし里谷さんを信じる」

「そんじゃ、そういうことでメアド交換といこうか」

里谷はそう言い、静留に恭しく携帯電話を差し出した。


静留が店から姿を消したのを確認すると、多香美は里谷を睨めつけた。

「何だよ、その目は」

「里谷さんって本っ当に口八丁なんですね。さっきの口説き文句、横で聞いてて開いた口が塞がりませんでした」

「相手の齢に合わせた説得の仕方というのがあるんだ。どうせ開きっ放しの口なら、そういうことを喋れ。お前こそ何だ、さっきの詰問口調は。あのまま放っておいたら、あの子の首を絞めかねなかったんじゃないか」

「あれは……」

多香美は俯いて口を閉ざす。

静留に怒りが向かいそうになったのは、彼女もまたいじめの加害者だったからだ。

だが、それは義憤というよりは私憤に近いものだ。そして、それを口にするのが幼稚であるのを知っている程度には分別がある。

「……すみませんでしたっ」

「まあ、いい。何かに怒りを覚えるのは悪いこっちゃない。だが目の前の相手に凄むような真似はするな。折角の情報が引き出せなくなる。いいか、同じ質問をするんでも刑事が凄むところで俺たちは笑った方が有利なんだ」

「笑わなきゃ駄目ですか」

「刑事が凄むのは権力の後ろ盾があるからだ。質問された方はその権力が怖いから白状する。俺たちマスコミにも権力らしきものがあるにはあるが、三権ほどはっきりしたものじゃないからあまり脅しにはならん。だから笑う、笑わせる。向こうの警戒心を解いた方が脅しよりも効果的に働くことが多いからだ」

言われてみればいちいち頷けることばかりなので、却って癪に障る。

報道の現場に出て一年余。それでもまだ里谷から教えられることが多過ぎる。これは里谷のスキルが並外れて高いのか、それとも自分が未熟に過ぎるのか。

それにしても、と里谷は口調を一変させる。

「東良綾香の交友関係と評判を確認するだけの取材だったが、とんでもないネタにぶち当たったな」

「里谷さん」

「ん」

「綾香さんが殺されたのは、いじめの延長だったんでしょうか」

先刻味わった悪寒が再び襲ってきた。

同級生によるリンチ、その挙句の殺人。近年、幾度となく報道されてきたおぞましい事件がまた発生したのか。

「まだ分からん。ネタといっても緒に就いたばかりだからな。ただ、その仮定に立ってみると色々説明できることがある。まず東良綾香の身体に残されていた無数の傷痕（きずあと）だ。単独犯の仕業だとしたら変質者じみているが、複数犯によるリンチだったとしたらそれも頷ける」

里谷は持っていたカバンからノートパソコンを取り出し、裏サイトを開く。校内に刑事が闖入した影響か、掲示板の書き込みは大幅に更新されていた。

『見た？　刑事キター』

『見た見た。あのイケメン刑事よね』

『聞き込み、1―Bだけだろ。つっまらん』

『あのクラスに犯人いるんだろ？』

『そんなの、みんな知ってるぞwwwwww』

『え。誰』

『Mってヤツだろ。1―Bのヤツラがウワサしてたぞ』

『M・N』

『フルネームでａｇｅ』

『仲田だよ。死んだ子をよくいじめてたらしい』

『死刑！』

『禿同』

『バーカｗｗｗｗｗ、オレたち少年法にまもられてっから』

『バカはおまえだろ。少年法って改正されたのしらねーのかよ。14でもぎりぎりアウト』

『えっ、そーなんだ』

『ホントにそいつが犯人かよ』

『見た。仲田に刑事が張りついてた。確定』

書き込みはそこで終わっていた。

「仲田未空に刑事が張りついていたっていうのは気になるな」

里谷はパソコンのディスプレイを指で突く。

「このテの書き込みはデマも多いが、信憑性が高いのもある。学校なんて狭い世界だから目撃情報も混じっている。もし仲田未空が警察からマークされているのが本当だとしたら、これを追わない訳にはいかんな」

「張りついている刑事って、やっぱり宮藤刑事ですよね」

「奴さんが仲田未空を尾行しているなら噂の信憑性は倍増する。運よくスペードのエースを引き当てたのかも知れん」

そして小一時間後、里谷の携帯電話に仲田未空の顔写真が送信されてきた。静留は律儀に約束を守る性格らしい。

「この子がそうか」

多香美も里谷に顔を寄せて、液晶画面に映し出された少女の顔を覗き込む。

集合写真を拡大したために顔の細部は潰れてしまっているが、人相と雰囲気は分かる。不機嫌そうに曲げた眉と唇。こちら側を白けたように見ている目。美人とはいいかねるが意志の強さが感じられる表情だ。

しかし、だからといってクラスメートを苛め殺すような残虐な人間にも思えない。

「とにかくこの未空って子を洗おう。警察がマークしていることを確認、それからできればアリバイ」

「アリバイもですか」

「相手は十六歳の高校生だ。生活範囲は限られているから聞き取りもそれほど困難じゃない。運よく警察を尾行できたら後追い捜査だってできる。行くぞ」

多香美と里谷は仲田未空の自宅に向かった。葛飾区亀有一丁目の住宅街、綾香の家からはさほど離れていない。

どこにでもある街並み、どこにでも見かける公営住宅、そしてどこにでもある家庭。表面上は平凡で平穏にしか見えない風景だが、見ているうちに多香美は不快な思いに囚われる。

こんな風景の中にも悪意が潜んでいる。日々の生活に鬱屈し、吐き出す場所のない憎悪が隠れている。もし未空が綾香を苛め殺したのであれば、それはこの風景が生み落としたものかも知れない――。

取り留めのない考えに耽っていると、里谷が話し掛けてきた。

「子供の犯罪は特別か」

「どういう意味ですか」

「いや、未空たちのグループが事件に関与している可能性が出てきた途端、急にギアチェンジしただろ」

「それはそうですよ。少年犯罪はどこの報道機関だって特別な扱いをするし、未だにセンセーショナルだし」

「そうかな」

運転中の里谷は顔を正面に向けたまま話す。その横顔が年齢以上に老けて見えるのは多香美の気のせいだろうか。

「既にアメリカじゃあ未成年の犯罪件数が成年のそれと並びつつある。十七、八のガキがヤクをキメたり拳銃ぶっ放すなんてちっとも珍しい事件じゃなくなった。そしてな、アメリカの犯罪傾向は五年ずれて日本にやってくる。この国も近い将来、少年犯罪が蔓延(まんえん)するんだろうな。悪い、吸うぞ」

　里谷は胸のポケットからタバコを取り出し、中の一本を咥(くわ)えた。取りあえず多香美は迷惑そうな顔をしてみせるが本気で抗議するつもりはない。里谷のクルマなのだし、この男がタバコを吸う時は苛立(いらだ)ちを抑えるためだというのが最近分かってきたからだ。

「大人は子供たちに過度な評価をしている。子供たちは純真で犯罪なんかに手を染めるものかってな。だが、それは大人の勝手な言い分だし、振り返ってみたら俺自身がガキだった頃も純真だった覚えはない。まあ、今よりは相当に馬鹿で物知らずだったが」

「特別扱いするのは間違いということですか」

「少なくとも視聴者だって少年犯罪が目立っているのは承知している。子供だからという色眼鏡を掛けると、報道の肝(きも)を見誤る惧(おそ)れが出てくるぞ」

「肝、ですか」

「どんなニュースもそうだが、事件の表層だけをセンセーショナルに書き立てるのは三流のすることだ。そんなジャーナリストは腐るほどいるし、腐るほどいるならどれだけでも取り替えが利く。しかし、残るヤツはそんな書き方をしない。必ず事件の本質を見抜いて、そこを追及する」

里谷の言わんとすることは多香美にも理解できる。里谷なりに方向性を示してくれようとしているのだ。

しかし、それは誤解だった。

少年犯罪の臭いがしたから態度を変えた訳ではない。別の理由があったからだ。

四つ違いの妹がいた。真由という名前で、自分とは違って母親似の可愛い妹だった。多香美とも趣味や嗜好が合い、時折喧嘩もしたが仲のいい姉妹だった。

その真由が十四の春、通っていた中学の屋上から身を投げて自殺した。屋上には家族に宛てた遺書が置いてあり、警察と学校側は早々に事件性なしとして処理を進めた。だが遺書を読んだ母親が血相を変えて学校側に抗議した。母親宛ての遺書には、真由がいじめを苦にしていた記述があったからだ。

しかし母親の抗議に学校側は一向に耳を傾けようとしなかった。当学校にいじめなど存在しない、お宅の真由さんは別の理由で悩んでいたのだと決めつけた。

思い起こせば、自宅で沈んでいた真由を目撃したことが何度かある。多香美はその都度、理由を問い質そうとしたが決まって誤魔化された。

「大丈夫だよ、お姉ちゃん。あたし、結構強いんだよ」

今にして思えばただの強がりだったのだ。家族に心配をかけまいとする心遣いから出た言葉だった。

父親を早くに亡くし母子家庭だったことを除けば、朝倉家は平凡な家庭だった。真由が苦悩するような問題は何も思い至らない。

母親と多香美による孤独な捜査が始まった。二人は登下校途中の、時には自宅に帰ったクラスメート一人一人を捕まえて徹底的に自殺の理由を訊き出した。

そして遂に知ったのだ。真由が特定のグループから毎日のように苛められ、クラス全員が見て見ぬふりをしていた事実を。

学校側がそれをひた隠しにしていた理由も直に判明した。グループのリーダーは都の教育長の娘で、学校側が腫れ物に触るように扱っていた生徒だったのだ。

いじめの理由も分かった。真由の家が母子家庭であったこと――たったそれだけの理由で真由は侮蔑と虐待の対象にされた。

狡猾なやり方だった。身体には何の危害も加えず、ひたすら言葉と表情で真由を傷つけたという話だった。キモイ、臭い、ブタ、体脂肪率五十、母子家庭の子供に将来なんてあるか、税金ちゃんと払えるのか、ウリで稼ごうにもそんなカラダじゃ客はつかないよな、お前は死ぬのが一番の貢献だ、さっさと死んじゃえよ――。

証言を集める度に多香美は悔しくて泣いた。泣き過ぎて血の涙が出るかと思うほど泣いた。

後日、集めた証言を基に警察に駆け込んだ。だが明確な暴行の事実がない限り、警察は本格的な捜査に踏み込もうとしなかった。学校側の対応は更に冷たく、多香美たちの訴えを逆に威力業務妨害とさえ言い捨てた。

他に頼る伝手もなく、結局多香美たちは泣き寝入りするしかなかった。母親は真由の遺影に向かって、何度も何度も謝り続けた。

多香美がジャーナリストを志したのは、この事件がきっかけだった。

里谷にそれを告げようか逡巡していると、多香美は視界の隅にその二人を見つけた。

「里谷さん、あれ！」

里谷は静かにクルマを停めた。

多香美の指差す方向、公園脇の舗道で宮藤が制服姿の女子高生と話をしている。

相手は紛れもなく仲田未空だった。

二人の会話の内容はここからでは聞き取れない。しかし宮藤の質問に未空が何度も否定している様子だけは見て取れた。

やがて未空は逃げるようにして宮藤の前から立ち去った。宮藤は特に追い掛ける素振りも見せず、諦め顔で踵を返す。

「情報通りだな。やっぱり奴さんが張りついていた」

「どっちを追いますか」

「女の子の方が先決だ。決まってるじゃないか」

里谷は不敵に笑ってクルマを出した。

多香美に否やはない。たとえ宮藤を追えと言われても反対しただろう。

あの少女が事件の鍵を握っている。そう考えただけで血が疼いた。

母親の再婚。たったそれだけの理由で苛められ、そして死ななければならなかった綾香。その死顔に真由の面影が重なった。

待っててね。

あなたの仇はわたしが取ってあげる。

それこそ私憤以外の何物でもなかったが、多香美は胸の裡に燃え滾る憤怒をどうすることもできなかった。

4

仲田未空の後を追って行くと、やがて彼女は一棟のアパートに辿り着いた。多香美と里谷はクルマから降り、彼女の背中を追う。直前に刑事から質問を受けたのだ。このまま家の中に引っ込んだら、なかなか出て来ようとしないだろう。

「待って」

エレベーターを待つ未空に声を掛ける。未空は二人の方に怪訝(けげん)そうな顔を向ける。

「仲田未空さんよね。帝都テレビの者です」

多香美が名乗った途端、未空はさっと顔色を変えた。一瞬で分かる。まるで虫けらを見るような目だ。

そういう目で見られるのは慣れているつもりだったが、相手が高校生ともなるとさすがに自尊心が震える。

「亡くなった綾香さんについて訊きたいんだけど」

「あたし、知りません」

未空はけんもほろろに答える。

「あの子とはほとんど口利かなかったから」

「そう？　別の子はあの日、あなたが綾香さんとずっと一緒だったと証言しているんだけど」

「知りません」

「綾香さんと仲、よかったの」

「だから！　ほとんど口利いたことないって言ったじゃない」

未空はすぐにいらつき出す。吐いた嘘に綻(ほころ)びがあるのを自覚している証拠だ。こういう時は質問を畳みかけると、本音が覗く。人生経験のない子供なら尚更(なおさら)だ。

「綾香さん、クラスの何人かからいじめを受けていたという噂があるんですよね」

未空はもう答えようとしなかった。

「本人と口を利かなくても、いじめを受けていたのは知っていたでしょ」

返事なし。そこで多香美は単刀直入に切り込んでみた。

「七月二十三日、あなたは夕方から夜にかけてどこにいたの」

「これ以上しつこくしたら警察を呼ぶわよ」

「警察なら、さっき話していたじゃない」

ちょうどその時、エレベーターの扉が開いた。未空はこちらを睨みながら箱の中に滑り込む。

逃がして堪(たま)るか――。

多香美は箱の中に飛び込もうとしたが、未空が予想外の反撃に出た。両腕で多香美を突き飛ばしたのだ。

勢い余って多香美は後方に倒れる。だが、すんでのところで里谷が支えてくれたため転倒は避けることができた。

「ちょっと！」

抗議するが、扉はそれを無視するように閉じられていく。その寸前、未空の嘲る顔が視界に残った。

「階段で追うぞ」

多香美を立たせてから里谷は走り出す。

「でも、どこの階で降りるか」

「集合ポストで確認した。彼女の自宅は四階の412号室だ」

いつの間に里谷は集合ポストを確認したのか。自分は未空に追いついて話を聞くのがやっとだったというのに――。

きっとこの周到さが年季というものなのだろう。自分の至らなさに腹が立つが、今はそれどころではない。

「それにしてもずいぶん攻めたものだな」

「ええ?」

多香美は階段を上るのに息を切らしながら答える。

「矢継ぎ早の質問。あれは疑い濃厚と自覚している容疑者に向けての話し方だ」

「動揺、させた方が、いいと、思って」

「それに相手は高校生だと高を括った」

「……はい」

「で、あっさり逃げられた」

「あんな、性悪、だとは、思って、なくて」

「あの年頃の女の子に普通の娘なんていないんじゃなかったのか」

何もこんな時に持ちださなくてもいいじゃない——そう思ったが、息が上がっているので言葉に出せない。

二人が四階に到着するのと412号室のドアが閉まるのがほぼ同時だった。

「ひと足遅かったか」

里谷は舌打ちしてみせたが、多香美は諦めきれない。412号室の前まで歩き、チャイムを鳴らした。

「未空さん？　先ほどの者です。インタビューに答えていただけませんか」

返事はない。

「仲田さん。仲田さん」

二度三度とチャイムを鳴らしてみたが、依然応答はない。家人がいれば出るはずだから、未空以外は帰っていないのだろうか。

「こうなったら、もう天岩戸（あまのいわと）だな。外からどれだけ呼んだって開くものか」

「でも」

「時間は有効に使うさ」

言うが早いか里谷はビデオカメラを多香美に押しつけ、隣室４１１号室のチャイムを鳴らした。

『はい？』

中年女性の声が返ってくる。

「恐れ入ります。わたくし帝都テレビ〈アフタヌーンＪＡＰＡＮ〉の者です」

局名なのかそれとも番組名なのか、里谷が身分を名乗ったのが功を奏してドアはすぐに開けられた。顔を覗かせたのは、声に違(たが)わぬ四十代ぐらいの主婦だった。

「〈アフタヌーンＪＡＰＡＮ〉？　あたし見てるんですよー」

「ああ、それはどうもありがとうございます」

「何か取材ですか」

里谷が心中でガッツポーズをとっているのが目に見えるようだった。

「ご近所に聞こえるとアレなんですが、その、お隣についてお伺いしたいことがありまして」

「えっ、仲田さん家(ち)？」

里谷が声を潜めると、彼女もつられたように声を低くした。これであっという間に共犯関係を成立させてしまった。

よろしいですか、などと断らないところも里谷らしかった。そんなことを訊かれて、はいと快く返事をする者はまずいない。結局、相手に罪悪感を抱かせて口を重たくさせてしまう。こういう質問は、多少強引な方が上手く話を引き出せる。

「ビデオ、回しますから」

これも主婦の許可を待とうとはしない。多香美は慌ててビデオを回し始めた。

「お隣、娘さんの他にはどなたがお住まいなんですか」

「ご主人と奥さんと弟の武彦くん。だから未空ちゃんを含めて四人家族よ」

「今はご両親ともご不在ですか」

「ご夫婦共働きみたいだから。奥さんが帰って来るのはいつも六時過ぎですよ」

やはり室内にいるのは未空一人か、あるいは兄弟と二人きりということか。

「未空さんというのはどんなお嬢さんなんですか」

「あのう、未空ちゃんに何かあったんですか？」

411号室の主婦は抗議めいた口調だが、目が好奇の色を帯びている。噂好き、醜聞好きの性格がここまで臭ってきそうだった。

「未空さんに何かあった訳じゃないんです」

「じゃあ、どうして」

「先日、十六歳の女の子が連れ去られ、廃工場で殺された事件をご存じですか」

「あら！　知ってます、知ってます。近所で起きたもんだから、わたしたちの間でも怖いわねえ怖いわねえって、その話で持ちきりなんですよ。テレビじゃ学校名伏せてたけど、近所の人間が見たら北葛飾高なんて丸分かりなんだもの。あっ、そしたら未空ちゃんは殺された子のお友達か何か？」

「いやあ、それはどうでしょうか」

「はぐらかすの下手ねえ。全然関係ないんだったら、調べる必要ないじゃない」

「警察じゃありませんからね。ピンポイントで調べることができないから、こうしてこまめに訊き回っているんですよ」

「そうお？」

「お隣が疑いを持つような要因を、未空さんは持っているんですか」

里谷は相手の質問を逆手(さかて)にとって切り返す。話している本人には自然な流れのように感じるのだろうが、傍(はた)で見ていると里谷が相手を上手く操縦していることがよく分かる。その証拠に、４１１号室の主婦は得意げな顔をして里谷に応える。

「まあ……別に札付きって訳でもないんだけど……あのさ、このインタビューって首から下しか映らないんですよね」

「もちろん。音声だって加工しますよ」

主婦は明らかに胸を撫(な)で下ろした様子だった。これから話すことが匿名性を必要としているということだ。

「本当は、こんなこと言いたくないんだけどね」

多香美は主婦の口元に集中した。

「未空ちゃんも最近の子っていうか、大抵帰りが遅くって。それもねえ、部活や塾だっていうんなら話は分かるんだけど、そうじゃないんだもの」

「夜遊びか何かですか」

「まあ、あたしたちの時分の夜遊びとはずいぶん違うわよね。本人に訊いた訳じゃないから詳しいことは知らないけど、何人かのグループで不良してるみたいよ」

「不良ですか。しかし、どうも納得いきませんね」

「何が？」

「わたしも未空さんをちらりと拝見したんですが、とても素直そうな娘さんで不良の仲間だなんて想像もできません。何かの間違いじゃないんですかね」

里谷は主婦の話がさも眉唾ものだと言いたげに皮肉な表情を浮かべる。

多香美は舌を巻くしかない。これこそが相手から目ぼしいネタを引き摺り出す手管だ。得意げに情報を披露した人間は、いったんそれを否定されるとムキになって更なる情報を開陳しようとする。当初は秘匿しておこうとした話まで暴露せずにはいられなくなる。

案の定、主婦は血相を変えてまくし立て始めた。

「ちょっと！　あたしの言うことが嘘だって言うの」

「いや、そうじゃありません。そうじゃありませんが、どうにも未空さんと不良というイメージが合致しないもので」

「それはあなたが上手いこと騙されてるのよ！　男だし、齢が離れているから。アレは結構どころか相当な不良なのよ」

早くも〈未空ちゃん〉から〈アレ〉に格下げか。このまま話が続けば、やがて〈ビッチ〉になるかも知れない。

「ここだけの話、駅前をうろつく程度じゃなくってヤクザ紛いのことまでしてるって噂だし」

「ヤクザ紛い？」

「ほら、恐喝とかケンカとか。ええっと今は何て言うんだろ、ヤンキー？　とにかく高校生のすることじゃないのよ。ちゃんとした成人も混じっているし」

成人。

その言葉に多香美は素早く反応した。里谷はもっとだったろう。

「へえ、成人が絡んでるんですか。それもちょっと信じられないなあ」

「本当だったら！　彼女たちのグループに、どう見ても二十歳超えてそうな男が混じっているのを見掛けた人がいるんだもの」

「そのグループを見掛けたのはどこだったんですか」

「ほらあ、四つ木の辺りは不景気で廃工場も結構あるでしょ。それが若い子たちの溜まり場みたいになってるんだけど、そこで見掛けるらしいわね」

四つ木といえば事件現場でもある。ただの噂であったとしても、耳を傾ける価値がある。

だが多香美の興味を引いたのは、やはりグループの中に成人が混じっているという証言だった。少年少女たちだけで構成されたグループでは報道もそれに配慮した隔靴掻痒の内容になりがちだが、成人が対象となればそんな手心を加える必要もない。実名報道も自由になる。

「その成人の名前とか分かりますか」

「そこまではねえ。チャラい格好してるってのは聞いたことあるけど……」

里谷はしばらく粘っていたが、主婦からそれ以上の情報を引き出すことはできなかった。

「ご協力、感謝します」

「それはいいんだけどさ。くれぐれもあたしが話したことは分からないようにしてよ」

里谷は次に413号室のチャイムを鳴らした。出て来たのは七十歳ほどの老人だったが、未空の素行の悪さは近所に知れ渡っているとみえ、411号室の主婦と同様の証言をした。

「これで仲田未空の人物像がずいぶん浮き彫りになってきたじゃないか」

証言を聴取した里谷はビデオ映像を確認しながら呟く。

「何だ。アタマの辺はしっかり顔が映っちまってるじゃないか」

「すみません……」

「まあ、いい。加工すりゃあ何とかなるだろ。しかし咄嗟に任せたにしろ、こんな腕前じゃカメラマンは無理だな」

「そんなこと廃工場の現場を撮影した時に思い知ってます」

「だったら、せめてインタビュアーとしての腕を上げろ」

穏やかに洩らした叱責が胸に突き刺さる。

「さっきのあれは何だ。相手を追い込むだけの質問で、みすみす逃がしちまった。あれは逃げ場をなくした相手に対してのマイクの向け方で、少なくとも白か黒かも分からない人間にすることっちゃない」

反論する余地はない。静かな叱責に頭が自然と垂れる。

「俺は今、怒っている」

「……はい」

「何故だか分かるか」

「わたしが能力不足だから」

「違う。能力不足なら鍛えればいい。俺が怒っているのは本来の能力を発揮していないからだ」

里谷はじろりと多香美を睨む。感情を抑えた目だが、こちらの後ろめたさを容赦なく直撃する。

「現場に出てまだたかだか二年目のヒヨっ子のくせに、自分の力を出し渋る。あるいは相手をみくびってナメてかかる。そんなヤツは要らん。邪魔になるだけだ」

「出し渋るだなんて！」

「じゃあ何だ。義憤か私憤が入ったか」

多香美はこの質問にも答えることができない。

「今更だが、報道の原点は客観性だ。絶えず中立的、絶えず客観的な視座さえあれば、どんな下衆なネタを取材してもニュース自体の品位が落ちることはない。ニュースが下品に見えたり胡散臭く映ったりするのは、送り手自身の思惑や品性が反映されるからだ。今のお前のスタンスで報道したら、ニュースは確実に私憤めいたものになる。それが事件の被害者に寄り添ったものならまだしも、俺が見るところ、お前のは安っぽい正義漢の面をしたただの野次馬根性に過ぎん」

安っぽい正義漢と言われると、さすがに反論したくなった。だが私憤に駆られて未空にマイクを向けたのはその通りで、返す言葉はない。

このまま家に帰れと命じられるのかと思い首を竦めていると、里谷はカメラを担いでエレベーターに向かう。

「何、ぼけっとしている。行くぞ」

「え」

「人の出入りを確認できる場所で仲田未空を張る。どれだけ性悪だか知らないが、所詮十六歳だ。自分に疑惑の目が向けられているとなったら、いつもの仲間と連絡を取り善後策を協議する。グループの中に成人がいるなら余計にそうするだろう」

返事も待たずに里谷は踵を返す。まだ執行猶予を付与されていると知り、多香美もその後を追う。

多香美と里谷はアパート一階付近にクルマを停めて、人の出入りを監視していた。

そして午後六時三十分、エレベーターから未空が現れた。

「出るぞ」

里谷の言葉で多香美もクルマを出る。相手は高校生だから移動手段は徒歩か電車に限られる。それなら尾行する側もそれに倣うだけだ。

適度な距離を保ちつつ、決して対象を見失わない。ぼんやりしてもいけない。慌ててもいけない。普段通りの目立たない歩き方——そう念じながら、多香美の神経は緊張で糸のように張り詰めていた。

もう里谷の前で醜態は演じられない。この機会をものにしなければ、減点どころか戦力外通告を受けかねない。

「危なっかしいなあ」

「えっ、わたしまだ何も」

「お前じゃないよ、あの未空って子がだよ」

里谷は顎(あご)で未空の背中を指す。

「小うるさいオヤジを気取るつもりはないが、見てみろよ、あれ。私服に着替えたはいいが、忙(せわ)しなく足を動かしている。ながらスマホもせずに一直線。さっきインタビューに応えていた時とはまるで別人みたいじゃないか」

そう言われればそう見えないこともない。

「警察から疑いが掛けられているというのに、家の中に相談相手がいないから外に出る。十六歳ってのはそんなに孤独なもんだったのかな」

多香美は我が身を顧みる。十六歳、教師に話せないことも母親には話せた。母親に話せないことも妹には話せた。小さな家族だったが、身の拠(よ)り所だった。

その拠り所が、未空の家庭にはない。不安になれば外に出るしかない。

未空は青戸平和公園を過ぎ、さらに直進していく。

「この先は青砥（あおと）駅だな」

里谷の予想通り、未空は青砥駅で京成押上線のホームに移動した。多香美たちも悟られぬよう、彼女の背中を追い続ける。

ホームに西馬込行きの電車が到着すると、未空は車両の中に飛び込んだ。発車間際にフェイントを掛けられることを警戒して、多香美たちはドアが閉まる寸前に乗車する。

目的地に近づいている、と多香美は直感した。青砥から二つ目の駅は四ツ木、事件現場となった場所だ。やはり未空は、411号室の主婦が証言した溜まり場とやらに向かうのだろう。

電車が四ツ木駅に着くと未空は下車して、足早に駅を出る。

「足早なのは不安な証拠、すぐ駅を出たのは落ち合う場所が決まっている証拠だ」

里谷は昂奮（こうふん）を抑えた様子で言う。無理もなかった。今から向かう場所は、綾香を殺害した犯人たちの根城（ねじろ）なのかも知れないのだから。

もし未空たちが犯人なら、警察が逮捕する前のショットを手にすることになる。犯人グループの中に成人がいても、その日常のひとコマを捉えることなど滅多にあることではない。大抵は逮捕されて警察署に移送される瞬間、ちらと顔の一部を写せる程度だ。逮捕前、しかもグループの構成員が一堂に会している画など、撮ろうとして撮れるものではない。

スクープ。

多香美の脳裏には先刻からその四文字が浮かんでは消えている。このスクープさえあれば〈アフタヌーンJAPAN〉は汚名を返上できるだけではなく、間違いなく視聴率を取り戻せる。たったワンショットによる大逆転だ。

実際、スクープにはそれだけの効果がある。鳴かず飛ばずの平凡な記者が、スクープ一本で新聞協会賞を獲るのも夢ではない。そして何より、スクープを飛ばすことこそが記者の醍醐味でもある。

正直、里谷からお荷物扱いされ、その上で叱責も食らった。気分は重く、自分が情けなくてしようがない。このまま帰宅してもきっと気分は晴れないだろう。

だがこのスクープさえものにできれば、全ては反転する。ちょうどオセロゲームのように、たった一個のピースが局面をがらりと変えてくれる。

何としても成功させなければ——多香美は緊張感と使命感で頬が強張るのを感じた。

やがて未空の姿は工場の建ち並ぶ一角に吸い込まれた。

多香美は既視感に襲われる。死体が発見されたあの夜の記憶が甦る。

　また今夜も禍々(まがまが)しいことが起きるのではないか——得体の知れない不安がひたひたと忍び込んでくる。多香美は怯懦(きょうだ)を無理やりに振り払い、里谷の後をひたすらついて行く。

「……どうかしたのか」

「いえ、何でもないです」

　未空の姿が路地の真ん中で立ち止まる。そこは廃工場ではなくビルの前だった。

　未空は鉄のドアを二、一、二とノックする。おそらくそれが合図なのだろう。ドアは内側から開けられた。

　未空がビルの中に消えてから、多香美たちは足音を殺して近づく。鉄筋コンクリート二階建て。元は何かの店舗だったのだろう。錆(さ)びついたシャッターには破れかけた〈テナント募集〉の張り紙がある。ビルの両脇は隣と近接しており、人一人入る隙間もない。

「裏手は工場だ。この辺りは工業地帯だから敷地一杯にビルを建ててやがる」

「裏に回って中の様子を窺うのは難しいですか」

「目視ではな」

　里谷は担いでいたバッグから手の平大の吸盤を取り出した。

「里谷さん、それは？」

「集音マイク。コンクリート壁の向こう側まで聞こえる優れものだ。シャッター越しならちょろいもんさ。画なら連中がビルから出たところを捉えればいい。それまでの間、何が話し合われているかを聞かないテはないだろう。ほら」

吸盤をシャッターに密着させ、二本接続させたイヤフォンの一方を多香美に渡す。耳に挿すと、いきなりがさがさと物音が聞こえてきた。

「これで七千円だからな。さすがメイド・イン・ジャパン」

物音に混じって複数の声も聞こえる。多香美は耳に全神経を集中させて、声の主を聞き取ろうとする。

『……それで、家に帰る途中で呼び止められた。それだけじゃない。帝都テレビの記者が家にまで押しかけて来た』

これは未空の声。

『刑事だと？　それマジかよ』

応じた声は紛れもなく男のものだった。

5

『これで未空もめでたく警察デビューだな』

『やめてよ、アカギさん。まだ高校生のうちからあいつらの世話になるつもりないんだから』

男の名前はアカギというのか——多香美はその名前を記憶に刻み込む。

『じゃあ、高校出たら世話になるつもりは満々て訳だ』

『ふん。あたし、アカギさんほど思いきりよくないのよ』

『まーな。俺が最初にパクられたの、ちょうど今のお前の学年だったし』

アカギには逮捕歴あり。これも記憶しておくべきことだ。

『はっきりしてるのはな、未空。お前のせいで俺たち三人にも迷惑が掛かるってことだ。当分、表に出ず、家の中でおとなしくしていた方がいいな』

アカギの警告に未空の返事はない。この場合の沈黙は承服を意味するものだろう。

『でもさ、未空に警察とかテレビ局とかが張りついているんならあたしたちもヤバくね？』

未空とは別の甲高い声だった。

『あたしと祥子が未空とつるんでるの、学校のみんな知ってっからさー。未空がおとなしくしてたらあたしたちの方にやって来るよね』

話の内容から推せば、甲高い声の主は柏木咲だろう。

『ヤだ。そしたら当然あたしもマークされるってことよねー』

今度は低い声の女の子だった。おそらくこれは当真祥子だ。

『ちぇっ、迷惑ー。結局、あたしも咲も外に出られないってことじゃん』

『そうそう』

『そしたら駅前とかで小遣い稼ぎできないじゃん。ちょっと勘弁してよ。あたし、狙ってたバッグあったのに』

『勝手なこと言ってんじゃないわよ、あんたたち！　四六時中変なのに付き纏われる身にもなりなよ』

『でも、あたしら関係ないしー』

『大体、あんたがマークされるから悪いんじゃない。脇が甘いのよ、脇が』

つるむだの小遣い稼ぎだのと話している内容は物騒だが、口調はその辺の女子高生と変わらない。会話から醸し出される違和感の正体はおそらくそれだ。

『うるさい、黙れ』

やはりリーダー格はアカギなのだろう。彼がひと言口にすると他の三人はぴたりと喋るのをやめた。

『お前ら二人も同じだ。あのな、お前らと違って俺は成人なんだ。捕まったら少年Aじゃ済まないんだよ。お前らの誰かがゲロったりパクられたりしたら、俺の身が危ねえんだ』

アカギは三人を脅しているようだったが、声を聞いている分にはまだ幼さがあり、大して恐怖は感じない。だが次の言葉を耳にした時は、多香美もぎょっとした。

『綾香と俺たちのことは口外無用だ。親にも言うなよ。言ったらどうなるか……分かってるよな』

怒声と壁を叩くような音が同時にした。

しばらくの間、沈黙が流れる。

多香美は思わず里谷と目を合わせる。

『お前ら面白半分に考えてるみたいだがな、警察やマスコミをナメてかかると痛い目に遭うぞ』

心がざわつく。

今、自分は犯人グループの会話を聞いている。

大スクープだ。

昂奮で両足が小刻みに震えてきた。

『とにかく、ほとぼりが冷めるまで外で会わない方がいい。お前らも学校でなるべく距離を取ってろ。連絡はＬＩＮＥ、それも緊急時のみ。了解したか？』

再びの沈黙。三人の頷いている様子が目に見えるようだった。

イヤフォンで中の様子を窺っていた里谷が、こちらに顔を向けた。

「出て来る」

言うが早いかシャッターから吸盤を剝がし、手招きで多香美を誘導する。二人が飛び込んだのは、向かい側にあるビルの狭いエントランスの中だった。全面ガラスのドアで、おまけに身を隠すような場所はどこにも見当たらない。

「里谷さん。ここだとビルから出て来た連中から丸見えになりますよ」

他の三人はともかく、未空は多香美と里谷の顔を一度見ている。

「だったら見せ方を工夫すりゃいい」

里谷は通りの方に背を向けると、いきなり多香美を抱き寄せた。

「ちょっ、ちょっと！　里谷さん何を」

「騒ぐな、ほら」

そう言って里谷はカメラを手渡した。

「俺の肩越しに通りを捉えられるか」

多香美と里谷では頭半分ほどの身長差がある。里谷の肩を台座代わりにすると通りを狙える上に、里谷の身体が盾になってカメラを構えた多香美の姿が隠れる。多香美がモニター画面から顔を離しても、カメラは里谷の肩で固定されて手ブレがないので対象物を捉えることができる。そして通りからは、二人の姿は抱き合っているカップルにしか見えない。

なるほど、そういうことか。

「ミラーレス一眼だからシャッター音も小さいし、シャッター速度を落としているからフラッシュなしで撮れる。静止画を数枚撮ったら、動画に切り替えろ」

「了解」

多香美が返事をした直後、すぐにドアが開いて、数人の人影が出て来た。

今度はしくじらない。多香美は一瞬モニター画面を覗いて四人の姿が枠内に収まっているのを確認すると、顔を里谷で隠して静かにシャッターを押した。

かしゃっ。

かしゃっ。

里谷の説明通り、シャッターの感触が指に伝わる程度で音はほとんど聞こえない。次に顔を戻し、動画モードに切り替えてから再びシャッターを押す。ちらりとモニター画面を覗くと立ち去る四人の姿がちゃんと捉えられている。

「撮れたか」

四人の姿が通りから消えたのを確認してから画像を再生する。未空・咲・祥子、加えてアカギと呼ばれた男の顔をそれぞれアップで一枚ずつ、そして四人が固まっている構図で一枚。ブレもなく、顔は鮮明に撮れていた。

未空の顔はすぐ分かるが、女の子二人のどちらがどちらなのかは不明。ただし男はアカギと呼ばれた一人だけだ。

アカギは短髪を赤く染めていた。デニムシャツとよれよれのジーンズ。まだ幼さの残る顔立ちで、本人は成人だと申告していたが制服を着せればまだ高校生で通りそうな風貌だ。普段であれば魅力の一部にもなり得るだろう。

だが犯罪に関わっているとなれば、却って幼児性の短気と残酷さを想起させる。

「追うぞ」

多香美と里谷は充分な距離を置いて、四人の後を追う。四人の足は四ッ木駅の方向に向かっていたが、途中の交差点でまず女の子一人が別れた。

「どうしますか？」

「うち三人は高校生だ。会おうとすれば明日にでも会える」

つまりこの機を逃しては会えない人物を追跡しろという意味だ。

次の交差点でアカギは左に折れ、二人の少女はそのまま駅へと向かった。

見晴らしのいい交差点だったので、多香美と里谷は更に距離を置いてアカギを追う。

街灯の乏しい薄暗がりの中、デニムシャツの後ろ姿が急に小さく見えてきた。つい今しがたまで威勢のよかったはずが一人になった途端、ひどく頼りなくなったように映る。高校生相手に虚勢を張ってみても、所詮は二十歳そこそこの子供ということか。

「何だかちぐはぐ……」

思ったことが、つい口をついて出た。

「何がだ」

「いや、あの。やけに背中が小さく見えて。あれが綾香さんを殺害したグループのリーダーだと思うと、ちょっと違和感があります」

「先入観だな」

里谷はばっさりと切り捨てる。

「如何にも人を殺しそうな人間なんかいる訳がない。とてもそんなことをするような人には見えませんでしたって台詞、何度聞かされた？　悪人が悪事を働く訳じゃない。悪事を働いたから悪人になっただけだ。異常な人間だから異常な犯罪を行う訳じゃない」

説得力のある言葉だったので黙っていたが、多香美にも反論したい部分がある。里谷の倫理観はつまり性悪説に立脚したものだ。だから悪事に手を染める可能性、もっと言えば人を殺す可能性は誰しもが持っていることになる。

「俺たちを含めてメディアの事件報道ってのは犯罪者の異常性を炙り出すことに躍起になっているだろ。猟奇事件が起きる度、または少年犯罪が起きる度、犯人はこれこれのマニアだったとか、妙な性癖があったとか、とにかく平均的な一般人とは違う要因を必死に探そうとする」

「それは犯人の人間像を明らかにするという作業で……」

「違う。単純に犯人と自分の相違点を確認して安心したいだけなのさ。だが、それは単なる誤魔化しだ。どんな人間だってストレスに耐えきれなくなったら異常な行動を起こすもんだ」

だが、それを真理として呑み込むのは苦い。自らに殺人者の資質を与えることに恐怖心がある。第一、始終そんなことが念頭にあっては客観的な報道などできないではないか。

「それともう一つ、お前は色眼鏡を掛けている」

「まだですか」

「綾香に虐待を加えたのはグループだ。当然そこには集団心理が働いている。どんな残酷なリンチをする集団でも、グループを構成する一人一人は人畜無害みたいなヤツが多い。こういう集団の事件はな、犯罪の内容と個別の人間性を一緒にするべきじゃない」

やがてアカギはコンビニエンスストアの敷地内に入って行った。何か買い物をするのかと思ったが、アカギは店の前を素通りして駐車場に進む。向かったのは一台のワンボックスカーだ。

「カメラ寄越せ」

アカギがクルマに乗り込むとすぐにテールランプが点灯した。里谷は受け取ったカメラを瞬時に向ける。

多香美の目に一瞬、リアハッチの文字が映った。

アカギの乗ったクルマはやがて駐車場を出て行った。里谷はそれを見送ってから、画像を再生してみせた。

画像はリアハッチに書かれた〈嘉山板金〉の文字を克明に映し出していた。

「あの齢であの身なりだ。クルマを使うとしても自分のクルマじゃない。おそらく勤務先の営業車だろう」

ご丁寧に社名の下には電話番号まで記されている。

「社名と電話番号で勤務先の所在地は特定できる。特定さえできれば後はこっちのもんだ」

里谷は画像を確認すると安堵にも似た溜息を吐く。

一方、多香美の方は大スクープの予感にますます昂奮の度合いを強めていた。

翌日の正午前、多香美と里谷は亀有の嘉山板金を訪ねた。

この辺りは一般住宅と町工場が混在しており、四つ木周辺と雰囲気が少し似ている。

通りを歩いていると、絶えずどこからか機械の作動音が洩れ聞こえてくる。嘉山板金はそのうちの一軒で、クルマの板金塗装を主に手掛けているらしい。

もっともアカギの居場所が判明したからといって、いきなり本人に接触する訳ではない。多香美と里谷は少し離れた場所から、工場に出入りする者を確認していた。

「でも里谷さん。本人以外の、いったい誰に照準を絞っているんですか」

すると里谷は意外な答えを口にした。

「いいや、本人に照準を絞るさ」

多香美がキツネにつままれたような気分になっていると、里谷が動いた。

「出た」

里谷が示す方向に視線を移すと、工場の入口から作業着姿の従業員が出て来た。

「行くぞ。お前はカメラ担当」

「えっ」

「お前は仲田未空に顔を憶えられている可能性がある。後でアカギとすり合わせされたくないから、今回は顔を出すな」

言い終わらないうちに里谷は従業員に向かって歩き出す。多香美は訳が分からないまま後を追う。

「すみません、帝都テレビ〈アフタヌーンＪＡＰＡＮ〉の取材班です」

里谷が社名を告げると、従業員は興味深げにこちらを見た。

「実は目撃証言を集めているのでご協力をいただきたいんです」

「へえ、何の」

「亀有三丁目にある光明寺、知ってますか」

「ああ、三一八号線沿いのお寺でしょ。知ってるよ、近くだから」

「七月二十三日の夕方から夜にかけての時間、その付近で轢き逃げ事件が発生しましてね。被害者の主婦は残念ながら病院で亡くなったんですが、警察では目下その事故を目撃した人を探しているんです」

「轢き逃げ？　ふうん、初耳だなあ」

初耳なのは当たり前だ。轢き逃げ事件など、たった今里谷がでっちあげたばかりの偽情報だ。

「それで我々もこうしてローラー作戦を展開している訳でして」

「二十三日の夕方から夜にかけて、か。ああ、平日だ。だったら悪いけど何も答えられないなあ」

「どうしてですか」

「どうしてもこうしてもないよ。その時間は作業中で工場の中だから。休憩時間はあるけど、十分程度だし、とても光明寺まで散歩なんてことできないよ」

「そうでしたか……あれ、でもさっき訊いたら別の人は、その日の仕事は夕方に切り上げたって言ってましたけどね」

「夕方に？　うーん、その話、変だな。だって今月は納入期限キツくなっているから、深夜勤務がずっと続いてたはずだけど」

「え？　え？　でもさっきインタビューに応えてくれた人。えっと、髪の毛を真っ赤に染めた……」

「ああ、そいつは赤城だな」

「アカギ」

「赤い城って書くんだけどさ、赤城昭平。ああ、確かにあいつなら夕方に仕事切り上げたとか言うだろうな」

　言葉の端々に侮蔑が聞き取れた。

「赤城さんの勤務形態が違うんですか。たとえばパートだとか」

「そうじゃなくてさ、あいつフケるのが常態になってるんだよね。かといって職人肌かっていうと、まだバイト感覚だし、工場の営業車を勝手に使うし、工場長からはとっくにサジ投げられてるし、知り合いにヤクザがいるとか嘘丸出しのフカシこいてるし……あれ、何か本筋の話からズレてるな」

「いや、こちらも証言内容の正確さを検証しなければいけませんから、そうした話は重要です。そうしたら、二十三日の夕方から赤城さんは工場にいなかったんですね」

「うん、いなかったよ。あいつがフケた後、工場長があいつのロッカー蹴ってるのを憶えてるからね。またこの話にはオマケがついていてさ」

「オマケ？」

「一連の作業工程が終わると工場長が品質チェックするんだけど、その日赤城のこしらえた部品が全部寸法ミスだったんだ。もういくら何でも黙っちゃらんねえって、工場長が赤城のアパートに乗り込んだんだけどもぬけの殻。他にも立ち寄りそうな場所を当たってみたけど全部空振りだったんだってさ」

従業員を解放してから、里谷は多香美の撮った画像をチェックする。

「これで赤城のアリバイは不成立になりましたね」

多香美が勢い込んで話し掛けるが、里谷は温度の低そうな声で「どうかな」と言っただけだった。

「朝倉。お前、二十歳の頃、夕方以降も部屋でじっとしていたか」

急に振られたが、まだ数年前のことなので記憶は薄れていない。

「大学二年生だから、大体友達と遊んでました」

「俺もそうだ。まあ、同じ二十歳で正業に就いている赤城と比較しても仕方ないかも知れないが、気力も体力もあり余っているヤツらが夜になっても、じっと部屋に閉じ籠もっているなんて方が俺には不思議なんだがな」

いったん社に戻ると、兵頭が二人を手ぐすね引いて待ち構えていた。

「収穫を見せてみろ」

多香美の顔を見た開口一番の言葉がそれだった。兵頭と里谷の付き合いは長い。兵頭は里谷の記者としてのスキルを知っているし、里谷は兵頭が自分に何を求めているかを熟知している。だから里谷は兵頭の前ではポーカー・フェイスを決め込んで、取材内容が確実なものにならない限り手の内を明かすようなことはしない。

あっと思った。

だから兵頭は多香美の顔を見て収穫ありと判断したのだ。里谷なら簡単に隠せることも多香美では隠しきれずに表情に出てしまうことを見抜かれているのだ。

「被害少女の母親へのインタビューで、番組はようやく死に体から脱出できた。今度はカンフル剤が必要なんだ」

「カンフル剤になるような収穫はありませんね」

里谷はいつものとぼけた口調で応えた。

「三振ばっかりですよ」

だが、それで承知する兵頭ではない。

「三振ねえ。お前の相棒は逆転満塁サヨナラホームランかっ飛ばしたような顔してるんだがな」

　どうして自分は里谷のようなしたたかさが欠如しているのだろうかと猛烈に後悔したが、もう遅かった。里谷は頭を二、三度振ると溜息交じりに「まだ見せるような代物じゃありませんよ」と言った。

「見せられるか見せられないかを判断するのは俺の仕事だ。ほら、出せ。お前たちに与えた機材は局の備品だろ。現場に足を運べるのも、インタビューできるのも、みんな局の看板があるお蔭だ」

　貸したものを返せというように手の平を突き出してみせる。やがて里谷は唇の端を歪めてカメラとレコーダーをその手の上に置いた。

　兵頭は早速機材に収められたデータを確認していく。時間が経つに従って、その顔は驚きと喜悦に染まっていく。

「会話の内容から、この四人グループが東良綾香の殺害に関与している可能性は濃厚だな。仲田未空と東良綾香に確執があったという訳か？」

　里谷が答えようとしないので、次第に兵頭の機嫌が悪くなっていく。多香美は助け舟のつもりで横から口を差し挟んだ。

「同級生の静留という子が、当日は仲田未空たちが綾香さんを取り囲むようにして校門から出たと証言しています」

「ふむ。そして近所における仲田未空の評判は決して良好なものではない、と。話を聞く限りじゃグループのリーダーは赤城昭平で、以前にも逮捕か補導されている成人……」

兵頭は独り言のように呟き始める。これは兵頭が自分の考え事を纏(まと)める時の癖だった。

「以前から仲田未空と被害者東良綾香の間には確執があり、未空は綾香に制裁を加えようと仲間を引き摺(ず)り込んだ。だがリンチを加えるうちに被害者が死んでしまった。慌てた連中は廃工場に被害者の死体を放置したまま逃走、といったところか。どうだ」

兵頭は再び里谷に問い掛ける。

「どうだ、とは？」

「お前の読みを訊いている」

しばらく黙っていた里谷だったが、やがて渋々といった体(てい)で口を開いた。

「状況だけ見れば当たらずとも遠からずですね。ただし、想像の域を出ない部分も多々見受けられます」

「警察じゃあるまいし、一切想像を許してはいけない訳じゃない。いや、むしろ視聴者に考える余地を与えるのは大事なことだ」

兵頭は大きく頷いてから言った。

「よし、こいつを明日の〈アフタヌーンＪＡＰＡＮ〉で流す。スクープだ！」

「待ってください」

里谷が顔色を変えた。

「まだ充分な裏が取れていません。それに赤城はグループのリーダー格ではあっても、事件の主犯じゃないかも知れない」

「それは俺も同じ意見だ。おそらく主犯は仲田未空だろう。しかしこの場合、赤城が成人だという事実が重要だ。成人が事件に関与しているという報道の流れで、仲田未空たち三人の加担にも言及することができる。最初から彼女を主犯扱いするのは色々な面で危険だ。警察の捜査が本格的になり主犯がどちらになろうとも、そういう形なら〈アフタヌーンＪＡＰＡＮ〉の報道内容に誤りがあった形にはならん」

つまりどちらに転んだとしても、赤城たち四人が集団で綾香を殺した事実に変わりはないので、スクープの価値も減じないという理屈だった。

しかし里谷は尚も抵抗を続ける。

「警察の動きが把握しきれていません」

「警察が把握しきれんネタだからスクープになるんだろ。現に捜査本部の人間が仲田未空に接触している。お前たちはその捜査員を見事に出し抜いたんだぞ。もっと自信と誇りを持ったらどうだ」

言い終わると兵頭は機材を持ったまま踵を返した。これからスタジオに行って素材に編集をかけるつもりなのだろう。

「待ってくれ」

里谷は後を追うが、あの兵頭の勢いにストップを掛けることは困難だろう。

多香美自身はスクープを取ったことへの昂揚感で浮足立っていた。兵頭が取材内容をスクープと認め、しかも警察発表がどうであっても齟齬を来さないニュアンスに編集するというのだ。まさにハイリターン・ローリスクではないか。そしてスクープを飛ばせば、その実績は確実に自分のキャリアを上げる。社会部のヒラ記者から脱却する千載一遇の機会だ。

そして何よりも、無念のまま殺された綾香の供養になる。

多香美もまた兵頭の後を追った。だがそれは兵頭を止めるためではなく、編集の出来栄えを確認したいからだった。

翌日、〈アフタヌーンJAPAN〉は東良綾香の殺人事件に関し、捜査本部が重要参考人を特定している旨を報道した。

『尚、この事件には複数の男性と少女が関与しているものと見られ、帝都テレビ取材班は独自の調査により、彼らが事件直後に秘密の会合をしている場面をスクープしました。それがこちらの映像です』

キャスターが示したのは廃ビルから出て来た赤城たちを正面から捉えたショットだ。それぞれ顔にはモザイクがかかっているが、赤城はその身なりから少なくとも紳士ではないことが窺える。

『この男性だけは成人ということです。この四人と綾香さんとの間にどんなトラブルがあったのかはまだ分かっていませんが、捜査本部は既にグループの何人かから事情を聞いており、裏付け捜査に入った模様です』

この日、〈アフタヌーンJAPAN〉の視聴率は前日比でまた五ポイント上昇した。無論、時間帯での視聴率ではトップだった。

放送が終了するや否や、局には称賛と激励、そして顔以外とはいえ未成年者の姿を晒したことへの非難が相次いだ。番組ホームページは続々と更新される書き込みで、遂にサーバーがダウンする羽目になった。

里谷と多香美は早速簑島報道局長に呼ばれ、称賛と労い(ねぎら)の言葉を掛けられた。

「君たちのお蔭で汚名を返上することができそうだ。本当にありがとう」

簑島の目が心なしか潤んでいるように見えた。

社会部フロアに戻る時には凱旋(がいせん)気分だった。同僚からは代わる代わる握手を求められ、中には背中を激しく叩かれるという荒っぽい祝福さえあった。

だが、どんな形であろうと祝福は祝福であり、この場の主役は多香美と里谷だった。東良伸弘から罵倒されたことも、宮藤から蔑まれたことも一瞬で吹っ飛んだ。人生で何か特別な一日があるとしたら、多香美にとっては今日がまさにその日だった。

ただ、気になったことが一つだけあった。

称賛と祝福、世辞と労いの言葉が飛び交う中、里谷だけが始終不安げな顔をしていた。

# 三　大誤報

## 1

犯人グループと思しき四人組が特定されたというスクープは、報道各社を狼狽させるには充分だった。

赤城昭平をリーダー格とするグループに関して各社とも完全にノーマークであったため、裏付けも後追いもできなかったからだ。

他局ニュース番組のディレクターは「不意打ちだ！」と叫んだという。ニュースソースはどこなのか、取材者はネタ元にどうやって接触したのかを各局が懸命に当たってみたものの結果は芳しくなかった。従来であれば他局にスッパ抜かれたとしても追跡くらいは可能なのだが、モザイクのかかった一瞬の映像だけではすぐに行動が取れなかったのだ。

だが他局がこのまま手をこまねいているはずもない。手当たり次第クラスメートに探りを入れていけば、やがて未空たちに突き当たるだろう。そうなれば報道合戦が勃発するのも時間の問題だ。

里谷と多香美が兵頭から呼び出されたのは、ちょうどそのさ中のことだった。

「〈週刊帝都〉がネタ元を欲しがっている」

兵頭は満面に笑みを浮かべて言う。スクープの反響に、どうしても頬が緩んでしまうらしい。

「〈週刊帝都〉としてはバックアップの記事を書きたいが、ソースが不明で困っている。編集長を介してウチに申し入れがあったそうだ」

帝都テレビの筆頭株主は持ち株比率三十パーセントを超える帝都新聞だ。そして〈週刊帝都〉発行元の帝都新聞出版は帝都新聞の完全子会社であるため、両者は言わば兄弟のような関係となる。

早速、里谷が胡散臭そうな表情を浮かべた。

「それは株主である帝都新聞も承知している訳ですかね」

「それはそうだろうな。ウチがスッパ抜いたネタを〈週刊帝都〉に裏付けさせて、いざ逮捕の段になったら帝都新聞がトップに持ってくる。帝都新聞にしてみたら労せずして記事が書けるという寸法だ」

帝都テレビも帝都新聞出版も、株主である帝都新聞の天下り先といっても過言ではない。だからニュースソースの提供はもとより、主義主張についても新聞社の意向に従わざるを得ない。

ここで多香美の反骨精神に火が点いた。

「どうして記者の命であるネタ元を教えなきゃいけないんですか。系列といっても別の報道機関じゃないですか。後追いするにしても独自調査するのが当然で……」

「それ以上は言うな」

兵頭は笑顔を崩さないまま命じた。

「安っぽいポリシーとグループ全体の利益と、どちらが優先すると思う」

「でも」

「四人組の素姓は判明しているんだろ？　名前と住所だけで構わんから社内メールで寄越せ」

「でも！」

「取材する時、帝都テレビの名前は一切出さなかったのか？　フリーの立場でネタを集めたのか？」

「それは……」

「ちょっとくらいいい仕事をしたからといっていい気になるなよ。お前らは会社の看板で仕事ができただけの話だ。よって仕入れたネタは会社の財産だ。お前たちに所有権はない」

むかっ腹が立つが兵頭の言い分はもっともであり、多香美には抗弁する術がない。多香美の頑張りも里谷の手練手管も帝都テレビの看板があるからこそ有効であり、何の後ろ盾もなくマイクを突きつけても碌なインタビューはできなかっただろう。

不承不承に頷こうとした時、後ろからずいと里谷が割り込んできた。

「データは俺も持っていますから、俺から転送しますよ」

「どちらからでもいいよ」

「ネタ元を先方さんに渡すのは構わないんですがね、その前に警察の動きを追わせてくれませんか。警察がリーダー格の赤城に張りついていないのが、どうにも気になる」

「そりゃあ赤城がリーダー格ではあっても、殺人の主犯じゃないからだろう」

兵頭はひらひらと手を振ってみせた。

「お前たちが録音した内容を聞く限りじゃ主犯は未空っていうクラスメートで、後の三人は従犯という立場だ。話の最中もひどく迷惑そうだったのは、おそらく東良綾香への暴力を無理やり手伝わされたからだ。警察とすれば主犯に照準を絞るのが当然だろう」

「理屈はそうなんですけどね。どうにも腰の据わりが悪くて」

「腰の据わり？　何だそりゃ」

「どこかで何かが抜けてるような気がするんですよ」

おや、と多香美は思った。この煮え切らなさはいつもの里谷らしくない。

「どこかで何かが、というのは動機のことか」

「まあ、それもあります。今日びのガキの犯罪に、真っ当な理由を求めるなという声も聞くんですけどね」

「動機なら案外単純かも知れんぞ」

意味ありげな言葉に、里谷は片方の眉を上げた。

「何か分かったんですか」

「里谷、お前が報道局に入ったのはいつからだ」

「かれこれ六年も前ですね」

「ふむ、六年前ならぎりぎりという訳か。お前が知らなかったのも無理はないな。かつて仲田未空はある事件の被害者だった」

「本当ですか」

これには里谷と多香美が同時に驚きの声を発した。

「名前で検索したら報道局のアーカイブに記録が残っていた。今から六年前、板橋区で小学生女児が連続してレイプされる事件が起きた。三件目でやっと男は逮捕されたが、その三人目の犠牲者が、当時高島平に住んでいた仲田未空十歳だ」

六年前の連続女児レイプ事件。

確かにそんな事件があったような気がするが、詳細は記憶の彼方に消えていた。だが、まさか未空がそんな事件の被害者だったとは予想もしていなかった。

「被害者は全員小学生だから、もちろん匿名報道だった。写真も公開されていないから お前たちが気づかなかったのも無理はない。これを報道局のスタッフが探し当てたのも、ほとんどまぐれ当たりみたいなものだからな」

里谷は頭を掻きながら黙り込む。レイプ事件と今回のリンチ殺人との関わりに頭を巡らせているに違いなかった。

多香美は多香美で未空に思いを馳せていた。幼少期に親から虐待を受けた者が、長じて虐待する側に転じるのは珍しい例ではない。では、十歳の時、レイプの被害者になった未空が六年後の今、クラスメートを責め苛む側に転じたというのか。そうだとすればあまりに救いがなさ過ぎる。

そこでおずおずと聞いてみた。

「その事件の後、仲田未空にはフォローがあったんですか」

「フォローとは？」

「その、たとえば精神的な治療とか、家族のバックアップとか……」

「そんなものは知らん」

にべもない返事だった。

「レイプ事件の犯人は当時二十一歳、配管工見習いの加島啓二。加島の逮捕後、報道は加島の育った家庭環境に終始して被害女児のその後を追跡したものは皆無だった。アーカイブには何の資料も残っていなかった」

それも当然だろう。ニュースは日々、更新されていく。大衆の興味も移ろっていく。犯人が逮捕された時点で事件は終結し、マスコミが事件関係者のその後を追う必要はなくなる。

「ただ、今回の事件でレイプ事件被害女児のその後が判明したことになる。しかも最も派手な形でな」

兵頭は笑顔を崩さないが、その口調は皮肉に満ちている。確かに六年前の事件と絡めれば、人の悪意が伝染していく好例として報道内容にも厚みが出る。厚みが出れば、多少扇情的であっても深い考察と社会批判のオブラートに包んで高尚に見せることができる。上手くすれば、どこかの児童心理学者なり犯罪心理学者なりのコメントを挿入して三十分程度のドキュメンタリーに構成することも可能だろう。

兵頭の思惑は透けて見えるのに、思案顔の里谷が何を考えているのかが分からない。

「これで疑問は解消できたか？　次は犯行グループが逮捕されるXデーに向けて第二弾のニュースを用意しなきゃならん。また四人組を追跡しろ。期待してるぞ」

立ち去る兵頭の背中を眺めながら、里谷は口をへの字に曲げている。

「鬱陶しい話になってきたな」

「えっ」

「ウチのアーカイブに残っていたものが他所の局に保管されてないと思うか？　仲田未空の素姓さえ知れてしまえば、おそらく全マスコミが六年前の事件を掘り返してくる。今回、ウチにスクープを抜かれた局は普段にも増して躍起になっているからな。今から現場に行くのが鬱陶しくてならん」

里谷の予告通り、まだ早朝だというのに未空の自宅前は報道陣が鈴なりになっていた。多香美はクルマの助手席から眺めていたが、インターフォンには他局の女性レポーターがトカゲのように張りついている。集音マイクを用意してきたので、離れた場所からでも彼らの声を拾うことができた。

「仲田さん、一部の報道ではあなたが犯人と名指しされているのですが、実際はどうなんでしょうか」

別のレポーターたちが部屋の中にも聞こえるよう、口々に大声で怒鳴る。

「やっぱり以前に受けた暴力の記憶が甦るということはあるんですか」

「自分が被害者だったから、今度は加害者になってもいいという理屈なんでしょうか」

「もしあなたが綾香さんを殺害していないのなら、ここではっきりと表明するのが一番だと思いますよ」

「ひと言だけでもコメントをお願いします」

「ここから出て来ないと学校に遅れちゃいますよー」

その様はさながら糞にたかるハエのようだ。同業者であるはずの多香美から見ても醜悪にしか映らない。

その途端、とてつもない自己嫌悪の念に襲われた。

声の大きさはともかく、自分も全く同じ行為をしていたではないか。

今まで取材対象からコメントを取ることに懸命で自らを省みることもなかったが、第三者の目で見ると形を変えた暴力にしか見えなかった。

「里谷さん……わたしもあんな風だったんですか」

「まあな」

「客観的に見たら、何て言うか……ひどいですね」

「取材する態度にも許容範囲ってのがある。俺が同行している限りはその範囲を超えないように手綱を引いているつもりなんだがな」

「でも、あれとどっこいどっこいじゃないですか」

「他人が必死に隠したがっていることを無理やり訊(き)き出そうとしてるんだ。傍(はた)からは浅ましく見えて当然だろう」

「里谷さんは自分がそう見えてもいいっていうんですか」

「今更な発言だな」

里谷は呆(あき)れたように言う。

「どんな大義名分があろうと、報道の基本は野次馬根性だ。隠された秘密を暴く、人の行かない場所に行く、不幸と悲劇を具(つぶさ)に観察する。そういう野次馬が醜く見えない訳あるかよ」

里谷がここまで報道の仕事を自虐的に語るのは初めてだったので、多香美は驚いた。

「マスコミの華やかさにつられてこの世界に飛び込んでくるヤツは多いが、光が強烈になれば影は一層暗くなる。その黒さの一端があのせめぎ合いだ。隠れたがる者と、それを引き摺(ず)り出そうとする者。どう見たって引き摺り出そうとしている方が悪人に見える。たとえ隠れているヤツが何者であって、どんな悪事をしていてもな。報道の自由を笠(かさ)に着て無理やりカメラの前に晒(さら)そうなんてのは、どう言い繕ったところで暴力だ」

里谷が喋(しゃべ)っている最中、仲田家のドアが一瞬だけ開き、中から小学生らしき男の子が足早に出て来た。きっとこれが弟の武彦だろう。

「弟さんですか」
「未空さんはどうされてますか。今日、学校は休んじゃうんですか」
「家族みんなで庇ってるんですか。でもお姉さんが本当に人殺しだったらどうするんですか」

　武彦は迫って来る報道陣の中を掻い潜りながら棟の廊下を駆けていく。彼がエレベーター前まで到着すると、さすがにそこまで追い縋る者はいなかった。

　里谷はその光景を見ながら言葉を続ける。

「ああして関係者から蛇蝎のように忌み嫌われ、ハイエナのように言われる。それでもネタを追い続けるのは、人の悪意や犯罪、埋もれた哀しみを白日の下に晒すことによって、少しでも世界を明るく照らしたいという一心があるからだ。逆にその思いがないのなら、こんな仕事はするもんじゃない」

　自虐には違いないが、里谷が口にすると不思議に清々しく聞こえる。

　きっと里谷の覚悟がそう響くのだろう、と思う。泥に塗れても悪罵を浴びせられても、これだけは譲れないという思いがあるからこそ、里谷は堂々としていられるのだ。

　それを開き直りと言う者もいるだろう。だが、そう指弾する者にどれだけの覚悟があるというのか。自分こそ茶の間に流れる悲劇や愚かな欲望を、袋菓子片手に観賞している人間ではないのか。

翻って自分はどうなのだろう、と多香美は考える。ジャーナリストを志したきっかけは妹の一件があったからだった。隠された真実、閉ざされた被害者の叫びを明らかにしたい――そう念じてきたつもりだった。

だが本当にそうなのだろうか。

最初に誓った思いは今でも胸の奥に生きているのだろうか。ひょっとしたらスクープをものにするという目的に絡め取られ、初心を忘れていたのではないか。

「どうした。気後れでもしたのか」

多香美の覚悟を問い質すような口調だった。

迷いはある。だが、ここで立ち止まっていては得られるものも得られない。仮に得たものが価値のないものであったとしても、それは後で悔いればいいことだ。

「いいえっ、わたし、大丈夫ですからっ」

意思表示のつもりでガッツポーズをとると、里谷は苦笑しながらイグニッション・キーを回す。

「これからどこに向かいますか。学校で柏木咲と当真祥子を張りますか」

「そっちも同業他社が大挙して押し寄せてるだろうな。ニュース映像から、彼女たちが綾香の同級生であることは誰でも見当がつく。校門に張り込んで未空の友人関係を洗い出そうとするに決まってる。ニュース映像が流れた時点で本人たちも警戒している。ま、多少賢いヤツなら今日くらいは学校フケるんじゃないか」

「それじゃあ」

「学生はフケることができても、給料取りはそうはいかない。それに赤城だけはまだ他社も正体を摑み切れていない。マークされていなきゃ、自然にガードも緩くなるだろ。ことによっちゃあ赤城の逮捕劇が目撃できる可能性だってある」

二人を乗せたクルマは赤城昭平の勤務先へと向かった。

嘉山板金に着いてみると、案の定他社の中継車はもちろん取材クルーの姿もなかった。

「やっぱり、まだノーマークか」

里谷と多香美はクルマから降りる。始業前のせいか工場は人影がまばらで、作業音も途絶えている。

前回訪れた際には気づかなかったが、朝の湿った空気に紛れて鉄と油の臭いが鼻孔に侵入する。その刺激で多香美は二回くしゃみをした。

「さすがに早過ぎたかな」

里谷はきょろきょろと辺りを見回す。

「赤城を捜してるんですか」

「いいや。宮藤の旦那」

「宮藤刑事を？　どうして」

「この間から姿を見ていない。それがちょっと気になってな」

「きっと裏付け捜査に駆けずり回ってるんじゃないですか」

「それならいいんだが……」

里谷が小休止のためにタバコを咥え、多香美が車内からカメラを取り出そうとしたその時だった。

「野郎っ」

突然、野卑な声が背後から聞こえた。

振り返る間もなかった。

作業着姿の赤城が里谷に飛び掛かり、二人は砂利の上に倒れた。不意を衝かれた里谷はひとたまりもなかった。

「お前たちか、あんなニュース流しやがって」

赤城は里谷に馬乗りになり、拳を振り上げる。

一発目が里谷の顔面に炸裂する。

反射的に多香美の身体が動いた。二人に駆け寄って、再度振り上がった赤城の腕にしがみつく。

「放せえっ」

赤城の動きが一瞬、止まる。その間隙を縫って里谷が両脚で赤城の首を挟み、相手を引き倒す反動で起き上がる。

「おい。いくら何でもいきなりはないだろう」

立ち上がって殴られた箇所を撫でる。対峙すると里谷の方が頭一つ分高い。

赤城の二発目は右ストレートだったが、里谷は難なくこれを躱し、相手の体勢が崩れた瞬間を狙って踏み出した足を払う。赤城はいとも簡単に転倒した。

「やめとけ。やんちゃななりをしているが喧嘩慣れしてないだろう。若さだけで勝てると思ったら大間違いだ」

赤城は慌てて立ち上がり、すぐに身構えた。

「いきなりはどっちだ。あんなもん流しやがって」

「何のことだ」

「しらばっくれるな。カメラ持って来ているのはお前らだけだ。だったらあのニュース流したのもお前らだろう」

「ふん、理屈は合っているな」

「勝手に撮りやがって」

「モザイクはかかっている。だから、ここにも俺たちだけしか来ていないだろ」

「どうせ他のヤツらのとこに集まってるんなら一緒だ」

「なあ。俺たちは何も君らを捕まえに来た訳じゃない。ただ話がしたいだけだ」

「お前らに話すようなことは何もない」

「疑いを晴らしたくないのか」

　里谷がそう言うと、赤城は顔色を変えた。

「疑いをかけたのはお前らじゃないか！　何、勝手なこと言ってんだ」

　里谷は奇妙に顔を歪(ゆが)ませた。

「お前らはいつだってそうだ。大昔に悪さをしたとか日頃の行いがどうとか、それだけで色眼鏡で見やがる。そんなヤツらに話を聞いてもらおうなんて誰が思うかよ」

「そりゃあ被害妄想ってものだ」

「妄想かどうか、そういう立場になってからモノを言え」

　赤城は喧嘩腰のまま言葉を続ける。赤く染めた髪と童顔のためにチンピラが虚勢を張っているように見えるが、一方でひどく思い詰めた様子が痛々しい。

「でも君たちが綾香さんを連れ回したのは事実だろう。あの晩、君にも仲田未空にもアリバイはない」

　けっ、と赤城は吐き捨てた。

「言っとくが俺と綾香とかいう女とは無関係だ。関係あるとしたら未空だが、それだってお前らは間違ってるんだ」

「何を間違ってるって？」

「先にちょっかいを出してきたのは綾香だ。未空はそう言っている」

多香美はその言葉に反応した。

先にちょっかいを出してきたのは綾香の方——やはり、この事件は二人の確執がリンチにまで発展したということなのか。

「言い分があるのなら聞くぞ」

「どうせまともに聞く気なんかないだろ」

赤城は里谷に向かって唾を吐きかけた。

「お前らマスコミが未空に何をしたか、俺たちは全部聞いている。何を言っても真っ当に受け取ってくれない。自分の考えが正しいと信じて疑わない。それならこっちが何を言っても無駄だ。黙っていた方がずっといい」

それだけ言うと、赤城は構えていた腕をようやく下ろした。

「二人とも顔は憶えたからな。工場の連中に何か吹き込んだら殺してやるからそう思え」

「えらく目の仇にするんだな」

「未空がどんな目に遭ったのか、知らないのか」

「生憎な」

「じゃあ調べてみろよ。少しはあいつの気持ちが分かるはずだ」

それが捨て台詞になった。

赤城は振り返りもせず工場へ向かう。肩をいからせながら歩く姿は、やはりどこか子供じみていた。

「里谷さん、大丈夫ですか」

多香美が駆け寄ったが、里谷は平気な顔でズボンについた埃を払う。

「あんなもん、殴られたうちに入らん。しかし、どうにも嫌な雰囲気だな」

「それは相手があんな風だし……」

「そういうことじゃない。赤城の言ったことが妙に引っ掛かってな」

気に掛かったのは多香美も同様だった。六年前、未空を巡る一連の報道で何があったのかを確認する必要がある。いったん局に戻ってアーカイブを浚ってみよう。

その時、里谷の内ポケットから着信音が鳴り響いた。

「はい、里谷。今ですか？　今はリーダー格とされる男の勤め先にいますが……何ですって？」

声が跳ね上がった。

「そいつはいつですか……ああ、じゃあ俺たちが現場を移動してしばらくの間だったんだ……すぐ、戻ります」

携帯電話を畳んでから、里谷は畜生と呟(つぶや)いた。

「局に急ぐぞ」

「いったい何があったんですか」

「仲田未空が自殺を図った」

## 2

自殺、という言葉が頭の中で空(うつ)ろに響いた。

「どうやらリストカットを企(くわだ)てたらしい。すぐに救急車が到着して、本人を緊急搬送した……おい、聞いているか」

「は、はい。聞いてます」

里谷の声で多香美はようやく我に返る。

「リストカットって……浴室で？」

「さあな、そこまで情報は入っていない。だが大抵の家では浴室の隣が洗面所になっている。朝の時間、家族が場所を奪い合う隣で自殺を企てるとも思えん」

「じゃあ、自分の部屋で」

「表では報道陣が口々に自分を罵(ののし)っている。一瞬でも姿を撮影しようと待ち構えている。自室に閉じ籠(こ)もって、発作的に自傷しようとしても不思議な話じゃない」

その光景を思い浮かべそうになり、慌てて頭を振る。

「きっと追い詰められたんでしょうね」

「綾香を殺害して、良心の呵責(かしゃく)に耐えかねた。そういう見方もできる」

「そういう見方も？」

「良心の呵責よりキツいものがあったかも知れん。まだ十六歳の少女で、しかも小学生の頃にレイプされた過去がある。そういう子に向かって、朝っぱらから怖い顔した大人たちが大挙して押し寄せているんだ。平静のままでいろという方が無理なんじゃないのか」

いきなり横っ面を張られたような気がした。

そうだ、相手はまだ十六歳の女の子なのだ。仮に集団で綾香をいたぶり、そして殺したとしても子供には変わりない。警察に怯(おび)え、世間の目に怯え、そして自分の罪に怯えるのは当然のことではないのか。

自分はいつの間にかそれを失念していた。未空をただの容疑者、クラスメートを殺害した犯人としか捉(とら)えていなかった。

「行くぞ」

多香美の思いをよそに里谷は身を翻す。

「行くってどこにですか。病院へ行っても絶対本人や家族には会えませんよ。自宅の方は弟さんも学校だし、誰も残っていません」

「局に戻る」

「えっ」

「もしお前が彼女の親だったらどうする」

「母親だったら……ずっと付き添っていると思います。医師の話を聞かなきゃいけませんし」

「だろうな。じゃあ父親だったら？」

少し考えてみたが、すぐに想像はできなかった。

「俺だったら帝都テレビに怒鳴り込む」

里谷はクルマに乗り込みながら言う。

「娘の命が無事かどうか。無事なら重傷か軽傷か。三つのパターンが考えられるが、どのみち怒る。怒りの矛先は娘を追い込んだ張本人だ。あいつらさえ報道しなければ娘も追い込まれずに済んだってな。だから局に戻る。わざわざこちらから他社の報道クルーを掻き分けて行かなくても、局で待機していれば向こうからやって来る」

聞けばなるほどと納得できる理屈だった。

しかし里谷の顔に得意げな色は微塵もない。それどころか悪戯を叱られにいく子供のような怯えが浮かんでいた。

果たして里谷が予言した通り、その日の正午過ぎ、報道局に未空の父親、仲田常顕が怒鳴り込んで来た。〈アフタヌーンＪＡＰＡＮ〉の取材担当者とディレクターに会わせろというのだ。

容疑者と目される人物の父親がわざわざ来てくれたのに会わない手はない。兵頭は多香美と里谷を引き連れて、仲田の待つ別室に向かう。

廊下の途中で兵頭は厳命する。

「最初に言っておく。絶対に謝罪するな」

「お気の毒ですとか心中お察ししますとかの同情は示してもいいが、報道したこと自体を謝るな。こちらは顔にモザイクをかけている。疚しいことは何一つやっちゃいないんだからな。謝罪したが最後、取らなくてもいい責任を取らされる羽目になりかねん」

「でも、父親は怒って乗り込んで来た訳ですよね。こちらが謝罪しない限り納得しないでしょう」

多香美が訊くと兵頭は唇の端を上げた。

「納得してもらわなくても別に構わん」

そのひと言で兵頭の言わんとすることが分かった。

抗議を受けつけたり苦情処理をしたりするつもりなど毛頭ない。要は容疑者の父親をも取材のネタに利用しようというのだ。

「父親は烈火の如く怒っている。そういう時の人間は無防備になる。普段は隠している家庭の秘密も、つい洩らすようになる。レイプ被害者がどんな段階を経て十六歳の殺人者になったのか、父親の話から窺えたらラッキーじゃないか」

思わず里谷の顔を窺ってみたが、里谷は黙っていろという風に頭を振る。

別室にいたのは髪を七三に分けたサラリーマン風の男で、これが仲田常顕だった。

仲田はひどく興奮しており、兵頭の自己紹介も終わらぬうちに食って掛かった。

「あんたたちか！　あんなニュースを捏造したのは」

捏造と聞いて、多香美の足が動いた。仲田の気持ちには同情を禁じ得ないが、捏造と言われる筋合いはない。

だが、その行く手を里谷に止められた。

「関係者に取材してカメラを回したのは俺一人です」

「そっちの若い人は？」

「こいつはウチの見習いでしてね。取材には一切関知していませんが、勉強のために連れてるんです」

何を言い出すのかと思ったが、里谷が目で合図を送ってきたので口を閉ざすことにした。

「じゃあ、そっちのあんたがディレクターか」

「はい。〈アフタヌーンJAPAN〉の構成をしている兵頭と申します」

そうして差し出された名刺を、仲田は乱暴に払い除(の)ける。

「そんな腐った名刺は要らん。まず、どうしてあんなニュースを捏造した？　それから先に説明しろ」

「その前に、このやり取りを記録させていただいてよろしいですか？」

兵頭は胸ポケットからICレコーダーを取り出して机の上に置く。

「後々のトラブルを回避するためにも是非」

「勝手にしろ」

周到なやり口だと思った。後々のトラブルどころか、貴重な取材ソースとして記録しておく肚(はら)だ。警察の捜査が進み、未空が逮捕された暁には、この音声記録はとんでもなく価値のある素材になる。

「捏造と言われましても……東良綾香さん殺害に関して、警察が未空さんを追っていたことは歴然としています。我々はその警察の動きを追尾していただけです。断じて捏造した訳ではありません」

「警察が追っていたというだけで犯人扱いか」

「ある程度の疑いがなければ警察も接触しようとはしませんよ」

「だが家に警察は来ていない」

「今は来ていないというだけではありませんか」

仲田と兵頭のやり取りを傍観しながら、里谷は口出し一つしようとしない。交渉役を兵頭に一任しようとしているのか、それとも口を差し挟むタイミングを計っているのか。いずれにしろ、沈黙を命じられた多香美はただ見守るしかない。今まで散々自分の至らなさを里谷から指摘された。ここで里谷が黙っていろと指示するのなら、今はそれに従うのが賢明だろう。

「あんたたちの心無い報道のせいで、未空が自殺を図った」

「それはお気の毒に」

多香美はこれほど感情の籠もっていない言葉を耳にしたことがなかった。

「何でもリストカットをされたのだとか」

「自分の部屋で、切った。母親が発見した時にはベッドの上は血の海だった。あんたたちだ。あんたたちが未空をそこまで追い込んだんだ」

「それはいくら何でも言いがかりではありませんか。全く身に覚えのないことなら堂々と潔白を主張すればいいだけの話です。それが多少マスコミの注目を浴びたくらいで自傷行為なんかしますかね」

聞きながら、多香美の胸には澱(おり)が溜(た)まり始めた。

兵頭は仲田を故意に怒らせようとしている。目的はさっき本人が言った通り、普段は隠している秘密を吐き出させるためだ。普段なら引っ掛からないようなあからさまな誘導も、激昂(げっこう)している時には有効に働く。

「未空が過敏になったのは、元々あんたたちマスコミのせいだろうがあっ」

とうとう仲田は立ち上がった。

「未空が被害者になった時ですらあんたたちは遠慮会釈なく家に押しかけて来た。ま、まだ小学生だった娘に平然とマイクを突きつけてきたヤツもいた。通っていた小学校で待ち伏せされたこともある。写真週刊誌には目線を入れて顔写真まで公開された。あんな風に家に押しかけられてみろ。今まで碌に付き合いもなかった近所の人たちまで未空の噂をし始めた。あ、あんな目に遭って平静でいられる訳がないじゃないか」

「なるほど、それで迫害される立場から迫害する立場に変わったと？　よくある話ではありますね」

「未空は断じてそんなことはしていないっ」

「へえ、しかしずいぶん評判はよくないようですね。成人を含めた人間と徒党を組み、夜な夜な街に繰り出して恐喝紛(まが)いのことをしていたように聞いていますが？」

　すると仲田の表情が奇妙に歪んだ。

「あんな目に遭ったんだ。少しくらい無軌道になっても当然だ。わたしたちだって放置していた訳じゃない」

「でも現実には不良グループの一員だった」

「そういう付き合いをわたしたちが黙認していた理由をあんたたちは知るまい。未空は……未空は過去に受けた傷を忘れられなかった。自分が世間から祝福されていないと思い込んでいた。だから同じように世間から祝福されていない子の仲間になるより仕方なかったんだ」

　仲田の声が更に上擦(うわず)っていった。

「あんな小さな頃に男から暴行された子だぞ。わたしたちはそれこそ腫(は)れ物に触るように、あの子に接してきた。親であるわたしたちにさえ推し量ることのできない深い傷だ。たかが数年で癒(い)えるはずもない。わたしたちは長い時間をかけて未空が自然に治癒するのを待っていたんだ」

　まるで血の滲(にじ)むような声だった。多香美は耳を塞(ふさ)いでしまいたくなった。

「本当に傷つき易(やす)い子だったんだ。それを、それを貴様たちは！」

　仲田の手が伸びて兵頭の襟首を摑む。

「おや。何をするんですか」

「ようやく、ようやく昔の傷が癒えてきたところに、またお前たちが纏わりついたから未空は追い詰められたんだ。ど、どう責任を取るつもりなんだ」

「それはヤクザが因縁を吹っかけるようなものですねえ」

「お前たちの番組で謝罪しろっ。謝罪して、あれは誤報だったと伝えろおっ」

「そんなことはできません。お断りします」

襟首を摑まれても兵頭は平然としていた。おそらく仲田がこうした行動に出ることも計算していたのだろう。口調にはからかうような響きさえあった。

ここに至って兵頭が里谷を連れて来たもう一つの理由が判明した。もしもの場合があっても身近に里谷がいればボディガードの代わりになると踏んだのだ。

「番組としても報道した内容には自信がありますのでね。第一、誤報かどうかを判定するのはわたしたちの務めじゃありません。わたしたちはただ警察の動きを追っていただけですしね。その報道を見た視聴者がどんな感想を持つかは、わたしたちには与り知らぬことですよ」

詭弁だと思った。未空が容疑者であるとは断定していないものの、捜査本部が重要参考人を特定していると説明した上であの映像を見せれば、誰であってもそれが犯人グループだと認識する。キャスターの口調も視聴者にそう思わせるようなものだった。

与り知らぬどころか、兵頭は明確に視聴者の認識を一定方向に誘導しているのだ。

「訂正しろおっ、謝罪しろおっ」

「まだそんなことを言ってるんですか。いい加減にしてください。いくら凄んだところで、報道の自由が暴力に屈するはず、ないじゃありませんか」

「貴様ああっ」

仲田は身体を前に倒して兵頭に伸し掛かろうとする。さすがに身の危険を覚えたらしく、兵頭が顔色を変える。

すんでのところで間に入ったのは里谷だった。

「やめてください、仲田さん」

そう言いながら兵頭の襟首を掴んでいた手を無理に解く。

「こんなところであなたが警察沙汰になったら、誰が他の家族を護るんですか。武彦くんだっているじゃないですか」

里谷に押さえられても、仲田の勢いは止まらない。

「偉そうに何を吐かす！　元はといえばお前があんな取材をするからこうなったんじゃないか。ふ、ふざけるなああっ」

仲田の振り上げた拳が里谷の顔面に飛ぶ。里谷のことだ、きっとぎりぎりのところで躱すに違いない——多香美はそう決め込んでいた。

だが案に相違して拳は里谷の左頰に命中した。ぐし、と肉の潰れるような音が多香美のいるところまで届いた。

「里谷さんっ」

「里谷っ」

兵頭も多香美と同じ予想をしていたのだろう、一撃を食らった里谷を意外そうに見ていた。

「この野郎っ、未空に、俺の娘に土下座して謝れえっ」

後方に引っ繰り返った里谷に馬乗りになり、仲田は二度三度と拳を振り下ろす。兵頭は仲田を羽交い締めにする。

「朝倉、警備員をっ」

「放せえっ、放せええっ」

命を受けて多香美はすぐさま卓上電話で警備員室を呼び出す。警備員が駆け込んで来るのに三分とかからなかった。

仲田は抵抗を繰り返したが屈強な警備員たちに勝るものではない。哀れ手足をばたつかせながら部屋の外に連れ出されてしまった。

ようやく立ち上がった里谷は顔の数カ所に殴られた痕を残していた。口元を拭った腕には血が付着している。

「最初は驚いたが、さすがにウチのエースだな」

兵頭は晴れ晴れとした顔でその肩を叩く。

「どうなることかと思ったが、わざと殴られたな？　なるほどな、一方的にやられた訳だから、こいつを電波に乗せても俺たちに分がある。向こうのプライバシーもへったくれもない。いやあ、上出来だ上出来だ」

多香美はそのへらへら笑う顔を思いきり張り倒したくなったが、里谷がまた目で合図を送ってきた。放っておけ——真意は計りかねたが、それが里谷の指示なら従わない訳にはいかない。

「里谷、傷が化膿したら大変だ。今すぐ病院へ行って来い」

意外な気遣いを見せると思いきや、次のひと言はやはり狡猾な兵頭らしいものだった。

「仲田未空が担ぎ込まれた病院は知ってるな？　報道関係者は中に入れてくれんが、怪我人なら大手を振って堂々と入れる。怪我の功名というヤツだ。それともお前のことだから、そいつも狙っていたか」

予想以上の素材が手に入ったとほくそ笑む兵頭を残して、多香美と里谷は部屋を出る。

「どうして相手が殴るに任せていたんですか」

堪（たま）らなくなって多香美は問い質す。自然に口調は尖（とが）ったものになった。

「ディレクターの解釈では満足できないのか」

「こちらの立場を有利にするのは里谷さんらしいですけど……それでもやられっ放しというのは何となく腑（ふ）に落ちません」

「……判断に迷った」

「えっ」

「あの父親の目を見ていたら殴られてもしょうがないと思えた。だが、今考えてみると殴らせるべきじゃなかったかも知れん」

　里谷の言うことが多香美はまるで理解できなかった。そして何より、この男が惑いの色を見せたことにひどく狼狽（うろた）えた。

　未空が収容された市民病院の正面玄関には、まだ他局のクルーたちが何人かカメラを担いでたむろしていた。

「何か動きがあった時のために待機してるな」

「ええ」

「途中で父親が怒鳴り込んで来る余裕はあったからな。リストカットを試みたものの、命に別状はなかったということになる」

青痣（あおあざ）だらけの顔が通行証代わりとなった。難なく一階フロアで受付を済ませると、里谷は持ち前の話術を発揮して、受付の女性事務員に親しく話し掛ける。

「何だか表の方が騒がしいね、誰か有名人でも入院したの？」

「有名人というか……まあ、渦中の女の子ですよね」

「へえ、そりゃ大変だ。担ぎ込まれた本人より病院側の方が色々と気を配んなきゃならないからね」

「ホントにそうですよ。外来さんがすごく迷惑しているんです。こんなんで急患が来たら迷惑どころの話じゃないっていうのに」

誰からでもするすると話を引き出すのは里谷の特技だった。それでも、ものの数分で未空の収容された病棟まで訊き出した時には改めて感嘆した。

「西病棟だ。出血はしたが発見が早かったんで大事には至らなかったそうだ」

この男にかかっては個人情報保護法などザルのようなものだ。内心で舌を巻きながら、多香美は里谷とともに西病棟に向かう。

一階から順番にフロアを巡っていくと、未空の収容された病室はすぐに見つかった。廊下の長椅子（ながいす）に見覚えのある少年がぽつねんと座っていたからだ。

仲田武彦。朝方、報道陣の中を掻い潜り、エレベーターに逃げた少年に間違いなかった。両親の姿が見えないのは病室で付き添っているからだろう。

「わたし、行ってきます」

多香美は里谷の前に出た。さっきは事務員が女だったから里谷が相手をした。それなら、この場合は自分が出るべきだろう。

里谷は「そうか」としか言わなかった。

武彦に近づいてみる。姉弟(きょうだい)なのにあまり未空には似ていない。多香美は〈優しいお姉さん〉の顔を作る。

「一人で何してるの！、坊や？」

精一杯愛想をよくしたつもりだったが、武彦はこちらに振り向きもしない。

「お姉ちゃんが怪我でもしたのかな」

腰を落として目線を合わせると、初めて多香美の顔を一瞥(いちべつ)した。

「お姉さんもマスコミの人？」

直截(ちょくせつ)な問い掛けに一瞬、言葉を失った。

「やだ、違うわよ。わたしはただ……」

「他人の子供に、そんな風に話し掛けて来る人はいないよ。よくこんなところまで入り込めたね」

子供らしからぬ物言いが胸に伸し掛かる。

「わたしは怪我人の付き添いで来ただけで」

そう言って背後の里谷を指差した。武彦は興味のなさそうな目でそちらを見てから、視線を床に落とす。

「取材するために怪我までするんだね」

「……どうしてそんな風に決めつける訳？」

「だって分かるんだもん」

武彦は俯いたまま口を動かす。

「マスコミの人はみんな同じ目をしてる」

まるで子供の言葉とは思えなかった。

未空のことが報道され、その周囲にマスコミが群がったのは昨日のことだ。それなのに、武彦がここまで冷ややかな態度を取るにはよほどの目に遭ったに違いなかった。

ぞっとした。子供は環境で育つという。この一連の騒ぎが武彦の人格形成にどんな影響を与えるのか、それを考えるのが怖い。何故ならそのきっかけを作ったのが多香美たちのスクープだからだ。

「いい人ぶらなくっていいよ。鬱陶しいから」

そこまで言われたのなら猫を被る必要もない。多香美は気持ちを切り替えて武彦と対峙する。

「お姉さん、大丈夫だった？」

「大丈夫だったら入院なんかしないでしょ」

「ずっと入院しなきゃダメなの」

「マスコミの人が見張ってるうちは出て来ないと思うよ。お姉ちゃんがあんな風になったのは、全部あなたたちのせいなんだから」

「わたしたちのせい？」

「パパとママから聞いてるんだよ。世の中で一番残酷でひどいのはテレビや新聞や週刊誌だって。人が秘密にしておきたいことをニュースにして楽しんでいるんだって。お姉ちゃんはそれで変わっちゃった。前はずっとずっと優しかったんだ」

「でも、マスコミの仕事というのは」

子供相手に何を力説しようとしているのか――別の自分が冷笑する横で、多香美は必死になって言葉を探す。今ここで武彦に全否定されたら相当な痛手になるような気がした。

「マスコミってそんなに偉い仕事なの？」

そこに悪意の響きはなかった。子供らしい素朴な疑問のようにも聞こえた。

だが槍（やり）のように多香美の胸を貫いた。

武彦はゆっくりと顔を上げてこちらを見る。濁りのない目が、今は応（こた）えた。

「人の家を取り囲んで、僕みたいな小学生を追い掛けて、病院の外で待ち伏せまでして、それで誰から誉められるの？　お姉ちゃんをあんな風にさせて、誰が喜んでいるの？」

理不尽に戸惑い、怒る目をしていた。

不意に多香美は記憶をまさぐられる思いがした。

妹の真由がいじめの果てに自殺させられたのに学校が事実を隠蔽し、警察も取り合ってくれなかった。

悔しさに泣いた。理不尽さに憤った。

きっとあの時の自分は、今の武彦と同じ目をしていたに違いない。

そう思った途端、武彦の視線に耐えきれなくなり、視線を逸らした。

「……ごめんなさい」

かろうじてそれだけ口にすると、逃げるようにして里谷の許に戻った。

子供相手にやり込められるなんて。あまりに情けなく、里谷の顔を正視することさえできなかった。

## 3

しばらく病棟で待っていたが、未空の母親は遂に病室から出て来なかった。父親も報道陣を警戒してか、それとも職場に行ったのかこれも姿を現さない。

「これ以上ここにいても収穫はなさそうだな」

里谷が声を掛けてきたが、半分は自分に対する気遣いであることくらいは分かる。

「あの、わたし別に大丈夫ですから」

「何が大丈夫だ。たかが小学生の言葉に意気消沈しているヤツの言葉とは思えんな」

「意気消沈だなんて」

「強がるな。あれはお前でなくても腰が引ける。あの子の言うのはもっともだ。こっちはいい大人で、しかも職業人であるにも拘わらず反論する余地がない。あれで凹まないヤツは、よっぽど面の皮が厚いかこの業界の水に慣れた人間だろうな」

「……里谷さんはどっちなんですか」

「両方だな」

里谷は事もなげに言う。

「報道の仕事が憧れていたよりはずいぶん泥臭くって立派なものじゃないことを知れば自然にこうなる。マスコミに限らず華のある仕事っていうのは大抵そうじゃないのかな。ライトが当たる部分以外は暗くて見えんが、よそ者には見せたくないものが転がっている。生き残っているヤツらは、そういうおぞましいものを見てもいちいち萎れないように鍛錬されている」

それは果たしていいことなのだろうかと思う。慣れるということは仕事を迅速に進めるには不可欠だ。しかし一方で、己を不感症にしてしまうのではないか。

「慣れた方がいいのは分かってるんです」

つい弱音が口をついて出る。

「でもさっきはどうしても腰が引けてしまって……。容疑者の情報を得るためには親族を取材しなきゃいけないのも、周囲の証言から本人の人物像を浮き彫りにしなきゃならないことも承知しています。でも」

「本当にそう思うのか」

「えっ」

「俺は慣れる必要はないと思っている」

「で、でも里谷さんは慣れているじゃないですか」

「だから嫌なんだ」

真意の測れぬ言葉を残して里谷は病棟から出て行く。多香美はその後を追うしかない。

そして一階フロアまで下りてきた時、多香美は受付で見慣れた男の姿を発見した。

「……宮藤刑事」

呼ばれた宮藤はこちらを見るなり、うんざりしたような表情を浮かべた。

「またあなたたちか」

「仲田未空さんに尋問ですか」

「様子を見に来ただけだ」

「でも被疑者なんでしょ。残念でしたね、面会謝絶で」

「……被疑者だと明言した覚えはない。それにしてもあなたたち、よく病院の中にまで入ってこられたものだな」

宮藤は呆れた目でこちらを見た。

「こっちも医者が必要なもので」

里谷がそう言って自分の顔を指差すと、宮藤は更に呆れたようだった。

「あなたなら、そこのお嬢さんに殴らせてでも、ここに入り込む理由をこしらえるだろうな」

「ああ。その手もありましたね」

「職業的倫理はさておき、その執念には敬服する。帝都テレビ報道局のエースたる所以（ゆえん）だな」

皮肉にしか聞こえなかった。

未熟な自分が嗤（わら）われるのはいい。足りない部分を指摘されるのは痛いが、正確な指摘に抗（あらが）う理由もない。

しかし尊敬する人間が嗤われるのは我慢がならなかった。

「職業的倫理って、いったいどういう意味ですか」

言葉と一緒に足が出る。背後で里谷の止める気配を感じたが、もう止まらなかった。会えばいつも癪に障る男で、口にするのは皮肉や嘲笑めいた言葉ばかりだ。その積もり積もった憤懣が一気に噴出しようとしていた。

「どんなに敏腕な刑事か知らないけれど、いったい何様のつもりですか。確かにわたしたち報道の人間にとって警察は情報源だけど、どうしてそこまで上から目線でモノを言われなきゃいけないんですか。警察はそんなに偉いんですか。現場の記者というのは、そんなに卑しいもののように言われなきゃいけないんですか」

マスコミというのはそんなに偉い仕事なのか――最前、武彦から浴びせられた言葉をそのまま叩き返すような思いだった。

自分たちは報道の最前線で働いている。体制を批判し、その抑止力になろうとしている。不安や疑問の渦巻く社会の木鐸となろうとしている。それが、どうしてこうまで冷ややかに遇されなければならないのだ。

「わたしたちは社会の木鐸なんです。権力者の監視役なんです。宮藤さんも、もう少し敬意を払ってくれてもバチは当たらないんじゃないんですか」

「権力者の監視役。権力者というのは、こんなぺーぺーの刑事を指して言っているのかい」

　長身で美形。彼氏にすれば鼻も高いだろうが、多香美の目には高慢ちきな公務員にしか見えなかった。

「問答無用で人の秘密を探って、人を逮捕して、必要とあらば銃を向ける。そんな人のどこが権力者じゃないって言うんですか」

「そう言うあなたはどうなんだ、朝倉さん」

　激昂気味の多香美とは対照的に、宮藤の言葉は拍子抜けするほど冷静だった。

「あなたたちだって問答無用で一般人の秘密を探り、カメラとマイクを向ける。銃とカメラの本質的な違いは何だ？」

「銃は人の命を奪います。カメラとマイクは……」

　悔しいことに続きが出てこなかった。カメラとマイクに殺傷能力はない。しかし、社会的な地位や名誉を葬り去るだけの威力はある。それは名のある者に限らない。市井（しせい）の人々の社会的生命も奪うことができる。

　多香美はふと周囲の変化に気がついた。二人の争う声が一階フロアにいる者の注目を浴びている。

　同じことを宮藤も感じ取ったらしく、気まずそうに辺りを見回している。

「里谷さん。この人、少し借りていってもいいか」

いきなり宮藤に手首を摑まれた。

ちょっと人を何だってモノみたいに——という抗議は、腕を引っ張られた勢いに掻き消される。

「ちょっ、ど、どこに」

宮藤に連れて行かれたのは待合室の端にある自販機コーナーだった。

「君の甲高い声が病人の身体に障らない場所だ」

「ここならいいか」

宮藤は傍らの長椅子に多香美の身体を放り出す。どうやら手荒にはしないものの、丁重に扱うつもりもないらしい。自販機の横に立ち、腰に手を当ててこちらを見下ろしている。

「こういう時は、飲むか、とか言って一本奢ってくれるものでしょ」

「懐柔するつもりは毛頭ない」

「缶ジュース一本で懐柔されるつもりもないけど。ねえ、宮藤さん。どうしてわたしたちマスコミをそんなに邪険にするんですか？　さっきの銃とカメラの喩えじゃないけど、犯人を追う、真相を突き止めるという点で警察とわたしたちは同じ立場じゃないですか」

「どうぞご随意に」

「違う」

宮藤は言下に切り捨てる。

「警察が追っているのは人じゃなくて犯罪だ。真相を突き止めている訳でもない。法を犯したのは誰かを特定しているだけだ。だがマスコミが追っているのは憎悪の対象だ。明らかにしようとしているのは、自分たちとは無関係だと思いたい悲劇や人間の醜さだ」

「それって偏見ですよ」

「そうかな。だったら、どうして被疑者の家族やら元クラスメートやらの証言を欲しがる？　被疑者の書いた卒業論文を入手したがる？　この残虐な犯人はこんな風にして誕生しました。この破廉恥な人間はこんな風に上辺を取り繕っていました……少なくとも俺たちは秩序を保つために犯罪を追っている。だが、君たちは第三者の好奇心を満足させるために追っている。自分がどれだけ不幸であっても、こいつらよりはマシだと優越感を抱きたいろくでなしどもの需要に応えているだけだ」

「ろくでなしって……視聴者を愚弄するんですか」

「他人の不幸を見て悦に入っているヤツなんてろくでなし以外の何者でもない。その需要に応えて取材をしている人間も同じろくでなしだ」

宮藤の口調は平坦だった。激した調子でもない。考えを淡々と述べているだけのように見える。それでも語る内容は毒気に満ちている。

「誰かが殺された、そして誰かが逮捕された。事実を伝えるだけならそれで充分のはずだ。ところがニュースはそれだけじゃ飽き足らず、キャスターは薄っぺらな倫理観を振り翳し、コメンテーターとかいう輩は井戸端会議並みの人間観を披瀝する。皆が皆、善良なる市民や知識人のふりをしているが何のことはない、他人に降り掛かった不幸を面白おかしく消費しているだけじゃないか。新聞・雑誌も一緒だ。殊更に扇情的な見出しをつけ、発覚した犯罪がとんでもなく背徳的で、その犯人は残虐非道でとても普通じゃないと書き立てる。実際にはどこにでも有り得る悲劇で、どこにでもいる普通の人間が犯した過ちであったとしてもだ。君たちは悲劇や悲惨を安っぽいドラマに仕立ててお茶の間に提供しようとしているだけだ。だから事件と直接関わりのない下世話な話を集めにかかっている。それを警察の捜査と一緒にするな」

「下世話な話だなんて！　わたしたちは犯罪の根幹を知ろうとして周辺取材をしているんです。犯罪の起きた原因、犯人を巡る人間関係。そうしたものを明らかにすることによって新たな犯罪を抑止しようとして」

「その周辺取材には仲田未空の弟も含まれているのか」

　そのひと言で多香美は固まった。

「母親と弟が見舞いに来ているが、母親は病室でつきっきりのはずだ。君たちは弟にもマイクを向けたんじゃないのか。過去の事件で娘が心の傷を負い、下手をすれば崩壊しそうな家族が首の皮一枚で繋がっていた。そんな折に娘が自殺を企てた。年端もいかない弟がどれだけ心を痛めていたか俺には分からん。だが、そんな弟に対して君たちは何をした？　その傷を押し広げ、強引にインタビューを試みたりはしなかったのか」

「それは、容疑者の家庭環境を検証する上で必要だから……」

「誰が検証してくれと頼んだ？」

宮藤は容赦なく畳み掛ける。平坦な口調が却って胸に応える。

「犯罪者の家庭はこんな具合に歪んでいた。自分たちの家庭はこんな風にはなってないから、犯罪者を生むことはないだろう。報道を見た人間はそうやって安心を得る。あるいは、あんな罪を犯すヤツの家庭は碌なものじゃないという信念を持っていて、それ見たことかと溜飲を下げる。どちらにしても下衆な野次馬根性に過ぎん。君たちがしている検証とかいう代物は、その下衆な野次馬を満足させるためのものだろう。ニュースの最後に警句めいたひと言を付け加えて綺麗に纏めてはいるが、結局は事件をバラエティにして愉しんでいる。言い換えたら、自分たちがバラエティ番組を作っていると認識しているからこそ、最後を問題提起らしく結んでいるだけだ」

この言葉も胸を突いた。

痛みを感じるのは部分的にしろ身に覚えがあるからだ。だが、多香美はそれを認めることができない。今それを認めてしまえば、自分の存在意義を否定することになる。

「それこそ偏見以外の何物でもありません。人の悲劇を娯楽として供するために、警察回りや泥臭い取材合戦を繰り広げているって言うんですか」

「偏見と言われたら、確かにそうかも知れない。だけど生憎、俺の目にはそうとしか見えない。蒸し返すようで悪いが、ヤラセで社会部のスタッフが文化財に悪戯書きした事件、岐阜県の発注工事で虚偽証言を取り上げたスクープ、それから例の〈切り裂きジャック事件〉で犯人側を刺激して徒に犠牲者を増やしたのは帝都テレビじゃなかったのか」

多香美は返事に窮する。挙げられた事例は偏見でも何でもない。れっきとした事実だ。

「その三件だけ見ても、君たちがニュースをバラエティ化させている証拠だ。自分たちが報道する内容は派手でなきゃいけない。視聴者が憤慨して社会問題になるようなスクープでなきゃいけない。常に自分たちが社会のサイレンでなければならない……君たちはそんな強迫観念に駆られているんじゃないのか。ありきたりな事故、ありきたりな殺人ではもう飽き足らなくなっているんじゃないのか」

宮藤はいったん言葉を切り、多香美から視線を逸らした。

「今、思い出したよ。そう言えばサイレンというのはギリシャ神話に出てくるセイレーンとかいう妖精が、その語源らしいな」

「セイレーン……」

「上半身が人間の女、下半身が鳥。岩礁の上から美しい歌声で船員たちを惑わし、難破に誘う。俺に言わせれば君たちマスコミはまるでそのセイレーンだよ。視聴者を耳触りのいい言葉で誘い、不信と嘲笑の渦に引き摺り込もうとしている」

「……的外れな喩えはやめてください」

「そんなに的外れだとは思わないよ。君たちがいつも声高に叫ぶ報道の自由・国民の知る権利とかいうのはセイレーンの歌声そのものだ。君たちにとっては錦の御旗なんだろうが、その旗の翻る下でやっているのは真実の追求でも被害者の救済でもない。当事者たちの哀しみを娯楽にして届けているだけだ」

娯楽、と聞いて理性よりも先に身体が反応した。立ち上がって、そのいけ好かない頬に平手を一発——だが渾身のひと振りは、宮藤の片手であえなく封じ込められた。

「返す言葉に窮したら、今度はビンタか。まるで小学生だな。いやしくも報道の世界に身を置く者だったら、取材した事実で反証してみせたらどうだ」

宮藤が突き放すと、多香美の身体は再び長椅子に倒れ込む。

返す言葉が見つからない。抗う力もない。

女だから、というのではない。己と己の所属する世界を擁護する大義名分が見当たらないのが口惜しい。

ぎりっと奥歯を噛み締める。今の自分では口を開いても、きっと情けない言い訳しか出てこない。そんなものを宮藤に聞かれるのは恥の上塗りをするようなものだ。

「前にも言ったがな。警察とマスコミ、似たような仕事をしていても決定的に違う点がもう一つある。君たちは不安や不幸を拡大再生産している。だが少なくとも俺たちは犯罪に巻き込まれた被害者や遺族の平穏のために仕事をしている。市井の人々の哀しみを一つでも減らそうとしている。それが君たちのしていることとの一番の違いだ」

それだけ言うと、宮藤は踵を返してその場を去って行った。

周りには自分以外、誰もいない。

そう思った途端、堪えていた胸の堤がいきなり決壊した。

嘔吐のように嗚咽が洩れる。それにつられて熱い水滴が膝に落ちる。

どうして言い返せなかったのだろう。

沈黙は肯定と同じだ。そして肯定してしまったが最後、自分は報道の仕事に誇りを持てなくなる。それが分かっていながら宮藤に反論することができなかった。

足りないのは言葉か、覚悟か。

多分、両方なのだろう。

自分の未熟さをこれほど情けなく思ったことはない。能力のなさをこれほど悔しく思ったこともない。

ひとしきり泣くと、やがて涙が涸れてきた。里谷がふらりとやって来たのは、ちょうどその時だった。

「……何て顔してるんだ、全く。ほれ」

突き出されたのはポケットティッシュだった。裏にはキャバレーのチラシが挟み込んである。オトメの涙を拭くのにもっとマシなものは用意できないのかと思ったが、折角の好意を無にする訳にもいかない。

「ありがと……ございます」

「宮藤刑事に何を言われた」

多香美は言われたそのままを里谷に伝える。自分の口から説明すると情けなさが倍増し、何度も言葉が途切れそうになった。

「警察は哀しみを減らすために働き、マスコミは哀しみを拡大再生産するために働く、か。宮藤さんの言いそうなことだな。あんな優しげな顔してマスコミ人種に対しては、まあキツいことキツいこと」

「あれはわたしたちに対してだけなんですか」

「ああ、犯罪被害者に向ける顔はずいぶん違っているみたいだな。それに弁護するつもりじゃないがお前にだって気を遣ってる」

「わたしにですか」

「お前をこんなところに一人で放っぽり出したのは、気持ちよく泣かせるためだ。お蔭ですっきりしただろ？」

「……それでも悔しいです」

「言い返せなかったからか」

　思わず里谷を睨んだ。

「そんな怖い顔するな。お前も感情はともかく、理性の部分では宮藤刑事の理屈が正しいと認めちまっているんだ。だから返す言葉がなかった。返したとしても子供がだだを捏ねているようにしか聞こえない。違うか」

「違いません」

「だろうな。自分の力では覆せそうにないから悔しい。当たり前のことだ」

「里谷さんは悔しくないんですか」

「宮藤刑事の言うことはそう外れちゃいない。確かに報道なんて因果な商売だ。事件が解決すれば警察は感謝される。しかし俺たちに返ってくるのは視聴率なんて得体の知れないものだ。事件関係者からは感謝よりむしろ憎まれることの方が多い。悔しいと思う暇があるんなら、その現実を認識して引き返すことだ」

「引き返す？」

「どんな商売でもそうだろうが、その道に進もうとしたきっかけや動機に立ち戻ってみる。駆け出しの頃だから業界の常識に洗脳されてもいない。会社の社是も知らない。自分がいったい何のためにテレビの仕事をするのか、自分はこの世界で何を実現したかったのか、頭にあるのはそのことだけだったはずだ。それを思い出すだけで、案外霧は晴れていく」

初心忘るべからず――真っ当と言えばあまりに真っ当な言葉を反芻していると、どこからか着信音が流れてきた。

里谷の携帯電話だった。

「はい、里谷。ええ、病院で容疑者の家族を待ってたんですけど……えっ……それはまた……えっ、今からですか」

里谷の応答の仕方で相手が誰なのかは分かる。果たして通話を終えた里谷は補習を命じられた学生のような顔をしていた。

「兵頭ディレクターですか」

「ああ、今すぐ社に戻って来いだとさ」

「悪い知らせなんですか」

「さあな。ただ、現場の人間がいきなり呼び出し食らうのは、大抵碌でもない事態が発生した時と相場が決まってる」

二人が報道局に戻ると、兵頭が満面の笑みで出迎えた。

珍しく里谷の勘が外れたかと思ったが、里谷はさっきよりも更に渋い顔をしていた。どうやら上司の笑顔がこの上なく不吉に見えるらしい。

「お前たちに紹介したい人間がいる。きっと二人の力になってくれる連中だ」

そう言うなり二人を応接室まで連れて行く。

「紹介したい人間というのは〈帝都新聞〉と〈週刊帝都〉の記者だ。ほら、前に先方さんがネタ元を欲しがっていると言っただろう」

「ええ」

「四人組の素姓に関しては、俺からデータを転送しておいたんだが、今日になって正式に取材協力を申し込んできた。つまり同じグループ会社の三者が別々に取材するよりも、それぞれ分担した方が効率的かつ効果的という訳だ」

「そんな話に容易く乗ったんですか」

「乗りはしたが、同じ船とは言っていない」

兵頭は意味ありげに笑う。

「向こうに渡すネタは精々補強材料だ。あっと驚くようなのはこちらで温存しておく。放送直前に知らせても文句は言うまい。テレビの即時性は向こうだって承知している」

帝都テレビが放送した後でネタ元ごと提供する。言わば出涸らしのようなものだが、日刊の新聞、週刊の雑誌にはそれでも有益性が残る。

「その代わり、向こうが仕入れたネタは即日〈アフタヌーンJAPAN〉で消化する。決してこちらに損な取引じゃない」

「そんなことして親会社に睨まれませんか」

「現状、赤城昭平以下のメンバーを把握しているのは帝都グループだけだ。来るXデーに速報が打てるのもウチなら、赤城の家族構成やら前科まで詳細に報じられるのもウチだけだ。そのおこぼれに与れるだけでも、先方さんにすればめっけものさ」

Xデーとは赤城を含めた四人組の逮捕を示していた。もちろん成人の赤城以外は匿名報道になるだろうが、それでも四人のプロフィールを知ると知らないとでは、報道の内容に雲泥の差が出て来る。

「それに、もう向こうは土産を用意してきた」

「土産？」

「赤城昭平・仲田未空・柏木咲・当真祥子四人の中学校卒業文集と写真を入手したら

しい。ウチでも別働隊が動いていたが向こうに先を越された。何せ新聞や雑誌は動かせる兵隊の数が違うからな」

　卒業文集と写真。それだけでキャプションやテロップが目に見えるようだった。同級生を虐待した女子高生たちは過去に何を書き残していたのか。リーダー格の赤城はどんな少年で、どんな風に心が捻じ曲がっていったのか――。

　卒業文集が入手できたのであれば元クラスメートの証言を取るのも容易くなる。中学生時分、彼女たちはどんな人間だったのか、問題行動は起こさなかったのか――。

　彼女たちがひた隠しにしてきたプライバシーは報道の自由の名の下に全て暴き出され、犯した罪の補強材料に供される。目立つ存在だったのなら〈クラスでも浮いていた〉ことになる。目立たなかったのなら〈他人の陰に隠れてこそこそしていた〉ことになる。モノは言いようだ。虚偽でない限り多少の盛りは許容範囲に収まる。

「もちろん〈アフタヌーンJAPAN〉も特別編成でお前たちをバックアップする。既に生活文化部から四人、映像取材部からも四人応援が来ることになっている。その八人は里谷の指示で動かして構わない」

　兵頭は一時的に増員して人海戦術を取るつもりだ。人員が増えれば多香美も里谷も対象者の家に張り込む回数が減るので、喜ぶべきことだった。

　しかし、兵頭からそう告げられた里谷の顔はますます困惑の色を濃くしていた。

# 4

犯人逮捕のXデーはいったいいつなのか――八月も半ばを過ぎると、東良綾香殺人事件の焦点はいよいよそれ一点に絞られてきた感がある。

報道番組のカメラが逮捕の瞬間を捉えられるのは、事前に記者クラブを通じて情報が洩れるからだ。もちろん公式なものではなく、担当管理官または刑事部長あたりからの非公式な発言を聞いて、各社が一斉に動き出す。

特筆すべきは記者クラブを通じてという部分で、言い換えれば記者クラブに所属していない報道機関はニュースが後追いになる訳であり、この点も警察と記者クラブの癒着と非難される所以だ。だが折角の既得権益であるのなら行使しない手はない。自分一人ではなく、会社の利益に直結しているからだ。そしてこればかりは記者クラブに日参しない限り、情報が洩れていることすら把握できない。

帝都テレビにしてみれば、既に犯人グループの顔写真、自宅の写真、小中学校の同級生からのインタビュー、近所の評判は素材から編集済みなので、逮捕と同時にニュースに乗せることができる。とっくにスタッフは位置に就いている。後は号砲が鳴るのを待つだけの状態だったのだ。

そして遂にその瞬間がやってきた。

夏休みも終わり世間が平常に戻った九月二日、午前十一時に捜査本部の会見が始まった。

まず雛壇(ひなだん)に並んだ顔を見て報道陣が微(かす)かにざわめいた。座っているのは村瀬管理官と津村捜査一課長の二人だけで、いつも同席している桐島警部の姿が見当たらない。

開口一番、村瀬はこう言った。

「捜査は大詰めの段階にあります。詳細に関しては今回以降の説明になるのでしばらく待っていただきたいのですが、必ずやクラブの記者諸君には実りある報告ができるものと思っています」

記者席のざわめきが一層大きくなる。これは事実上の逮捕宣言だ。桐島の欠席している理由がこれで呑(の)み込めた。桐島班の捜査員が容疑者確保に向かっている最中で、桐島はその陣頭指揮に立っているのだ。

「以上で会見を終わります」

村瀬と津村は何の愛想もなく席を立つ。

「管理官、待ってください!」

記者の一人が声を上げた。

「逮捕者はやはり〈アフタヌーンＪＡＰＡＮ〉さんがスクープした二十歳の板金工なんですか。それとも主犯格の少女なんですか」

おそらく記者クラブの新参者なのだろう。そんなことを犯人逮捕の直前で口にできないことさえ思いつかないらしい。ひと昔前ならいざ知らず、今は携帯電話やらネットやらのツールがある。ここで管理官の洩らした言葉がリアルタイムで犯人に伝わらないとも限らないのだ。

ところが記者の質問を無視するとばかり思えた村瀬は、意外なことを口にした。

「二十歳の板金工？　それはいったい何の話ですか」

「えっ」

「わたしはもちろん、捜査本部の誰もそのような人物について言及はしていませんが」

「しかし」

「既に現場には一課の捜査員が向かっている最中です。行き先くらいは言ってもいいでしょう。入谷の方向ですよ」

入谷？

多香美は一瞬、自分の耳を疑った。赤城は住まいも勤め先も亀有のはずだ。それがどうして入谷に捜査員たちが向かっているのか。

反射的に振り返ると、里谷は頭から冷水を浴びせられたような顔をしている。「行くぞ」と言うなりフロアを飛び出した。

走りながら携帯電話で話し始めた。相手は恐らく兵頭だろう。

「里谷です。捜査本部が動きました。桐島班が容疑者確保に向かっているはずなので、行き先を随時こちらへ……いや、その話は後で……それじゃあ、よろしく」

相手との話を済ませても尚、里谷の顔は強張ったままだ。

「捜査本部に張りついていた別働隊も警察車両を追っている。俺たちもすぐ後を追う」

「でも、入谷って。赤城の立ち寄り先か何かですか」

「分からん」

吐き捨てるように言い、社用車に急ぐ。明らかに焦燥に駆られている。こんな里谷を見るのは初めてだった。

「里谷さん」

「嫌な予感がする」

「えっ」

「さっきの村瀬管理官の言葉、聞いていたか」

「あれははぐらかしたんじゃないんですか。わたしたちにスクープされたのが悔しいから……」

喋りながらいかにも楽観的な見方だと自覚する。裏を返せば、それだけ不安を感じている証拠だった。だが里谷は、そんなわずかな望みさえ叩き捨てる。

「本当にそう思うか。もし逮捕の対象が赤城だったら、後で正式発表することを考慮して決して『二十歳の板金工』を否定しないはずだ」

里谷の説明はもっともだった。だからこそ背中に粘りついた不安がいよいよ重たくなる。ゴール寸前だと思っていたのに、まるで見当違いの場所に辿り着いてしまったような不安だ。

里谷と多香美を乗せたクルマは首都高一号線を北上し、入谷を目指す。里谷は運転を多香美に任せ、自分は別働隊との連絡に専念する。

「桐島班が動き出したのはいつからだ……十時五十分……畜生、会見の始まる寸前だったのか……分かった、言問通りで右折、入谷一丁目に入ってすぐのコンビニの裏、五階建てビルだな？」

カーナビ上の一点を拡大して指を置く、多香美はそのビルに向けてアクセルを踏み続ける。

「運転に集中しろ。余計なことを考えていると事故るぞ」

里谷はそう指示するのを忘れない。だがそんな指示がなくとも、里谷が自分に運転を命じた意図は明らかだった。今はとにかく運転に集中させて余計なことを考えさせない──見え透いたやり方だが効果は覿面だ。現に今、多香美はハンドルさばきに気を取られて、最前までの不安を麻痺させている。

入谷は昔ながらの小規模店舗が建ち並ぶ街だ。過去に再開発の話が持ち上がったが、ディベロッパーが綾瀬方面への開発に方向転換したため、取り残されたという経緯がある。それがよかったのか悪かったのか、この辺り一帯は未だに下町風情を残している。

「あれだ」

里谷が指す方向に一台の警察車両、それを取り囲むようにして報道陣の人だかりができていた。築二十年以上は経過しているだろうか、ビルの薄汚れた壁には罅が走っている。

赤城の自宅でも、柏木咲・当真祥子の自宅でもない。多香美が初めて見る建物だった。

「出て来るぞっ」

誰かの上げた一声で、報道陣が一斉に動き出す。

三階中ほどにある部屋のドアが開き、中から四人の捜査員に囲まれたジャージ姿の男が現れた。金色の短髪、ジャージの上からでも太っているのがよく分かる。唇を尖らせて拗ねたような顔はまだほんの子供だったが、手首にはきっちり手錠が嵌められている。この男もまた、多香美が初めて目にする人物だった。

男にカメラが向けられる。シャッター音とフラッシュの焚かれる音が、雨のように降り注ぐ。

里谷もカメラを構えたが、遅れて到着したためにかなり離れた場所から撮ることになる。ズームを使えばいいという問題ではなく、被写体の表情を克明に切り取るには、やはり一定以上の近接撮影が条件になる。

金髪青年が一階に下りてくるまでシャッターとフラッシュの洗礼は続き、警察車両に押し込められる際、それらは頂点に達した。

どこか祝祭めいた騒がしさ。これは報道の現場特有の空気だ。残酷も無念も喜びも憤りも、それが画像になり文字になることを想像して報道に携わる者は陶酔する。

だが、その中にあって多香美は一人凍りつくような思いを味わっていた。彼らと同じ場所にいながら、全く別のものを見ている気分だった。おそらくは里谷も同様だろう。

彼らにとっては当たり。

多香美たちにとっては外れ。

対象を前にして、いつもなら沸騰するはずの取材意欲が今は胸の奥に沈んでいる。

代わりに腹が冷えている。受けている衝撃と、やがてくる恐怖を前に震えている。

誤報。

その二文字がぐるぐると頭の中を旋回する。

まさか、そんな馬鹿なことがあって堪るものか。これはきっと何かの間違いだ。警察の誤認逮捕、あるいは他の事件と綾香の事件を取り違えているのだ。

間違いだと言って欲しくて里谷を見た。この頼れる先輩なら、必ずや自分を納得させる解釈を見つけてくれるはずだった。

里谷は金髪青年が警察車両に押し込められ、多香美の眼前を通り過ぎてもカメラを構えていた。そして被写体が遠ざかってしまうと、唇を真一文字に閉じたまま多香美を見た。

「大丈夫か、朝倉」

「え……」

自分の顔に何かついているのだろうかと、クルマのドアミラーを覗き込む。

そこには真っ青な顔が映っていた。

「持ってろ」

里谷はカメラを多香美に渡すなり運転席に乗り込んだ。どうやら自分はハンドルを握る権利も奪われたらしい。

「運転くらい、できますよ」

「運転手と組んでいるつもりはない」

それよりもっと高度な仕事をしろということか。

それもまた、今の多香美には皮肉としか受け取れなかった。

二人を乗せたクルマは来た道を引き返す。容疑者を確保した捜査本部は、間もなく会見を行うはずだ。当然、その席上で確保された容疑者の身元も明らかになるだろう。

あの金髪青年は何者なのか。

赤城や未空との接点は何なのか。

いや、それ以前に、どうして多香美たちのアンテナに引っ掛からなかったのか。

里谷が記者クラブに向けてクルマを疾走させる横で、多香美はカメラに収められた金髪青年の顔を何度も確認していた。

午後一時、捜査本部でこの日二回目の会見が行われた。

雛壇には午前中欠席していた桐島も顔を揃え、村瀬と津村の表情もいくぶん穏やかになっている。

口火を切ったのは村瀬だった。

「七月二十三日に発生した東良綾香さん殺害事件に関し、本日午前十一時三十分、捜査本部は被疑者および重要参考人三名の身柄を確保しました。今から四人の住所氏名を申し上げますが、うち二人は未成年ですので、報道各位におかれましては相応の配慮をお願いします」

報道陣からどよめきの声が上がり、またフラッシュが焚かれる。

「住所台東区入谷一丁目、職業建設業、杉浦剛大二十歳。同松が谷三丁目、無職坂野拓海二十歳。同浅草橋二丁目、高校生織川涼菜十六歳。同鳥越一丁目、高校生櫛谷友祐十七歳」

四人とも多香美が聞いたことのない名前だった。

「七月二十三日、杉浦剛大をリーダーとする四人組は、予てより無料アプリ〈LINE〉によって知己の仲であった東良綾香さん十六歳を葛飾区四つ木の廃工場に連れ出し、口論の末、同女に暴行を加えた疑いで逮捕および任意同行。現在事情を聴取している最中であり、口論から殺害に至るまでの経緯や動機についてはまだ不詳である」

村瀬は手元の原稿を読み上げているだけだが、その口調は自信に満ちている。

そして逆に多香美の胸は押し潰されそうになっている。心なしか視野が狭くなったようで、雛壇の周囲が視界から消えかけている。

「ただし主犯格と見られる織川涼菜、並びにあと一名は綾香さんに暴行を加えたことを既に自供している。詳細は事情聴取並びに実況見分が終わり次第、また会見で明らかにする。以上」

　前列で早速一人の手が挙がった。

「管理官。容疑者二人は犯行を認めているということですが、それではあとの二人はどうなんですか」

「一人は否認。もう一人は黙秘しています」

「物証は上がっているんですか」

「犯行現場より四人の毛髪等が検出されています」

「それは直接、犯行を証明する物証ではありませんよね」

「物証については依然捜査継続中です」

「村瀬管理官。従前、ある番組でスクープされたグループとの関連はあるのでしょうか」

「捜査本部を立ち上げてから今日まで、そのようなグループが捜査線上に上がったことは一度もありません」

　周囲の空気が急に凝固したような気がした。

　視野はますます狭くなっていく。このままでは雛壇すら見えなくなってしまう。目の前が真っ暗になる、というのはこういうことを指すのだろうか。

「他に質問がないようであれば、これで終わります」

捜査本部が摑んでいる情報はまだまだあるが、今はまだ話せない——そういうニュアンスを残して村瀬をはじめとした三人が席を立つ。まだ質問し足りない報道陣が、それに群がる。普段ならその中に自分の姿もあるはずだった。

しかし多香美はその場に立ち竦(すく)んでいた。足がセメントで固められたように一歩も動かない。

村瀬の会見で確定した。

自分はとんでもない誤報をしてしまったのだ。綾香を殺してもいないどころか、何の関わりもない四人を犯人と決めつけ、映像つきでニュースに流してしまったのだ。いったい、どの時点で間違えてしまったのか。いったい、どうして間違ってしまったのか。

何より〈アフタヌーンJAPAN〉はどうなるのか。各社の報道によって番組の誤報は衆知のものとなる。スクープで視聴率が跳ね上がった分だけ、墜落のダメージは大きくなるだろう。今度こそBPOの勧告どころでは済まなくなる。今度は自分を含めて何人の社員がどんな形で責任を追及されるのか——。

いや、もっと大きな問題があった。

今回、仲田未空が自殺を図った。あれも原因を辿れば自分のスクープのせいだ。

顔中から血の気が引く。ただの誤報ではない。報道する側される側双方を地獄に落とすような大誤報ではないか。

不意に気が遠くなり、足が縺(もつ)れた。

倒れる——と思った瞬間、肩を摑まれた。

里谷だった。

「こんなところで倒れるな」

自分には気を失うことも許されないのか。

「まだだ。倒れるんなら、事の成り行きを見定めてからにしろ」

「事の成り行き？」

「後追い報道になろうが、俺たちは取材を続けなきゃならん。第一、どうしてこんな風になっちまったのか、検証が必要だろう。俺たちはどこで間違ったのか、それをはっきりさせないことには前に進めん」

その顔を見ていて思い出すことがあった。

赤城たちの存在をスクープしろと兵頭から求められた際、里谷は気乗り薄の様子だった。裏が取れるまでもう少し待って欲しいとも申し入れた。

里谷はあの段階で赤城たちの関与を怪しんでいた。それなのに、横にいた自分はスクープをものにしたという昂揚感(こうようかん)に酔い、兵頭を止めようともしなかった。

自分が誤報の因(もと)を作り、そして後押ししたのだ。

「おい、行くぞ」

思考回路はショート寸前、身体もまるで他人の物のように重たかったが、多香美は引き摺られるようにして里谷の後を追う。

警視庁前で張り込むこと三時間、正面玄関にようやく宮藤が姿を現した。里谷と多香美が駆け寄るのを認めると、向こうも足を止めた。

「またあんたたちか。遅めの昼飯なんだ。後にしてくれないか」

「ようやく一段落ついたということか」

「管理官が発表した通りだ。被疑者は逮捕した。ひと山過ぎたというのはその通りだ。さ、退いてくれ」

「話はすぐに済む。五分でいい」

里谷の粘り強さは知悉しているのだろう。宮藤は短い溜息を洩らして一緒に歩き始めた。

「どうして杉浦たち四人に辿り着いたのかを聞かなけりゃ、死んでも死にきれないって顔をしているな」

「それもある」

「単純な話だ。現場付近の防犯カメラに、綾香さんを工場内に連れ込む四人組の姿が映っていた。解析を待ってからその四人を特定し、それぞれにアリバイがないのを確認した。ついでに綾香のケータイを調べてみると、事件直前の会話は織川涼菜とのものだった。それだけだ」

「動機は?」

「それも発表通り、まだはっきりしない。ただLINEでの会話内容を見る限りでは、元々綾香は杉浦たちとつるんでいたらしい。それが当日の会話でひどい仲違いをし、彼女が現場に呼び出された。詳しい経緯は分からないが、そこでリンチが行われた」

多香美の脳裏に綾香の死体が甦る。露出した肌に残る無数の傷痕。

「そのうちに綾香はぐったりして、四人はいったん彼女を放置して廃工場を出た。ところが後になって不安になり、とって返してみると綾香は絶命していた。慌てた四人はその場から逃げ出すと一計を案じた。いっそ綾香は誘拐されたことにしよう、という案だ。それで杉浦が綾香の家に電話を入れた。もちろん自分たちの犯行を誤魔化すためだから、その後は放っておく。あの一連の流れはそういうことだった」

「それは分かった。だがもう一つ知りたいのは、どうして俺たちが見誤ったかだ」

「見誤るも何も、仲田未空が事件に関与しているとはひと言も言っていない」

「しかし、彼女に張りついていたじゃないか」

「こっちも生方静留から話を聞いていたからな。それで一時は仲田未空に疑いの目を向けた。だが、調べているうちにその疑いはすぐに解消されたんだ。仲田未空と後の三人は事件当日にアリバイがあった」

「アリバイだって。あいつらはそんなもの主張しなかったぞ」

「主張しなかったんじゃない。できなかったんだ。事件当日の午後五時から深夜にかけて、あの四人は西新井駅周辺で目撃されている」

「西新井だって」

四つ木と西新井ではだいぶ距離がある。深夜までその周辺にいたとすれば、四つ木の廃工場で綾香に暴行を加えている時間はなかったはずだ。

「四人が駅周辺でやっていたのは美人局だった」

「美人局？」

「仲田未空たち三人の娘が交代で男を誘う。引っ掛かった馬鹿な男がのこのこホテルまでやって来ると、現れた赤城に恐喝されるという、まあ古臭いやり方だ。四人はこの方法で小遣い稼ぎをしていた。こんなことが明るみに出れば四人とも職を追われ学校も退学させられる。アリバイを主張できなかったのも当然だった。もちろん、そっちの方は所轄の生活安全課が動いているから、遅かれ早かれ赤城たちも出頭する羽目になるんだろうが」

「じゃあ、どうしてあんたは仲田未空の見舞いなんかに行ったんだ。仲田未空が綾香殺しと関わりがないのは知っていたはずだろう」

すると宮藤は眉を顰めた。

「一度でも疑惑をかけた相手、しかも十六歳の女の子が自殺を図ったんだ。気にして見舞いに行くのは当然じゃないのか」

険のある口調だったが、言っていることに間違いはない。いや、そもそも刑事は容疑者にしか会わないという先入観を抱いた多香美たちの方が間違っていたのだ。

傍で聞いていた多香美は眩暈を覚える。今まで白一色だったオセロの目が、たったの一手で黒一色になったかのようだった。

「里谷さん。あなたが鼻の利く記者だというのは知っている。だが今回はスクープを焦るあまり嗅覚が狂ったな。だから俺を追っていても妙な方向に誤導された。見誤った原因が知りたければ最初にボタンを掛け違った地点まで戻ってみたらどうだ」

言われるまでもない。

だが里谷も多香美も抗う言葉を持たなかった。見誤った理由は確かに存在する。だからといって、それが免罪符になるはずもなかった。

里谷の顔色から何かを読み取ったらしく、宮藤は一瞬だけ同情するような表情を見せた。

そしてそれ以上は何も言わず、二人の傍を離れて行った。

里谷と多香美が次に向かったのは北葛飾高校だった。ちょうど下校の時間と重なっていたため、校門で待っているとすぐに静留を捕まえることができた。

「あ……」

二人の姿を認めた静留はすぐ逃げ出そうとしたが、それを許す里谷ではなかった。

「逃げようとしているのは、自分のしたことが分かっている証拠だな」

抑えた口調だが怒りは充分に聞き取れる。

「何故、俺たちにガセネタを摑ませた。事と次第によっては学校に通報するぞ」

里谷には珍しく恐喝めいた物言いだったが、それだけ腹に据えかねている証拠だった。

「今更君の責任を問うつもりはない。だが言え。仲田未空に恨みでもあったのか」

その時、不安げだった静留の顔が奇妙に歪んだ。前回、証言した際にはちらとも見せなかった顔だった。

「悪いのは未空よ。あいつが……あいつが彼にちょっかい出したりするからこうなるんだ」

「彼？　何だそれは」

「同じクラスの冴木道久くん。最近、未空が道久くんに色目を使い始めて……」

そして静留はおずおずと話し始めた。

要約すると内容はこうだ。静留の付き合っていた冴木道久なる男子が最近、よそよそしくなった。原因は未空が話し掛けたのをきっかけに二人の仲が急接近したからだと言う。

「それで、未空が警察沙汰に巻き込まれれば道久くんの目が覚めると思って……どうせ元から未空は不良だったし」

多香美は堪えきれず声を出した。

「あなた、そんなことのために嘘を吐いたの？」

里谷を押し退け、静留の両肩を力一杯摑む。

「あ、あなたの嘘にわたしたちは散々踊らされて」

「い、痛い、痛い」

「やめろ、朝倉」

二人の間に里谷が割り込み、ようやく多香美の手が離れた。

「だって、里谷さん」

「そんな嘘に踊らされた俺たちが馬鹿だったんだ。なあ、最後にもう一つ訊く。綾香が日常いじめに遭っていて、あの日も未空たちに取り囲まれるようにして校門を出たというのも嘘だったのか」

「いじめに遭っていたのは本当。一緒に校門を出たというのは……」

「嘘なんだな」

「そう証言したら、未空に疑いがかかると思って……」

悔しいが、静留の思惑は功を奏したことになる。未空たちが一日中綾香に付き纏っていた。その証言で多香美たちはすっかり誤導されたのだ。

「もういい」

里谷はそう言い捨てると、多香美の腕を取って校門から離れた。もう静留の方を見向きもしなかった。

「彼女から証言を得た後も、他の生徒から裏付けを取るべきだった。その作業を怠った俺の失点だ」

その唇の形から里谷が奥歯を嚙み締めているのが分かる。

「これからどうしますか」

多香美がそう訊いた途端、里谷の胸の辺りから着信音が洩れ聞こえてきた。

携帯電話の表示部を見た里谷は苦笑した。

「どうするもこうするもない。早速、局からお呼びが掛かった」

# 四　粛清

## 1

局に戻ると、兵頭が憤怒(ふんぬ)の形相で二人を出迎えた。

「あれはいったいどういうことだ！　犯人は赤城たちのグループじゃなかったのか」

兵頭が捜査本部の会見放送を見たであろうことは容易に想像がついた。その場の光景を思い浮かべるだけで冷や汗が流れそうになる。

「言っておくが捜査本部の会見だけじゃない。その直後、仲田未空の両親から正式な抗議が局宛(あ)てに届いた。いや、抗議は家族からだけじゃない。視聴者からも電話やメールがひっきりなしで回線がパンクしそうな勢いだ」

「申し訳ありません」

里谷は神妙な面持ちで頭を下げる。多香美もそれ以上に深々と頭を下げる。こんな頭一つ下げるだけで自分の犯した過ちが帳消しになるのなら、土下座でも何でもさせて欲しいと思う。多香美の過ちはそれほどまでに重く、そして罪深い。

だがその一方で、里谷が頭を下げるのは理不尽だと思った。〈アフタヌーンJAPAN〉が未空たちのグループを犯人としてスクープする際も、里谷は最後まで渋っていた。今ならその理由も分かる。長年の勘かそれとも取材の過程で何か引っ掛かりがあったのか、とにかく里谷は報道するには尚早だと考えていた。それを強行したのは、当の兵頭ではないか。

「里谷。これは全てお前の責任だ。お前が見誤らなければ、こんな事態にはならなかった」

脊髄反射のように多香美は頭を上げた。

いったいこの男は何を言い出したのだ。まさか今回の失態の責任を全て里谷に押しつけるつもりか。

「待ってください！　どうしてこれが里谷さんの責任になるんですか」

「何だと」

「里谷さんは最後まで慎重でした。スクープに浮かれて確認を怠ったのはわたしの方です。いえ、わたしだけじゃありません。他のスタッフ、それに〈帝都新聞〉も〈週刊帝都〉も裏を取らなかったじゃないですか」

「裏を取るのは専従チームの仕事だろ。番組スタッフは記者が持ってきたソースを信用しているだけだ。〈帝都新聞〉と〈週刊帝都〉も同様、ウチの取材能力を信じているからスクープに乗った。いいか？　お前たちは報道に関わる人間の信頼を裏切ったんだぞ。それなのに責任逃れをしようっていうのか」

「責任を取れというのなら、わたしが……」

喋っている途中で脇腹を小突かれた。里谷の拳は鈍く重く、一瞬息が止まるかと思えた。

「僭越ですが、今はそんなことを論じている場合ではないでしょう」

糾弾されても尚、里谷は冷静さを失くさなかった。

「どうせ放っておいても、間違いなく責任追及はされます。誰が、どんな形で、どれだけ食らうのかは上が決めてくれますよ。それより、現場の人間には他にする仕事があるように思いますが」

相当失礼な反論に聞こえただろうが、それで逆上してみせるほど子供ではなかったらしい。兵頭は憤懣やる方ない素振りながらも、里谷の言葉に耳を傾けていた。

「差しあたって、お前たちの仕事は二つある。捜査本部に張りついて真犯人グループを後追いするのと、今回の誤報がどのソースから生じたのか検証することだ」

「検証だったら、他の人間にやらせるのが常道でしょう」

「検証チームができたとして、いつでも資料を提出できるように用意しとけと言ってるんだ。こんな恥さらしな作業に長時間使いたくないのは、誰でも一緒だ」

誤報のネタを持ってきたのは確かに自分たちだ。だが責められるべきは多香美たちだけなのか。誤報を流した責任者である兵頭や番組プロデューサーの住田は、どう腹を括るつもりなのか。

訊きたいことは山ほどある。

糾したいことも山ほどある。

だが自分は現在、被告人のような立場で弁明は許されていない。ひたすら犯した罪の大きさに怯え震えることしかできない。

「承知しました」

里谷はくるりと踵を返して、多香美を促す。

「行くぞ」

「行くって、どこに」

「まずボタンの掛け違ったところまで戻ってみる」

多香美は里谷の後を追う。きっと兵頭からは逃げているようにしか見えないだろうと思った。

里谷が向かった先は嘉山板金だった。既にとっぷりと日が暮れて、工場の窓からは灯りが洩れている。

「赤城に会うつもりですか」

「捜査本部の発表で、自分たちは事件に無関係だと証明されたんだ。今ならどんな話でも聞いてくれるだろう」

「それはそうですけど……話を聞いてくれるどころか、逆に攻撃されませんか。濡れ衣を着せたとか言われて」

「結構じゃないか。濡れ衣を着せたことに間違いないし、責められても文句は言えん」

「だったら、わたしが話します」

「お前じゃ無理だ」

にべもない答えだった。

「お前、今、滅茶苦茶に動揺しているだろ」

「……していないと言えば嘘になります。だって、しょうがないじゃないですか。わたしたち、っていうかわたし、取り返しのつかない失敗をしたんですよ！」

兵頭の前では言えなかった泣き言が、堰を切ったように溢れ出る。

「日本中の視聴者に間違った情報を流して、未空たち四人を犯人呼ばわりしました。わ、わたしたち冤罪を作っちゃったんですよ。何の罪もない子供たちにあらぬ疑いをかけて、本来だったらわたしたちが追及するような失態を、わたし自身がやってしまったんです。こんな人間、記者として失格です。マスコミの世界に身を置く資格なんてありません」

思いを吐きだしたのに、胸の閊えが一向に下りない。それどころか一層澱が溜まるような感覚に陥る。

司法システムが犯してしまう冤罪も深刻だが、マスコミの犯すそれも相当に罪深い。一度犯罪者と名指しされれば碌に表も歩けなくなり、社会的立場や名誉は地に堕ちる。懲役や罰金などの実刑と同等の、見えない刑罰が下される。多香美はそれを無実の四人に対して執行してしまったことになるのだ。

今更ながら、自分の仕出かしたことが空恐ろしくなる。取材する権利、報道する権利と声高に叫んでおきながら、やったことといえば無実の人間を貶め、無形の暴力を行使するだけだった――。

そこまで考えて、ぞっとした。

妹の真由の時と同じだった。真由はいじめを苦に自死してしまった。真由を死に至らしめたのはいじめだ。

そしてまた、多香美のしたことは公器を通したいじめに過ぎない。

不意に吐き気がこみ上げてきた。

妹への仕打ちをあれほど憎悪していたのに、他人に同じことをした自分に吐き気がした。

「お前は二つ間違っている」

「えっ」

「まず、誤報をやらかした人間はマスコミの世界に身を置く資格がないというのは建前だ。実際、今まで誤報をやらかした記者なり報道機関が、その一点だけで廃業したり消滅したりしたことはない。誤報の後も相変わらず事件を追い、茶の間にニュースを提供している。逆に言えば、たった一度の誤報で生命を絶たれるようじゃ、この商売はやっていけない。まあ、それだけ面の皮が厚くなけりゃだめだってことなんだが」

あと一つは、と問おうとした時、工場の中から終業のベルが聞こえてきた。

「待つぞ」

念を押されるまでもなかった。ベルが鳴り終わって十分もすると、工場から従業員らしき男たちが吐き出されてきた。

赤城はひと目で見分けがついた。工場から洩れる光で赤髪が目立つからだ。

その影に最初に駆け寄ったのは里谷だった。

「ああん？　何だ、またお前たちかよ」

里谷たちの顔を認めた赤城は、あからさまな侮蔑の表情をしていた。

「警察から正式に発表があったたってのに、まあだ俺をマークしてんのかよ。ご苦労なこった」

赤城は腰に手を置いて、里谷と多香美を睥睨するように見る。前に会った時より余裕があるのは当然だった。今やこちらが責任を問われる側だ。

「マークしている訳じゃない。確認したいだけだ」

「確認したいだけだ、か。おい、そっちの立場分かって言ってんのかよ」

赤城は里谷の頬をぴたぴたと叩く。

「全く、日本の警察が優秀で助かったよ。あのままだったら、俺も未空たちも危うく殺人犯にされちまうところだったんだからな。あのよお、あのニュースが流れてから、工場での俺の立場がどうなったか教えてやろうか？」

その目は凶暴に笑っている。

「ニュースが出た翌日、早速工場長から呼び出された。顔にモザイク掛けたってガタイと髪の毛の色で丸分かりだからな。辛かったぞ、あの女の子を苛め殺したのはお前かって責められてよ。職場の仲間からも白い目で見られるしよ。お前、同僚に俺のこと嗅ぎ回ってただろ。それもあって、俺は完全に犯人扱いされたんだよっ」

赤城はいきなり平手を拳に変えて、里谷の顔面に一撃を見舞った。

ぐらり、と里谷の身体が傾く。驚いた多香美が手を添えようとしたが、足を踏ん張って何とか立っている。

「……気が済んだか」

「こんなもんで済む訳ないだろ。殴られるより痛いことがあるんだよっ」

そして二発目が見舞われようとした。

「やめて」

再び多香美が止めに入る。それを遮ったのは里谷本人だった。突き出した多香美の手を払い除け、またも拳の直撃を受ける。

しかし、それでも倒れなかった。

「ほっ、結構頑丈にできてるんだな。こんなことなら工場から道具を持ってくるんだった」

「無抵抗の相手に何をするの」

「その言葉、そっくり返してやる。無抵抗の一般人を犯人扱いして、社会的に抹殺しようとしたのはどこのどいつだ」

多香美は言い返せなかった。

「いいや、俺を含めて未空も一般人ですらなかった。俺は前にパクられたことがあったし、未空はレイプされた。二人とも警察やお前らマスコミが怖くて怖くて仕方なかった。それを、それをガセネタでいいように叩きやがって」

「悪かった」

「今更、謝ってんじゃねーよぉっ」

赤城は里谷の襟首を掴み上げる。

「警察は手錠や拳銃を持っているだけで凶暴なんだ。マスコミはニュースを流すだけで暴力なんだ。そんなこと、お前ら一遍だって考えたことないだろ」

「それは、ある」

「嘘吐きやがれ」

「嘘じゃない……自分の追っているネタが本物かどうか、何度も自分で疑っている。オンエアの寸前まで百パーセント信用することはない」

「だったら、どうしてあんなでまかせを」

「それだけ自分を疑っても、やっちまうんだよ。何故かと言えば、取材する方も大して利口じゃないからだ。手間を惜しんで自分で裏を取ろうとしないからだ。おまけに道徳家でも人格者でもない。ただの野次馬根性を社会的意義とかにすり替えて免罪符にしているだけの下衆の集まりだ」

襟首を掴む手が緩んだようだった。

「……それ、本気で言ってるのか」

「ああ。その点、君が羨ましい。職業に貴賤はないというが、俺は正直怪しいものだと思ってる。君の板金に比べたらマスコミの仕事なんざカスみたいなもんだ」

「馬っ鹿じゃねーの。どう考えたってマスコミなんて花形じゃねえかよ」

「そりゃあ隣の芝生が青く見える典型だ。板金てのは客の注文に応えて、要求された通りに仕上げて対価をもらう。だけどニュース屋なんて誰に頼まれる訳でもない。一般大衆からの要望、権力の監視役、社会の木鐸なんて実体の見えない、訳の分からんお題目唱えて自分を納得させているだけでね。特ダネをスクープしたところで喜ぶヤツ半分、迷惑がるヤツ半分、とどのつまりは人ン家のゴミを漁るような商売だからな。クライアント全員が喜んでくれる仕事の方がよっぽど誇らしい」

「そんな嫌な仕事なら、どうして続けてるんだよ」

「さあなあ」

里谷はすっかり力の緩んだ相手の手を解く。

「多分、君が板金工を続けている理由と同じじゃないか。嫌な仕事でも長年やってりゃ愛着が湧く。他の人間には説明できない矜持ってヤツも生まれる」

「……あんた、ちょっと変わってるな」

「よく言われる」

「ちっ」

赤城は忌々しそうに里谷から手を放す。二発殴ったことと里谷の言葉で、毒気を抜かれた格好だった。

「で？　今更何が訊きたいんだよ」

「仲田未空が東良綾香に付き纏っていた理由だ。事件が起きた当日、彼女は一緒に校門を出ることはなかったが、一日ずっと綾香に張りついていた。これは真実なんだろう」

「らしいな」

「以前から彼女は綾香をいじめの対象にしていた。だが、君たちの話を盗み聞きした限りでは、二人の確執はそれだけじゃないように思える」

そうだ、と多香美は回想する。赤城たちが根城にしていた廃ビルで盗聴した内容。それは未空のみならず、赤城たちの関与を匂わせる内容であり、だからこそ四人が綾香殺害の実行犯だと早合点したのだ。

「何だ、そんなことかよ。あれはよ、逆なんだ」

「逆だって」

「付き纏っていたのは未空じゃなく、綾香の方だったらしいぜ。でも、苛めていたのはいつも未空の方だったから、傍で見ていたらそう映ったんじゃねえのか」

「どうして綾香が未空に付き纏うんだ。理屈が合わないぞ」

「仕返しだよ。いつも未空に苛められていたから逆襲しようとしたのさ」

「……まさか綾香の方が脅していたのか」

「ああ。その二、三日前だったかな。俺たちが駅前で、その、小遣い稼ぎをしているところを偶然綾香が目撃したのさ」

赤城たちの小遣い稼ぎ、つまり美人局（つつもたせ）の現場を目撃した綾香が、それをネタに反攻に転じたという訳か。

「今まで苛められていた倍返しってヤツなんだろうな。小遣い稼ぎの件を学校にバラされたくなかったら、もう二度とあたしにちょっかい出すなって逆に恐喝してきやがったらしい。それで未空も不安がって、俺たちに相談しに来たって訳」

そういうことだったのか。『綾香と俺たちのことは口外無用だ。親にも言うなよ』とはそういう意味だったのだ。

多香美の全身から力が抜けた。

いざ知ってみれば、呆（あき）れるほど単純な事情だった。それを都合よく解釈し、勝手に犯人だと決めつけたのは自分だ。早計にも程がある。

「取材の協力に感謝する」

里谷はさばさばした調子で礼を言う。その内心が落胆と諦念（ていねん）に彩られていることを想像し、多香美の胸は一層締めつけられる。

だが、赤城はそれで終わりにしてくれなかった。

「俺だけで済ませるつもりじゃないだろうな。言っとくけど今度の件で一番苦しんだのは未空だぞ」

「分かっている」

「どうケジメつけるつもりなんだよ」

「それは分からん」

「無責任なんだな」

「無責任なのはマスコミ人の本質だ。行くぞ、朝倉」

里谷は殴られたところを撫(な)でながら、今来た道を引き返す。

慌てて多香美が追い掛ける。振り返ると、後に残された赤城が半ば呆れたように里谷の背中を眺めている。

「さっきは途中までだったな」

「えっ」

「お前が言ったもう一つの間違いは、誤報を取り返しのつかない失敗だと決めつけていることだ」

「だって、本当に取り返しが……」

「世の中で本当に取り返しのつかないのは、人の命を奪うことだけだ。それ以外の失敗は大抵挽回(ばんかい)し、償うことができる。早々に諦(あきら)めちまうのは、それこそ責任から逃げているようなものだ」

その後の捜査本部の発表によれば、殺された東良綾香と杉浦剛大たちの関係性は次のようなものだった。

織川涼菜は中学時代、綾香の同級生であり、高校が別になってもLINEで連絡を取り合う仲だった。そして櫛谷友祐は涼菜と付き合っており、杉浦剛大と坂野拓海は友祐の先輩に当たる。つまり綾香と比較的密接に繋がっていたのは涼菜だけであり、他の三人は友人の友人といった希薄な関係でしかなかった。

クラスでいじめに遭っていた綾香にとって、その希薄な人間関係は一種の拠り所になっていたらしい。涼菜たちにしても、綾香がクラスで苛められているのは自身に関係のないことだから気軽に相談に乗り、気軽に元気づけることができる。

ところが、この希薄な関係が綾香の不用意なひと言で一変する。涼菜との会話の中で、綾香が友祐を冗談混じりに「キモい」と表現したのがきっかけとなった。これに怒った涼菜が友祐に告げ口し、二人で憤慨し合ううちに綾香への憎悪が膨らんでいった。

綾香を懲らしめてやろう——二人の提案に先輩の剛大と拓海が呼応する。そして当日、涼菜は二人きりで話があると、件の廃工場に綾香を呼び出す。すっかり油断していた綾香を待ち伏せていたのは四人で、そこから綾香への暴行が始まった——という経緯だ。

単なる懲罰が暴行に変質していった過程も、ある程度明らかになった。涼菜と友祐は成績と進学の件でストレスが溜まり、成人だった剛大と拓海もまた望まざる環境に不満を抱いていた。その憤懣が綾香を虐待するうち、一気に噴出したらしい。殴り蹴る手足に力が入り、綾香の呻き声を聞いては昂奮し、血を見ては嗜虐心を昂らせた。そして気がついた時には、綾香はぐったりとして動かなくなっていた。

四人の行為は鬱屈した少年少女の犯行としてマスコミに取り上げられた。希薄な関係性においても暴力や殺人が成立する事例であると、良識派を自任する者たちの眉を顰めさせるには充分なニュースだった。各報道機関は連日四人の私生活とプロフィールを暴き立て、報道番組には少年心理学の権威やら検察ＯＢが大挙駆り出され、さながらお祭り騒ぎの様相を呈した。

その一方、帝都テレビだけは重い失望と静けさに沈んでいた。他局の後追いをしてもキャスターの歯切れは悪く、視聴率も一気に下がった。

〈アフタヌーンＪＡＰＡＮ〉の誤報についていち早く動いたのは、外部ではなく局内の内部監査委員会だった。ＢＰＯからの勧告が三件続いていたところにこの大誤報だったので、さすがに上層部の危機意識が働いたとみえる。捜査本部の発表の翌日から内部監査委員会事務局が報道審査委員会を巻き込んで、当事者へのヒアリングが開始されたが、報道局社会部の先走りで生活文化部や映像取材部まで関与していたのが裏目に出た。誤報に関わったとされる人間は四十名を超え、全員に累が及ぶとなれば、帝都テレビ開局以来の処分になることが予想された。

そして里谷と多香美が兵頭に呼びつけられたのは、赤城から真相を聞かされた二日後のことだった。

「通達が下りた」

兵頭は死刑判決を受けた囚人のような顔をしていた。

「内部監査委員会は報道局に対して二者択一を迫ってきた。〈アフタヌーンＪＡＰＡＮ〉の終了もしくはキャスターを含めた全スタッフ総入れ替えだ」

薄々予期していたとはいえ、番組ディレクターの口から明言されると、さすがに腹に応えた。横目で里谷を窺うと、やはり沈痛な面持ちだった。

全スタッフ入れ替え。つまり兵頭をはじめ里谷も多香美も、報道から身を引けという命令だ。

改めて眩暈と吐き気がする。自分の誤報のせいで、四十名に上る番組スタッフおよび援軍の人生に変転を迫る結果になってしまった。

「確かにスタッフはそのままで看板だけの付け替えじゃあ、人気のない風俗店のリニューアルと一緒だからな。全面撤退するか従業員総入れ替えってのは正論だよなあ」

下卑た物言いだが悲愴感も漂う。

「現在、住田プロデューサーが、スタッフ総入れ替えじゃ番組のクオリティが維持できないと折衝してくれているが……あまりにも旗色が悪過ぎる。親会社や視聴者を納得させるには、これくらいの荒療治をしなけりゃ収まりがつかんだろう」

ようやく里谷が口を開く。

「二者択一……〈アフタヌーンJAPAN〉は看板番組だから、社長や局長は看板を維持する方を採るでしょうね」

「ああ。だが総入れ替えだとクオリティが保てないという住田さんの意向も、一部受け入れられる見込みだ。取材するにしても編集するにしても、経験値ゼロの人間ばかりに任せたら、それだけでえらいコストとリスクが発生するからな」

「一部は残すってことで片がつきそうなんですね」

「ふん。だから俺やお前たち最前線にいたヤツは真っ先にお払い箱ってことだ」

「それは……ちょっと違います」

「どういうことだ」

「現場を走り回って赤城たちのネタを拾ったのは俺一人です。だから朝倉は無関係ですよ。こいつは金魚の糞みたいに後ろにくっついていただけでしたから」

一瞬、空耳かと思った。

「里谷さん！　いったい何を言い出すんですか。わたし、仲田未空の時だって率先して……」

抗弁しようとしたが、里谷の言葉に遮られた。

「兵頭さんに渡した仲田未空たちのデータは、全て俺のパソコンから送信したものです。どれだけ監査が入っても、それは覆しようのない事実です。つまりネタを咥えてきたのは俺一人ってことなんですよ」

反論しようと多香美は口を開く。

だが里谷がこの上なく凶暴な目で睨んできたので、抗うことができない。

やがて二人を見ていた兵頭が首を振りながら呟いた。

「分かった。その能無しの女は無関係だと上申しておく」

## 2

「里谷さん。いったい、今のは何なんですか！」

兵頭が立ち去ると、多香美は食ってかかった。それを里谷は軽く受け流す。

「どうもこうもない。事実を言ったまでだ。データは全て俺のパソコンが発信元になっている。内部監査が入ったら、まず見られるのはそこだからな。これで証言と証拠が一致する。何の疑問も残らない」

「内部監査に疑問が残らなくても、わたしの方に悔いが残ります。こんな時、里谷さんに身代わりになってもらっても、少しも嬉しくありませんよ」

「身代わりだあ？」

　里谷は語尾を不穏に撥ね上げた。

「ふざけるな。俺とお前のキャリアが釣り合うとでも思ってるのか。自意識過剰もいい加減にしろ」

「でも、こんなのって酷いですよ」

「ああ、確かに酷い。何せ後に残るだろうお前に厄介ごとを全部押しつけてトンズラするんだからな」

　里谷は小気味よさそうに人差し指を振ってみせる。

「去るも地獄、残るも地獄って言葉があるが、この場合は残る方がよっぽど難儀だ。誤報の後始末、内部監査委員会での聴取、取材方法の見直しにチェック機能の拡大……スタッフたちが内規でがちがちに縛られるのが、今から目に見える」

「そんな風に誤魔化さないでください。責任とって部署を替えられる方が辛いのは、わたしにだって分かります」

「いいや、分かってない」

里谷は苦笑しながら首を横に振る。

「誤報をしでかし、多くの関係者に迷惑をかけ、自尊心がぼろぼろになっても、残った者は絶対に謝罪することを許されない。その辛さを想像もしていないだろう」

俄には言っていることが理解できなかった。

「謝罪しない……？　何、言ってるんですか、里谷さん。報道局に残された人間たちは関係者や視聴者に謝罪した上で、再起を図るはずでしょう」

「ああ、お前はまだ報道に来て日が浅いから、その辺のことは知らなかったな。いいか、この間ＢＰＯの勧告を食らって再発防止策の策定や検証番組を企画しただろう。再発防止には努める、どこでどう間違ったのかも検証する。ただし絶対に謝罪はしない。それは別に帝都テレビに限らん。報道各社マスコミ全てに共通して、俺たちは謝ることをしない」

言葉の端々に自嘲の響きが聞き取れた。

「一番有名なのは朝日新聞の吉田証言だ。その話くらいお前でも知っているだろう」

吉田証言——太平洋戦争時、軍の命令で朝鮮人女性を強制連行したという吉田清治という人物の証言を指す。吉田氏は戦時中、済州島などで慰安婦狩りをしたと証言し、一九八〇年以降、朝日新聞はこの吉田証言を十九回に亘って記事にしてきた。軍が行ったという慰安婦狩りの内容は扇情的で且つ非人道的、日本軍の非道な戦争犯罪を裏づける証拠として一九九六年国連人権委員会のクマラスワミ報告、一九九八年のマクドゥーガル報告の資料にも採用された。

だが、この吉田証言は吉田氏本人の捏造だった。一九九五年、週刊誌のインタビューで証言内容が創作であったことを本人自身が認めたのだ。

「本人が証言は虚偽だったと告白したにも拘わらず、それを記事にした朝日新聞は謝罪もしなかった。他の新聞社も吉田証言を真っ当な資料として取り上げることは止めたが、やはり謝罪はしなかった。日本や韓国のみならず国連を、世界をペテンにかけた記事が捏造であったことが判明しても、訂正こそすれ決して誰も謝らなかった。戦後日本の信頼度を大きく左右させてきた要因の一つだったのに、誤報の責任を誰も取らなかった。いや、吉田証言は象徴的な一例だ。誤報をしてもマスコミは決して国民に謝罪しようとしない。何故だか分かるか」

多香美は何も言葉を返すことができない。想像できることだが、それを口にしたら最後、自分の携わっている仕事を軽蔑したくなるような気がするからだ。

里谷の本音はともかく、多香美はマスコミという仕事に誇りを持っている。特ダネをジャーナリストの勲章だと信奉している。だからこそマスコミの不見識は、そのまま自分の不見識であるように思えてならない。

だが、里谷はそんな多香美の思いを打ち砕く。

「謝罪すれば、自分たちの権威が地に堕ちると信じているからだ」

ああ、やはりそれを言ってしまうのか。

「普段俺たちは政治家や官僚を非難し、誤りを正し、人格を攻撃する立場にある。そういう立場にいる人間が易々と謝罪なんかしたら沽券に係わると思っている。権威を喪失し、権力者を追及する資格を失ってしまうと怯えている。何のことはない。反権力を気取りながら、自分の権力を手放したくない俗物揃いというだけの話だ」

巨大な組織の大義名分では、本質が不明瞭になってしまうことが往々にしてある。その点、里谷の物言いは分かり易い。自分の過ちを知りながら、プライドのために謝ろうとしない。それは自意識ばかりが発達した幼児の行動によく似ている。

「今度の大誤報も同じだ。報道局に残された人間は自分の手と口で、何の関係もない仲田未空や赤城の人格を貶めた。それを思い知っていながら局の意向で、対外的に謝罪することを許されない。俺や兵頭さんみたいに面の皮が分厚くなったヤツはともかく、お前のような甘っちょろい理想主義者には辛いんじゃないのか」

嘲笑うような口調だが、それが多香美だけに向けられたものでないことくらいは理解できる。

考えてみれば、謝罪することほど楽なものはない。

申し訳ありませんでしたと深く頭を下げ、地べたに額を擦りつければ少なくとも免罪符を得られる。権威は失墜するかも知れないが、自尊心だけは辛うじて護られる。だが謝罪しないという姿勢は傲慢で鼻持ちならない反面、当事者たちの罪悪感を増幅させてしまう。もちろん罪悪感を無視してしまえる人間も存在するが、そういう人間は虚勢と引き換えにもっと大事な何かを失う。罪悪感を持つ者は絶えず己の醜悪さを意識しながら、取材を続けることになる。つまり謝罪しないという行為は、誠実さをも報道の義務という大義名分の犠牲にしろと強いることだ。

多香美は戦慄した。誤報で多くの第三者を不幸に陥れながら、決して責任を取らず虚勢を張り続ける。そんな行為が果たして自分には可能なのだろうか。

「わたし、自信がありません」

多香美は本心を吐露した。誰にも言えなくても、里谷にだけは打ち明けられると思った。

「未空さんや赤城さんにあんな仕打ちをしたっていうのに、謝ることもできないだなんて……迷惑をかけたら謝るというのが普通じゃないんですか」

「マスコミ人種は普通じゃない。それだけのことだ」

「そんなの異常です」

「今更、何を言っている。人が隠したがっている秘密を暴き、失敗をあげつらい、公衆の面前で恥を掻かせ、その成果を生活の糧にする。そんな職業が異常でないはずがないじゃないか。そして俺もお前も、それを承知した上で給料をもらっている。この期に及んで聖人君子ぶるな」

　里谷はそう言い放つとフロアの向こう側へ消えていった。

　いつもはそれを追い掛けるはずの多香美も、今日ばかりはその場に立ち尽くすより他になかった。

　アパートに帰った多香美はバッグを放り出すと、そのままベッドに倒れ込んだ。局を出た足で最近流行りの〈おひとり様歓迎〉の居酒屋に飛び込み、夏だからという理由で慣れない冷酒をがぶ呑みしたが、それがよくなかった。冷酒は後からくる。噂には聞いていたが、まさかこれほどまでとは思わなかった。

　鼓動を打つ度、脳髄の芯が割れそうに痛む。胃の中身が一刻も早く外に出たがっているのに、吐き気が充分溜まっていない。もどかしさと気持ち悪さが呼吸を浅くする。

　若い女の酔っ払いなど最低だと思っていたが、今夜は自分がその最低な女だった。それでも情けなさと明日から味わう心細さを振り払う方法は、アルコール摂取しか思いつかなかった。何かを忘れるための酒ほど不味いものはないと、誰かから聞いたことがある。その通りだった。口当たりのよさは店員のお奨め通りだったが、それを愉しむ気分には到底なれず、徒に杯を重ねた挙句がこの様だ。

酒を呑んで分かる疲れがある。
酒を呑んで分かる痛みがある。

アルコールが回って麻痺している部分は所詮その程度のものでしかない。しかし酩酊しても尚覚醒している疲れや痛みは、深く、しつこい。多香美の場合は、それが仕事に対する嫌悪感だった。

報道に携わる人間は謝罪してはならない——全くとんでもない業界だと思う。会社の常識は社会の非常識とよく言われるが、これはそれ以上だ。他人を糾弾するために、糾弾するための権威を維持するために自分たちは決して頭を下げない。理屈はともかく、姿勢としては最低だ。そして業界に身を置いている限り、多香美もまた最低の姿勢を貫かねばならない。帝都テレビの社員である限り、自分が頭を下げれば局が謝罪したことになってしまう。

不意に未空の父親と弟の顔が浮かんだ。

謝罪しろと幾度も絶叫していた常顕。

マスコミはそんなに偉い仕事なのかと尋ねてきた武彦。

誤報であったことがはっきりした今も、彼らに何を告げることもできない。謝罪するのは許しを請うためだ。謝罪ができないのであれば、手を下した罪人は一生許されないことになる。

自分は一生あの親子から恨まれ、憎まれ続けなければならない。石を投げられ唾を吐き掛けられても、鉄面皮を通さなければならない。

そうだ。自分はあのスクープをものにした瞬間、人としての良識と救済される権利を放棄したのだ。

そう考えた瞬間、いきなり嘔吐感が襲ってきた。恐怖が胃の中身を押し上げたようだった。

縺れ気味の足でトイレに駆け込み、便器の中へ盛大にぶち撒ける。何度もえずいて内容物を吐き出す。喉と鼻の粘膜がひりつくが、それでも収まらない。涙と鼻水がとめどなく溢れる。最後は胃液しか出なくなった。

最悪だ。

憧れていたテレビ局に入社した時、嬉しさで胸がはち切れそうだった。初めての取材で外に出た時、腕章が誇らしくてならなかった。

いま、その嬉しさも誇りも全てが反転してしまった。失意で胸は潰れ、腕章を見たらおぞましさでまた吐き気を催すことだろう。

半ば朦朧としながら口を漱ぎ、また部屋に戻る。途中で段差に足を引っ掛けて転倒した。

最悪だ。

やっとの思いでベッドに戻り、また倒れ込む。もう入浴する気も着替える意欲も失せていた。

何気なくキャビネットの上に視線を巡らせると、フォトスタンドが目に入った。写真の中では多香美に寄り添った妹が無邪気に笑っている。姉妹だけで撮った、それがたった一枚きりの写真だった。

ふと思い出してスマートフォンを取り出してみる。連絡先一覧を繰っていくと母親の名前に辿り着く。

ひと言、声を聞いてみようか。あの声を聞けば少しは気持ちが紛れるかも知れない。

相手を呼び出そうと指を伸ばし——途中で止めた。

母親の声を聞いてどうする。仕事が辛くなったと泣き言を言うつもりか。それとも電話口で泣き叫んで慰めてもらうつもりか。

多香美はぶるりと頭を振り、ベッドの上に端末を投げ出す。今晩は酒に逃げてしまった。しかし母親の元にまで逃げてしまったら、もう局に出向く勇気までなくなってしまいそうな不安がある。

迷惑をかけた関係者に謝ることはできなくとも、責任を全うすることはできる。いや、それすら放棄してしまっては、自分は人間として失格だ。

まだ終わってはいない。

多香美はのろのろと服を着替え始めた。

内部監査委員会の動きは迅速だった。その日のうちに社会部を含めた四十五名の処分を決定し、翌日には社内通達したのだ。迅速さの理由は一にも二にも社外からの批判を躱すためであり、先のBPO勧告を受けて過敏に反応したものと推測された。

処分された四十五名の内訳は社会部長を頂点とした現場スタッフが中心だった。報道局長も処分対象になったものの、こちらは訓告のみなので実質はお咎めなしといえた。

四十五名の処分内容は多岐に亘る。番組プロデューサー住田は減俸と降格、ディレクターの兵頭はこれに七日間の出勤停止が加わった。処分が発表されると兵頭は、「これでしばらくガキの遊び相手ができる」と苦笑いを浮かべたという。

だが多香美が最も驚いたのは里谷の処分だった。

「〈オフィスキングダム〉?」

里谷から転属先を聞いた多香美は鸚鵡返しに尋ねる。

「そんな部署、初耳なんですけど」

「部署じゃない。帝都テレビの関連会社だ」

フロアの隅に立っていた里谷は眠たそうな目をして答える。この男がこういう目をするのは、決まって話す内容に関心がない時だ。

「制作会社だ。要は帝都テレビの下請けだな」

それを聞いて安堵した。

「じゃあ、本体を離れるだけでまた報道の仕事が続くんですね」

「〈オフィスキングダム〉はバラエティ番組を専門にしている」

「……バラエティ？」

「ああ、今度から俺が絡むのはお笑い芸人だ。事件の容疑者じゃない。さて、どっちが絡み易いものかな」

「じゃあ、その制作会社でほとぼりを冷ましてから、報道局に戻って来るんですよね」

里谷はちらと多香美を一瞥する。

「これは転属じゃなくて転職だ。だから報道局への復帰は有り得ない。そして会社の性格から考えて、報道の仕事自体がもう有り得ない」

「嘘……」

ついロからこぼれた。

「嘘です。どうして里谷さんがバラエティなんて作らなきゃならないんですか。里谷さんはずっと報道で生きてきた人間じゃないですか」

「おい、まさか報道はバラエティよりも上等だとか抜かす気じゃないだろうな」

「違います、違います、そうじゃありません！　そうじゃありませんけど……」

喋っているうちに胸が閊えた。

すぐに言葉が出てこない。

自分のことでもないのに悔しさがせり上がり、胸を内側から圧迫する。

気づいた時には、目に熱い塊が溢れ始めていた。

「わ、わたしが入社するよりずっと前から事件を追ってきて、現場を知り抜いて、社会部のエースと称賛された里谷さんがバラエティに追いやられて、失敗続きのわたしが何で報道に留まっているんですか。そんなの全然納得できません。局だって里谷さんだって、得する人が誰もいないじゃないですか」

「処罰人事で誰かが得してどうするよ」

「わたしが何の罰も与えられないのに……」

もう嗚咽を堪えきれない。多香美は両手で顔を覆い、漏れ出てくる声を殺さなくてはいけなくなった。

「お前の罰はこれから下るんだ」

「……え」

「昨日も言った。これから報道に残るお前には誤報の後始末が待っている。自分のしくじりを検証する仕事は、お前が想像している以上に重いし辛い。関係者に許しを請うことも許されず、他社の後追い報道もしなきゃならない。はっきり言って敗戦処理投手だ」

「敗戦処理投手でも投げられるだけマシです。出番が来れば、また先発に選ばれる時があります。でも、里谷さんは……」

「そこまで分かっているんなら、早く先発に立てるようにしろ。この敗戦をどう上手(うま)く処理できるかで、それが決まるんだ。局から給料をもらっている限り、決定したことには従う。それが嫌なら組織を飛び出す。俺たちにできる選択なんざ、精々それくらいだ」

多香美はまだ顔を覆っている。

「絶対に手を抜くなよ」

どうしよう、もう化粧はぐしゃぐしゃだ。とても人前に出られる顔ではない。今まで未熟な自分を引っ張ってくれた先輩に見せられる顔でもない。

里谷がどんな男かは分かっている。多香美を庇(かば)ってまで泥を被(かぶ)った人間が、自身の処遇に関して今更異議申し立てをするはずもない。普段は斜に構えていても、この男にはどうしようもない潔癖さがある。自分がいくら泣いてみせたところで、決心は揺るがないだろう。

分かり切ったことだ。そして分かり切ったことだから余計に辛い。

そのうち、ぽんと頭に手を置かれた。

「絶対に手を抜くな。返事は？」

まだ嗚咽を止められないので、多香美は必死に頷くしかない。

「いいか。今回仕出かした失敗はそうそうできる失敗じゃない。いい教訓になったはずだ。ま、ちいっとばかり授業料は高かったけどな。だから、ちゃんとお前の財産にしろ。でなきゃ、いくら何でももったいない」

「もう……教えてくれる人がいません」

「必要なことはもう充分学んだはずだ。後は忘れなければいい」

すっと手が離れた。

指の隙間から覗くと、里谷が立ち去ろうとしている。

「待ってください。せめて引き継ぎを」

「もう済ませただろ。じゃあな」

これ以上ついてくるなと、里谷の背中が拒否していた。

多香美はそれを見送ることしかできなかった。

何とか化粧を整えて自分のデスクに戻る。

目の前の里谷のデスクはすっかり片づいていた。抽斗の中の備品や私物も小さめの段ボール箱一個に収まったらしく、それも午前中に回収されていた。

デスクと同様に虚ろな気持ちを味わっていると、もう一人虚ろな顔をした男が近づいてきた。

兵頭だった。

「何だ、もうあいつ行っちまったのか」

「ディレクターに挨拶しなかったんですか」

「なかった。俺が不在中に荷物の送り状だけ置いていきやがった」

ひどくさばさばとした口調で、送り状の控えをひらひらと振ってみせる。思えばこの男にも粛清の嵐が吹いた。辞令の発動日からはディレクターからアシスタント・ディレクターに格下げされる。里谷と比較すればまだ現場に留まっているので復活の目はあるものの、それでも臥薪嘗胆の日が続くことに変わりはない。

「あいつ、何か言ってたか」

「ディレクターには何も」

「恨み言もなしか」

「はい」

「恨み言さえ言われなくなったら終いだな」

「……あの人はそういう人じゃありません」

「知った風な口を利くな。お前より俺の方が、あいつとの付き合いが長い」

おや、と思った。言葉にいつもの傲慢さがない。

「抗議したいことがあります」

「どうしてお前を残したのに里谷を切ったか、だろ？　やめとけ。いくら納得できなくても、ＡＤの俺に抗議して何の意味がある」

「里谷さんがわたしを庇った理由が理解できません。誰がどう考えたって、里谷さんが報道局に残留すべきでした」

「そういう人間だから、責任を問われる場合には一番先に目をつけられる。たらればの話になるが、お前を庇わなくても、あいつは処罰の対象にされたさ。社会部のエースを人身御供に差し出さなきゃ、とてもじゃないが示しがつかんからな。お前を残そうとしたのは、あくまであいつの我がままだ」

「我がままって……それだけの理由でわたしはお咎めなしにされたんですか」

「去りゆく人間の、最後の我がままだからな。聞かずにはおれん」

あっけらかんとした物言いに腹が立った。顔に出たのだろう。多香美を見た兵頭はふん、と鼻を鳴らした。

「悔しいか、自分が過小評価されたみたいで」

「庇ってもらっても全然嬉しくありません」

「じゃあ責任取らされるくらいの力をつけるんだな。今のお前は処罰の対象にもならない塵芥だ。ゴミだ」

「……酷い言い方しますね」

「俺があいつに勝てるのは、人遣いの荒さと口の悪さだけだ」

それには多香美も同感だった。

「じゃあ、そのゴミは明日から何の仕事をするんですか」

「新しいディレクターが顔合わせをした後、検証番組の制作に参加させるそうだ。里谷とずっと一緒だったお前なら、他の連中が見逃していた落とし穴にも気づくだろう。幸か不幸か、俺も制作メンバーの中に名を連ねている。精々首を竦めて、嵐が通り過ぎるのを待つとするさ」

兵頭はそれだけ言うと、また送り状の控えをひらひらさせながら立ち去って行く。

不思議にその背中が里谷のそれに重なった。

## 3

翌日から報道局の新体制が始まったが、敗戦ムードが蔓延する中、新しい船出というイメージには程遠いスタートだった。

「新体制になったからには人心一新といきたいところですが、なにぶん誤報の影響が無視できません。責任部署の社会部としてはマニュアルに忠実に従い、一刻も早く視聴者の信頼を取り戻すことが急務であります。しばらくは他局の後追い報道が先行する形となりますが、いずれ〈アフタヌーンJAPAN〉カラーともいうべきニュース番組を復活させましょう」

新社会部長となった木澤は、言葉を慎重に選びながらも明らかに昂揚していた。無理もない。昨日まで番組審議会事務局の課長だった男が、特進する形で部長職を手に入れたのだ。声が多少上擦っているのも致し方ないといえた。

取ってつけたような訓示を聞きながら、多香美はどうしようもない居心地の悪さを感じる。今回の粛清人事の原因を作った張本人だというのに、多香美には何の咎めもなく昨日と同じポジションで同じ仕事をしているのだ。

個別の作業内容が把握されておらず、単に里谷のパソコンに取材内容が残っていたという理由で下された処分だったが、未だに多香美は里谷の真意を測りかねていた。〈アフタヌーンJAPAN〉のクオリティと社会部のレベル維持を考えるのであれば、多香美が残るよりも里谷が残った方がはるかに有意義のはずだ。それを何故、未熟な多香美を残すような真似をしたのか。同じことは兵頭にも言える。ディレクターの立場で報道部門の存続を考えれば、だれもが多香美より里谷を選んで当然だった。それを里谷と呼応するように、多香美の失敗を庇ってみせた。いったい二人は自分に何を期待し、何をさせようというのか。

空回り気味の訓示が終わると、木澤は解散を命じた。だが多香美のように引き継ぎがまともに済んでいない担当もあり、何人かは戸惑いを隠しきれないでいる。

周囲に人がいなくなると、急に心細くなった。

今まで前に立ってくれていた人がいない。

ずっと背中を護ってくれていた人がいない。自分はこれほどまでに里谷に頼り切っていたのか。それを今日からは一人で現場に出掛けなければならないのだ。

馬鹿、と誰かが頭の中で叱(しか)りつけた。子供でもあるまいし、お前は一人では何もできないのか。里谷から学んだことを思い出せ。

両頬を自分で叩く。

フロアに突っ立っていてもどうしようもないことは分かっているので、最低限の機材を抱えて報道フロアを出る。考えても結論が出ない時には身体を動かせ——これも里谷から教えてもらったことだった。

未だ納得も覚悟もないまま、多香美は警視庁へと向かう。

記者クラブのフロアに入った途端、空気の微妙な変化に気がついた。招かれざる客を見掛けたような気まずさとでもいえばいいのか、居並ぶ報道各社の目が自分を非難しているように感じる。

記者クラブのメンバーは異動時期でもない限り変動がない。当然、構成員は顔見知りであり、競合他社の実績と能力を熟知している。だからこそ里谷が不在の帝都テレビに無言の抗議を浴びせる。

何故、お前がのこのこと顔を出す。

現場に残るのなら里谷が適任のはずだろう。

社内事情に無関係な他社だから、非難の度合いはより露骨になる。多香美は、まるで針の莚に座らされているような気分になった。

やがて雛壇にお馴染みの顔触れが揃う。

犯人グループを逮捕し、表情の弛緩した村瀬が口火を切る。

「杉浦剛大をリーダーとした四人からは順次供述が取れています。近日中に実況見分を行い、その後は二十歳の杉浦剛大と坂野拓海を起訴、十六歳の織川涼菜と十七歳の櫛谷友祐については家裁送致を行う方向です」

早速、質問の手が挙がった。

「その後、四人に反省の色は見えましたか」

物的証拠が揃い、供述によって事件の経緯と動機も明らかになった。後に残された興味といえば、犯人たちに後悔の念があるかどうか、そして希薄ながらも危険を孕んだ関係がどういった過程で形成されたかの二点くらいのものだ。

「成人二人はともかく、十六歳少女と十七歳少年は取り返しのつかないことをしたと供述しています」

「つまり成人の二人は、未だ被害者と被害者遺族に謝罪するつもりはないということですか」

「いえ、先に挙げた二人についても後悔はしているようですが、はっきりした謝罪の言葉を口にした訳ではありません」

村瀬がそう答えると座に変化が生じた。この場に長く居た者なら肌で感じることのできる、犯人グループへの非難だった。四人がまだ精神的に幼く、いきなり断罪に晒されて平常心を失っていることを差し引いても、未だ謝罪の言葉を口にしないのでは、反感を買っても当然だ。

質問をした記者はその点を確認しようとしたらしい。

「まだ四人とも動揺して、謝罪するまでには至っていないということでしょうか」

「いえ。四人とも当初よりはずいぶんと落ち着きを取り戻し、供述の際に動揺していた様子は見られませんでした」

再び座の空気が硬直する。雰囲気を察したのか、横に座る桐島が言葉を添える。

「それについては、取り調べ中にも担当者が再三問い質してみたが、四人から謝罪の言葉は返ってこない。捜査段階で被疑者に対する心証を逐一詳らかにするつもりはないが、年少者という事実に鑑みても、被疑者たちの贖罪意識は極めて薄弱と言わざるを得ない」

捜査専従班の責任者が、既に逮捕した犯人に対して怒りを露わにするのは極めて異例だ。それは取りも直さず、捜査本部の憤りをニュースに流しても構わないという意思表示でもある。

桐島の意を汲んだ報道陣のシャッター音が響く。捜査本部の憤怒を伝えることは、その尻馬に乗る形で加害少年たちへのネガティヴな報道をすることに直結する。

「事件が社会に与える影響を考えた時、その動機の解明こそが次の事件の抑止力になる。従って捜査本部は全力を挙げて、捜査を続行していく」

フラッシュの焚かれる音を聞きながら、多香美は何故か薄気味悪さを覚える。四人の犯行グループにではなく、彼らに非難の声を浴びせようと手ぐすねひいている報道陣に対してだ。

LINEでの希薄な関係性からでも暴力や殺意が成立することは既報の通りだ。だが、事実が目の前に横たわっていても、自分たちに理解が及ばなければ困惑が消えることはない。

ここにいる報道陣は多かれ少なかれ、四人に恐怖を抱いているのだ。自分たちが過去に報じてきた犯罪、知識としてデータ化された犯罪とは性質を異にした事件に、生理的な拒否反応を示している。ややもすればヒステリックになりがちな報道姿勢は、その顕れでもある。

彼らが謝罪の言葉を口にしないこと、良心の呵責がないらしいことは、再びテレビやネットを前にした人々の憎悪を駆り立てる結果になるだろう。その憎悪が新たな非難を生み、その非難が別の憎悪を駆り立てる。何のことはない。マスコミ報道が彼ら四人の首に掛けられた縄を引っぱっているようなものだ。

多香美は無意識のうちに両肩を抱いた。

もし隣に里谷がいれば、この割り切れない気持ちに取りあえずの解答をくれただろう。解答が見当たらなくても、背中を押すことで迷いを吹っ切ってくれただろう。

その里谷も今はいない。その心細さが不要な疑心暗鬼を生んでいる。

改めて思う。里谷という男は単なる先輩ではなく、自分にとっての羅針盤だったのだ。

羅針盤を失った今、進むべき方向に迷っている自分は何をすればいいのだろう。

迷った時には原点に戻れ——。

はっとした。

それもまた里谷が残してくれた言葉だった。

多香美が記憶を辿ると、今回の報道の初動は殺された綾香の家族にマイクを向けたことに始まっている。

そうだ、もう一度犠牲者の周辺から洗い直すべきだ。あの時は静留の誘導によって全く見当違いの場所に引き摺られてしまったが、もっと念入りに周辺調査をしていれば、LINE仲間の杉浦たちに辿り着いたに違いないのだ。

再度、あの場所に立ち戻る。そして今度こそ見誤らない取材をする。

会見が終わるや否や、多香美は東良宅に直行した。

802号室の東良宅の前は取材陣でごった返していた。犯人グループが逮捕され、被害者遺族の声をマイクとカメラに収めるため、報道各社が大挙して押し寄せているのだ。

多香美は少しでも前に出ようとしたが、狭い廊下に記者たちが隙間なく詰めているため、片手を割り込ませることもできない。

「犯人たちが逮捕されて事件は終わったと言う人がいますけど……わたしたちにとってまだ事件は終わっていません。綾香がこの家に戻って来ない限り、事件はずっと続いているんです」

玄関のドアを身体の幅の分だけ開けて、律子がインタビューに答えている。多香美たちが単独インタビューに成功した時は目の前で話していた律子が、今日は他の記者たちの頭に隠れてまともに見られない。

他社よりもずっと後方から、他社の質問に答える声しか聞くことができない。そのポジションが、今の自分に与えられた場所であることを思い知る。そしてまた、律子も多香美の存在には気づくことなく、受け答えしている。

「お母さんにお伺いします。綾香さんがＬＩＮＥを通じて彼らと交流があったのをご存じだったのですか」

「いえ……とにかく家にいてもわたしたちとあまり話をしなかったものですから……学校以外にそんな知り合いがいたことも、刑事さんから聞いて初めて知った次第です」

律子の声は途切れがちになる。自分の娘の知られざる一面を見せられた母親は、みなこんな風に自信なさげに映るのだろうか。

「娘は暇さえあればスマホを弄(いじ)っていました。わたしはてっきりゲームをしているのだとばかり思っていたんですけれど、今にして思えば、それが仲間とのやり取りだったようです。そうしてスマホ弄りが一段落すると、決まって外出していましたから」

「では綾香さんが学校でいじめに遭っていたことは？」

「あの子は学校で起きたことを話そうとしませんでしたので……」

「何でも、お母さんが再婚だということだけでいじめのネタにされていたようですね」

「それだけ……？　たったそれだけの理由で綾香は苛められたというんですか」

「ええ、その悩みを自分たちには打ち明けていたと、犯人グループの少女が供述しているようです」

「あの……ちょっと待ってください。それじゃあ綾香は、わたしたち家族やクラスメートにも相談できないことを打ち明けられるような友達に、男の子の悪口を言った言わない程度のことが原因で殺されたということになるんですか？」

「そう……なりますね」

「そんなの、おかしいじゃありませんか」

律子は質問した記者に食ってかかる。

「深刻な悩みを打ち明けられる友達に、何でそんな些細(ささい)なことで殺されなきゃならないんですか。理解できません」

訊き返された記者は困惑の表情で押し黙る。何故なら、律子の放った質問こそが残された最大の謎だったからだ。綾香を仲間に引き入れていた四人が、些細な行き違いでどうして虐待と殺人にまで至ったのか。その動機が全く理解できないので、記者たちは焦燥に駆られているのだ。

理屈に合わない動機で通り魔に変貌(へんぼう)する人間はいる。常人には窺い知れない精神構造で人を殺傷する者がいる。だが、それらはあくまでひと握りの人間であり、社会の片隅にひっそりと生息する生き物のはずだった。

それが今回、市民生活の中で普通に暮らしている少年少女の中から出現した。ありきたりの学生、ありきたりの就労者だった者が実際には化け物だったのだ。その衝撃は深く、そして大きい。

多香美も衝撃を受けた一人だからよく分かる。皆、この世界の訳の分からなさに狼狽(ろうばい)し恐怖している。だからこそ理由を欲している。彼らがどんなプロセスを経(へ)て化け物になったかを、説明してもらいたがっている。そうでなければ、とても安穏としていられないのだ。

「動機については、引き続き捜査本部が聴取を続行しています。やがて彼ら自身の口からそれは明らかになるでしょう」

「そうでしょうか……」

律子は記者の言葉など微塵も信じていないようだった。いや、おそらく当の記者さえも信じていないだろう。皆、この関係性の解明こそが事件の肝であり、他ならぬマスコミがその役を担っていることを知っている。だが、あまりに深い淵を覗き込む予感に慄いている。

綾香を嬲り殺しにした四人の心情を真に理解できる大人は少ないだろう。そうした絶望感も手伝って、おそらく事件はあやふやなまま解決する。少年少女の表面的な謝罪さえあれば、後は粛々と司法システムのベルトコンベアに乗って消化されていく。そしてまた警察やマスコミも、新しく発生する扇情的な事件に鼻面を摑まれる。

「お母さんは犯人グループに何を望みますか？」

今度は別の女性レポーターがマイクを突きつけた。

「今はまだ謝罪していませんが、それを望みますか？」

一瞬、律子は考え込むように口を閉ざす。取材陣はその口元に注目する。出てくる言葉は模範的な被害者遺族の公式声明か、それとも娘を殺されて未だ復讐心を捨て切れない母親の妄執か。

「……謝罪なんか要らないから、綾香を返して欲しいです」

絞り出すような声に、質問した女性レポーターが大きく頷く。多香美のいる場所からでも、彼女の舌なめずりする音が聞こえてきそうだった。

「繕った言葉をどれほどかけられても、それで綾香が戻って来る訳じゃありません。それに、謝ったことで罪の意識から逃れられると思われては迷惑です。それは四人のご家族についても同じです」

「えっ、加害者家族もですか」

「人伝にお聞きする限り、綾香はまるで気紛れのような理由で殺されました。身体中を何箇所も殴打され、最後は顔を薬品で焼かれました。とても十六歳の女の子に相応しい死に方じゃありません。四人もそんな風に虫けらのように死んでくれたら、少しはわたしの気持ちも理解してもらえるんじゃないかと思います」

こんな肉声が聞きたかった——女性レポーターの顔は喜悦に輝いている。

「損害賠償は考えておられますか」

これは別の男性レポーターの質問だった。この質問は意外だったとみえ、律子は目を二度三度瞬いた。

「損害……賠償……？」

「刑事事件で判決が下りてからでも、または同時進行でも構いませんが東良さんは彼らを相手取って民事訴訟を提訴できます。もちろん現状、四人に賠償金を支払うような経済的能力はありませんが、この場合にはもちろん彼らの家族も対象になります。どうです、提訴されますか？」

ICレコーダーを突きつけられた律子が口を開きかけたその時だった。

「訴訟は当然するさ。被害者側の正当な権利だからな」

律子の背後からぬっと伸弘が顔を出した。

「お父さんですか」

「ああ。今度の事件では俺も律子も、嫌というほど精神的苦痛を味わった。とてもカネには換算できないくらいにな」

新たな役者の登場に、マイクとカメラの向きが一斉に変わる。

「では積極的に訴えられるおつもりなんですね」

「そうだな、一億二億は当たり前といったところだな。何せ大事な一人娘を奪われたんだ。普通ならそれでも足りないくらいだ」

「それはちょっと、どうでしょうか。綾香さんはまだ十六歳でしたから、裁判所が相当とする金額もなかなか億単位にはならないと予想されるのですが」

途端に伸弘は不満そうな顔になる。

「億単位にならない？　だったら綾香の命はどれくらいの見積りをされるんだ」

「最近の例だと、十六歳の男子高校生が殺された事件では、被害者遺族と加害者側の間で二千四百万円の和解が成立していますね」

「二千四百万円？　たったのそれだけか」

仲弘は律子の前に出て、居並ぶ報道陣を睨(ね)め回す。

「人一人、未来の可能性を持った女の子がああも無残に殺されたっていうのに、国ときたらたったの二千四百万円しか価値を認めないのか。ひでえ国だな、全く。あんた、そう思わないか」

「国が被害者や被害者遺族の救済について前向きに考えていないのは、今に始まったことではありませんしね」

「ああ、その話は俺も知っている。人権派弁護士やら何やらが頑張ったお蔭(かげ)で、被害者よりも加害者が優遇されてるって話だろ。だったらよ、被害者遺族が恵まれない分、あんたたちが負担してくれるって案はどうだい」

「わたしたちが、ですか」

「そうさ。第一、こうやって被害者遺族からのコメントを取ることで、あんたたちも飯を食ってる訳じゃないか。それなら取材費という名目で一社百万とか二百万とかを供出したってバチは当たらないだろ？」

仲弘はへらへらと笑っているが、冗談で言っている訳でもないらしい。いきなり目の前のレポーターと謝礼金について交渉を始めた。

「うん？　何だよ、その端(はした)ガネはよ。天下の東都新聞だろ。ケチケチせずにもっと出してくれよ」

現金なもので、金額交渉が始まるや否や集まった面々はこそこそとその場を離れ始めた。そして気の毒な新聞記者がやっと解放されると、802号室の前は蜘蛛の子を散らすように人がいなくなってしまった。

伸弘と律子はただ一人残った多香美を見つけると、好奇の目を向けてきた。

「おや、あんたは確か帝都テレビの……」

「〈アフタヌーンJAPAN〉の朝倉です。その節は取材にご協力いただき、有難うございました」

「ちゃんと知っているよ。大誤報やらかしちまったんだよな。でもさすがに帝都テレビはめげないねえ。前と同じ人間を現場に送り込むんだから」

揶揄する伸弘に対して、律子は済まなそうに多香美を見る。

「それで？　帝都テレビさんは被害者遺族の独占インタビューにいったいいくら払えるんだい」

「謝礼に関しては上の者と相談してからとなりますけど……」

「あっそう。それじゃあ相談してから、もう一度来てください」

それを捨て台詞にドアが閉められた。

誰もいない通路で、多香美は立ち尽くす。ここで門前払いを食うことは別に構わない。先刻までの他社のインタビューをそのまま電波に乗せて後追い報道とすれば充分な内容となる。新しいディレクターも及第点をくれるだろう。

だが、それだけのことだ。

他社と同じ内容のニュースを流し、とりあえずは話題に遅れていない格好をする。それがジャーナリズムだというなら、これほど空しいものはない。里谷なら遠慮なく唾を吐きかけるだろう。

クルマの行き交う音も、近所で泣く子供の声も聞こえない。やがて多香美の耳に律子と伸弘の会話が洩れ聞こえてきた。多香美の足は自然にドアへと向かう。

『さっきのは、いったい何よ。あれじゃあ、まるでウチが綾香の死でひと儲けしようとしてるみたいじゃない』

『でも、お蔭であっという間にマスコミのヤツら、いなくなったじゃないか。他人の不幸で飯を食っているような手合いだ。あれくらい言ってもバチは当たらん』

『それにしても損害賠償を一億とか二億とか……世間様が聞いたら、欲の皮が突っ張った両親と思われる』

『俺たちの欲がどうのこうのという問題じゃない。いいか、綾香が殺されたんだぞ。しかも他愛のない理由でだ』

『分かってるわよ、そんなこと』

『お前だって霊安室であいつの変わり果てた姿を見ただろ。惨い死体だった。ふた目と見られないってのは、ああいうことを言うんだな』

『やめて』

『ヤツら、綾香を散々殴ったり傷つけたりした挙句に首を絞めやがった。首を絞めさえしなきゃ助かったんだ。それを畜生、最後には顔まで焼きやがって。大体、親の教育がなってないから、あんな風に育ったんだ。ヤツらの親からカネを毟り取って何が悪い。律子、俺はお前が何と言おうと、あいつらから賠償金を引き出してやるからな』

『あなた……』

『これから忙しくなるぞ。もちろん弁護士を雇うことになるが、その弁護士に騙されないように俺も色々勉強しなきゃならん』

それ以上は聞くに堪えず、多香美はドアから離れた。

自分は伸弘を嗤えない。死者で飯を食っているのは自分も同じだからだ。

こんな時、里谷がいてくれたら。

多少強引ではあっても前進せざるを得ない理屈を捻り出し、必ず多香美の背中を押してくれるはずだ。だが今の多香美は報道の仕事を正しいと信じる理由さえ持ち合わせていなかった。

足取り重く一階まで下りて来ると、意外な人物と顔を合わせた。

「宮藤刑事……」

「何だ、君か」

宮藤はばつの悪そうな顔をする。

「本当によく出くわすな。今度は俺を張っていた訳じゃあるまい……今日は単独か」

「今日からしばらくです」

「里谷のオッサンは何してるんだ」

「里谷さんは……関連会社に異動になりました」

「そうか」

宮藤は詳細を尋ねようとしない。おそらく多香美の短い答えだけで大方のことを察したのだろう。

「里谷さんがいなくなって、さぞ清々したでしょうね」

「何のことだ」

「里谷さんが嫌いだったんでしょう」

「そんなことをいつ言った？」

「だって……」

「君は仕事と個人感情の区別がまだできていないようだな」

宮藤は多香美の脇をすり抜けてエレベーターに乗り込もうとする。

「待ってください」

「まだ何かあるのか」

「802号室に行くんですよね」

「答える義務はない」

「東良さんに何の用があるんです？　事件は解決しました。犯人はもう逮捕されて、それもご両親には報告済みじゃなかったんですか」

「事件が解決したなんて誰が言った」

聞きとがめた時には、既にエレベーターの扉は閉まっていた。

宮藤の言葉が頭の中で反響する。

まだ事件は終わっていない？

それは四人の動機がまだ解明されていないという意味なのか。いや、それを暴くためにわざわざ桐島の懐刀が現場を回るとは考え難い。

いつの間にか、違和感がしこりとなって額に貼りついていた。

## 4

局に帰ってからも多香美は落ち着かない気分のままだった。

事件の未解決部分というのは何なのか。宮藤は何故、東良宅の周辺を嗅ぎ回っているのか。考えれば考えるほど思考は袋小路に嵌(はま)っていく。

悶々(もんもん)としながら東良宅前で録(と)った律子のインタビューを再生していると、そこに兵頭がやって来た。

「今、帰りか」

急な異動発令のためにまだ右往左往しているスタッフもおり、多香美は当分単独行動を余儀なくされている。その代わりといっては何だが、新ADとなった兵頭が後任ディレクターからの伝令役を買って出ている。

「綾香さんの母親からコメントを取って来ました」

そして忘れずに付け加える。

「他の記者への応対を録っただけですけど」

ふん、と兵頭はつまらなそうに鼻を鳴らす。

「他人の取ったインタビューを横取りか。手間もカネもかからないから、局にしたら大助かりだ」

「……何だか皮肉っぽく聞こえます」

「皮肉っぽいんじゃなく、皮肉そのものだからな」

兵頭はひらひらと片手を振る。気のせいだろうか、降格されてからの兵頭はどことなく里谷と雰囲気が似てきた。

少し考えてから、理由らしきものに思い当たった。

権力だ。いや、肩書と言い換えてもいい。肩書を持たない男、肩書を剥奪された男には斜に構えたものの見方をする者が多いような気がする。それはきっと、権力というものを客観的に捉えることができるからなのだろう。あれだけ局の意向や住田プロデューサーの顔色を窺っていた兵頭が、今は手の平を返したように反抗心を露わにしているのは、見ていて微笑ましくもある。

「何が可笑しい」

「えっ」

「今、一瞬笑っただろ。尾羽打ち枯らしたヤッの面がそんなに面白いか」

「わたし笑ってません！」

「冗談だ。戻ったばかりで何だが、もう一度行ってきてもらう」

「どこにですか」

「同じ後追いにしても、ちったぁやり甲斐のある取材だ。主犯格杉浦剛大が弁護士を選任した。もう接見は済ませているそうだから、拘置所内で本人がどんな風に振る舞っているか聞いてこい」

取材対象を聞いただけで番組の趣旨が分かる。未だ謝罪の意思を見せていない主犯格杉浦剛大のふてぶてしさを、接見した弁護士の口から語ってもらうつもりなのだ。

「でも選任されたばかりで、弁護士が依頼人の近況とかを話してくれますか」

「そりゃあ弁護士によるさ。朝倉よ、ＨＯＵＲＡＩ法律事務所の宝来兼人ってのを知ってるか」

「知ってるも何も、ＨＯＵＲＡＩ法律事務所って、以前〈アフタヌーンＪＡＰＡＮ〉のスポンサーだったところじゃないですか」

「ああ、スポンサーは先の改変期に降りちまったが、その宝来弁護士だ。杉浦の親族が伝手で頼み込んだらしい」

「あんな大手の法律事務所に依頼するなんて、結構頑張ったんですね」

「そうでもないさ」

兵頭は皮肉な笑みを浮かべる。

「その法律事務所はな、債務整理や過払い金請求訴訟に特化して羽振りがよくなったんだが、最近じゃあ案件が激減して事務所を維持していくのも困難になったらしい。それで不慣れな刑事裁判で名を売って、企業の顧問契約を狙ってるって噂だ」

「え。あんな大きな法律事務所ならとっくに大企業の顧問弁護士をしてると思ってました。あんなにしょっちゅうＣＭ流してるし」

「馬鹿。しょっちゅうＣＭ流してるのは、そうでもしなきゃ認知されないからだ。真っ当に弁護活動をして、真っ当に評価された弁護士なら口コミだけで客を集められる。第一、債務整理専門の弁護士なんぞ、仲間内じゃあカス扱いだ」

「カス、ですか」

「だから、いい」

兵頭は意地悪く笑ってみせる。

「知名度の上がりそうな事件には手を挙げる。倫理よりもカネの匂いに敏感だから、帝都テレビの名前と高めの取材協力費をチラつかせれば、何でも喋るんじゃないかな」

「そんな簡単にいきますか」

「落ち目になったヤツほど簡単に釣られるもんだ」

兵頭は自嘲気味にそう言った。

HOURAI法律事務所は南青山のオフィスビルにあった。

全面総ガラス張り、近未来的な威容を見せるこのビルの十四階が丸ごと宝来の事務所になっている。以前は十六階と十五階のフロアも契約していたらしいが、兵頭の言葉通りここ数年は依頼案件が激減し、泣く泣く二フロアを明け渡したのだという。

初めての相手に会いに行くのに下調べは必須だ。ここに来る前に宝来の経歴や評判をひと通り調べてきたが、確かに尊敬できる相手ではなさそうだった。この南青山のオフィス以外にも大阪と福岡、そして北海道に支所を増設、最盛期には四人の社員弁護士と百四十人の事務員を擁したらしい。

カネに一定の満足を覚えた人間が次に欲するのは、名誉と相場が決まっている。宝来もその例外ではなく、よせばいいのに東京弁護士会の会長選に立候補し、大方の予想通り惨敗した。

宝来が類稀(たぐいまれ)なる虚栄心の持主であることは、それ以外の言動からも窺える。とにかく局に誘われればワイドショーだろうがバラエティだろうが顔を出し、有名人とのツーショットをブログに掲載した。

聞くだに弁護士という印象からは遠い人物だが、多香美の不安は別にある。こうした軽佻浮薄(けいちょうふはく)な登場人物は報道する側にとっては美味(おい)しい材料だが、ニュースの枝葉が広がるばかりで事件を徒に娯楽化させる原因になりかねない。

多香美が慎重になっているのは、やはりあの誤報が尾を引いているからだった。

今から思えば、未空や赤城たちを追い回していた時の多香美はまるで熱に浮かされていた。未空のグループが逮捕される瞬間をスクープする。その目的を成就させれば、自分にスポットライトが当たるような気がしていた。報道の世界で一躍名を知られ、次のステージが約束されていると思い込んでいた。

いや多香美だけではない。〈アフタヌーンJAPAN〉のスタッフのほとんどが、スクープによってBPOからの勧告という不名誉を挽回できると信じていたのだ。

だが、それは間違いだった。スクープ合戦は単なる祭りだ。神輿を担ぎ続けることで養われる技術もあるだろうが、祭りは一過性のものに過ぎない。終わってしまえば残るものは心地良い疲労感しかない。祭りの最中の昂揚感を再び味わいたければ、次の祭りを探すより他にない。実際、綾香の殺害事件も、杉浦たちが逮捕されてからというもの一般の人の興味は急速に薄れつつあり、新聞やテレビでの扱いも日毎に小さくなっていった。

多香美たちは祭りから祭りへと渡り歩いている、流しの神輿担ぎのようなものだ。たった一夜の昂揚感を得るために生活を犠牲にし、常識を捨て、そして道徳を捨てる。そうでなければ被害者やその遺族に平気でマイクを向けることなどできない。

こうして他社の後追いをしながら、多香美はあの時の昂奮を外から見ているような気分に陥る。〈アフタヌーンJAPAN〉を含め、報道各局は杉浦たち犯人グループの行状や人格を全否定することに終始しているが、それはちょうど未空や赤城の非行歴を嗅ぎ回っていた自分の姿と全く同じに見える。

ひょっとしたら、この杉浦叩きもまた第二の誤報ではないか——それこそが多香美の不安だった。

受付の女性は派手なメイクで、どう見ても法律事務所の事務員とは思えなかった。アポイントを入れていたので、局名を出すとすぐ応接室に通された。

「やあやあやあはじめまして。わたしが宝来です」

目の前に現れた男は多香美の先入観を大きく覆すものではなかった。人懐こそうに笑ってはいるが、元々が貧相な顔立ちなので媚(こ)びへつらっているようにしか見えない。着ているものは仕立てのいい高級紳士服だが、貧弱な体型なのでお仕着せにしか見えない。極め付きは差し出された名刺に記載された〈東京弁護士会会長候補〉の肩書で、まさか未だにそんな代物(しろもの)を初対面の人間に渡しているのかと、一瞬噴き出しそうになった。

第一印象は人権を護る弁護士というよりは、営利を護る商売人のようだ。

「わたしの依頼人について、何かお訊(き)きになりたいことがあるとか」

「ええ」

「では、その前に何故わたしが彼の弁護を引き受けたのかを説明しましょう」

宝来はこちらの相槌(あいづち)も確かめないまま、口を開く。守秘義務に該当する内容でなければ初対面の記者に話すのも構わないだろうが、こちらが尋ねてもいないことを自発的に喋り出したのには驚いた。

「弁護依頼は杉浦くんの家族からでした。彼が逮捕されてからというもの、ご親族が弁護人探しに奔走されていたところ、白羽の矢が立ったのがこの宝来兼人だったという訳です」

知人に弁護士を持つ人間は少ない。大方テレビCMを見た親族の一人が宝来に打診したのだろうが、言い回しを少し変えるだけで宝来がとんでもなく有能な弁護士に聞こえる。そして本人も分かった上で、そう喋っている。

「わたしはね、以前から若年層による犯罪に心を痛めているのですよ。昨今マスコミは何かといえば少年犯罪を大きく取り扱うが、わたしに言わせれば加害者の少年少女は現代の毒に侵された被害者でしてね。徒に彼らの所業だけに目を向けるのではなく、彼らを犯罪に追い込んだ社会の罪を断じなければなりません。わたしが杉浦くんの弁護を引き受けたのも、そうした大義があってのことです」

「もう接見されたんですよね」

「三十分ほどの短い時間ではありましたが、彼の心を知るには充分な時間でした」

「杉浦容疑者たちと被害者の綾香さんはLINEを通じて知り合ったようですが、そうした間柄からどうして殺人に発展したのかを、お訊きになりましたか」

「それは供述内容に触れることですから、今ここで申し上げる訳にはいきませんねえ」

宝来は勿体ぶったように言う。

「守秘義務ということでしょうか。それなら先生の個人的な見解をお話しいただけませんでしょうか」

「個人的見解でよろしいんですね」

観察していると、宝来の鼻の穴が拡がった。よほどマスコミに向けて持論を唱えるのが嬉しいらしい。

「ケータイを通した間柄というのは、言わばネット社会での交わりと同様に仮想的なものです。言い換えれば現実感が希薄で、従ってその関係性も希薄です。だから、やり取りしているうちは仲間だ友達だとつるんでいるが、いったん意思の疎通が上手くいかなくなると、途端に相手を敵だと認識する。どれもこれも関係性が希薄であるがゆえに起こることです」

仰々しい物言いだが、喋っている内容はネット上にでも転がっていそうな薄っぺらな感想でしかない。今回の事件についての特徴ともいえず、キーワードを羅列すれば誰でも思いつくような、稚拙な分析に過ぎない。それを得々と語る宝来は道化にしか見えないが、本人がそれに気づいていないために余計滑稽だ。

「実際、杉浦くんから聴取した限りでは、廃工場に呼び出した時点では少し懲らしめてやろうくらいの気持ちしかなかったらしい。ところが、東良綾香が売り言葉に買い言葉で反論するものだから、ついついヒートアップしてしまったようですね……おっと、これは供述内容でした。危ない危ない」

「つまり杉浦たち犯人グループに殺意はなかったと主張するんですか」

「まだちゃんとした弁護方針を立てている訳ではありませんが、殺意の否認という争点は譲れないと考えています。第一、初めから殺意があったのなら、廃工場に呼び出した時点で凶器を用意するものでしょう。ところが集まった四人は揃いも揃って丸腰だった。この事実だけでも殺意の不在は充分主張できますよ」

あまりに自信たっぷりの態度なので、多香美の中の天の邪鬼が頭をもたげた。

「先生の長い経験でも勝算のある案件なのですね」

宝来が久しく刑事裁判の弁護に立っていないことを知った上での、意地の悪い質問だった。口にしてからしまったと思ったが、宝来は予想外の反応を見せた。

「楽勝、とまでは言いませんが大いに勝算ありといったところでしょうか。ただ今回の事件では、依頼人が有罪判決を免れるだけでは不充分だとわたしは思っています」

「と、言いますと……」

「今申し上げた通り、少年犯罪の多くが社会問題に根を持っており、社会自体を変革しない限り犯罪件数は増加する一方です。わたしはこの裁判を通じて、それを満天下に知らしめたいのです」

「少年犯罪はかつてないほど増加していると」

「当然じゃないですか。そんなこと、毎日ニュースを伝えるあなた方には説明不要でしょう。格差社会がいじめを呼び、いじめの構造が少年犯罪に直結している」

これもまた底の浅い早合点だった。里谷からの又聞きだが、その残虐性はともかく少年犯罪の発生件数はここしばらくほぼ横這いで推移している。近年になって突出して増加しているのは、むしろ高齢者の犯罪だ。少年犯罪が多発しているように見えるのは、一件ごとにマスコミが大きく取り上げるからに過ぎない。そして、そんな実状さえ知らない者が少年犯罪について語るなどお笑い草だ。

「これはオフレコでお願いしたいのですが……依頼人の生い立ちを知れば、今は犯人憎し一色に染まっているマスコミも、必ず論調を変えてくるでしょうね」

「つまり、充分に情状酌量が期待できるプロフィールという訳ですね」

「その通りです。警察発表では土木作業員という紹介がされていましたが、実際には人手が不足した時だけ呼ばれるような勤務形態なので、まあバイト以下ですな」

警察発表では単に建設業という紹介だった。それを土木作業員と呼び換えたところに、宝来の職業差別意識が垣間見える。

「彼がそんな仕事にしかありつけなかったのは偏に教育と親の愛情不足のせいです。杉浦剛大の両親は彼が十四歳の時に離婚し、以来父親の手で育てられています。多感な時期に母親がいないのでは勉強に集中できるはずもなく、彼は高校を中退、それからは親族経営の工務店で働くようになる訳です。高校中退では彼が本来望んだような就職もできず、やむなく就いた仕事も親族の手伝いという扱いでは身が入らないのも当然。つまり彼は、離婚した両親、そして学歴だけで進路が決まってしまう現代社会に見放された被害者なのですよ」

この言葉もまた、陳腐な社説を棒読みしているようにしか聞こえない。それはおそらく宝来自身がそんなことを思っていないからだ。

インタビューして早々に分かったのは、この男の浅薄さだ。大言壮語しようが人権派弁護士を気取ろうが、付け焼刃の理論武装はすぐに剝がれ落ちる。どんなに覆い隠そうとしても軽薄さと差別感情が透けてみえるから、口説がますます卑俗に聞こえてしまう。

いったい宝来は法廷でもこの理屈を通すつもりなのだろうか。だとすれば、今から検察官と裁判官たちの冷笑が目に見えるようだ。東奔西走した親族には気の毒だが、どうやら杉浦は最悪の札を引いたらしい。

しかし次の瞬間、多香美はとんでもないことに思い至った。

杉浦の親族が知名度で宝来を弁護人に選んだとすれば、その責任の一端は多香美たちにある。何故ならこの俗物極まりない男に知名度を与えたのは他でもないマスコミだからだ。そして、自分たちはその広告料の中から給料をもらっている。何のことはない、自分たちは宝来からカネをもらい、その見返りに杉浦の弁護人として指名してやったようなものではないか。

途端に顔から火の出るような恥辱と猛烈な自己嫌悪に陥ったが、なけなしの自制心を発揮して何とか堪えて次の質問に移る。

「杉浦容疑者は被害者及び遺族への謝罪を未だ口にしていないと聞きましたけど、先生が接見された時点でもそうだったのでしょうか」

インタビューの肝はここだ。弁護士にすら謝罪の意思を伝えていないのであればネタとして良し、逆に気が変わったというのなら後追い報道としても多少の売りにはなる。多香美にすれば宝来の人となりなど、どうでもいい。要は拘置所における杉浦剛大の立ち居振る舞いさえ分かれば充分だ。

「謝罪の言葉、ねえ」

問われた宝来はその時のことを回想するかのように、虚空を見つめる。

「情状酌量には不可欠だと思うんですけど」

「それはその通りです。だが彼の精神年齢が二十歳(はたち)という実年齢に追いついていない場合、現段階でそれを望むのはいささか酷というものではありませんかね」

多香美は耳を疑った。

いったいこの男は何を言い出したのだ。

「先ほどお話しした通り、依頼人は満足な教育と愛情を得られなかった、言わば未成熟な人間です。未成熟な人間に謝罪を要求しても、誠意のない言葉を返されるのがオチです」

「では、法廷でも謝罪しないと？」

「そんなことは言っていないでしょう。現時点ではそうだということです。これから依頼人はわたしの教育的指導の下、心の底からの謝罪を表明できるよう成長していくんです。遺族も、どうせ聞くのなら中身のある言葉の方がいいに決まっている」

軽薄で卑俗の上に傲慢ときたか。多香美はいよいよ杉浦とその家族が気の毒に思えてくる。

「大体ですね、本人に殺意が存在しない以上、謝罪する気が起こらないのも当然なのですよ」

「殺意がなかったということですが、ないものを証明するのはとても難しいと聞いたことがあります」

「ああ、所謂悪魔の証明という命題ですね。いや、わたしの依頼人の場合はそうした消極的事実の証明というよりも、単純に客観的事実の相違に基づくものなのです」

「客観的事実の相違？」

「平たく言ってしまえば、警察側の主張と依頼人の証言に齟齬が生じているんですよ。

一例を挙げれば被害者の直接の死因は首を絞められたことによる窒息死ですが、依頼人にはその記憶がありません」

「容疑者は首を絞めていないと証言しているんですか」

「被害者に暴力を加える過程で四人のうち誰かが軽く絞めたかも知れないけど記憶にない。そう主張しているんです」

見苦しい弁解だと思った。他に三人の仲間がいたことを幸い、自分の罪を誰かになすりつけようとしているのか。

「依頼人の証言が事実であるのなら、集団暴行の件は争えないとしても殺人の実行犯という点で争点が生まれる。事と次第によっては、依頼人が主犯格であるという警察の主張さえ覆る可能性もあります」

最前は供述内容に触れる部分は話さないと言いながら、自分の弁舌に酔って手の内を明かしてしまう——弁護士として迂闊にも程があるが、多香美にとっては聞き捨てならない話だった。

「検察側が殺人の罪で起訴するのであれば、当然弁護側は無罪を主張する。公判はかなりの長丁場になるでしょうね」

宝来は再度、鼻を膨らませる。圧倒的に不利な形勢にあるにも拘わらず余裕を見せていたのは、この争点があったからか。

「容疑者の嘘だとは考えないのですか」

「それを争うのが裁判でしょう。それにこれは更に重要な点なんですけどね、依頼人は被害者の顔を焼いた憶えもないと証言しています」

顔を焼く、つまり希硫酸の残存していたプレートに綾香の顔を突っ込んだ件だ。

「暴行された被害者は途中で気を失い、床に倒れた。意識を失ったので四人は彼女を放置して廃工場を出た。その際、彼女はコンクリートの地面に倒れていたが、プレートの中に首を突っ込んではいなかった」

「でも、廃工場は四人一緒に出たんですよ。だったら誰が綾香さんにあんなことをしたんですか」

「依頼人以外の誰かがこっそりと引き返し、帰りがけの駄賃にプレートの中に突っ込んだ。もちろん、その中に希硫酸が残っていることなど知る由もなかった」

宝来はそれが一番信憑性のある仮説だというように人差し指を立ててみせる。

「いずれにしても、この点で依頼人の残虐性を否定できる。仮に検察が傷害罪で争うのなら、残虐行為の否認で闘える」

「のこり三人にそれを確認するつもりですか」

「もちろん、そうする。しかし三人がその行為を否定してくれても全く構わない」

つまり四人の供述がばらばらであれば、少なくとも杉浦単独の行為と断定することができなくなり、〈疑わしきは被告人の利益に〉の大前提から顔を焼いた残虐行為に関しては免れることができる——そういう読みだ。

「ああ、いつの間にかこんなに時間が経ってしまった。インタビューはこれで終わりですか」

「はい、一応は」

「それでは取材協力費は後で振り込んでください。しかし何とも安上がりですね」

「何がでしょうか」

「これが通常の法律相談なら、もっと代金をいただいていますよ」

「大変、お邪魔をしました。本日は有難うございました」

多香美は挨拶もそこそこに事務所を出る。居心地の悪さも別れ際の宝来の嫌味も、今はどうでもよかった。

杉浦の証言内容が猛烈な勢いで頭を駆け巡る。

杉浦に綾香の首を絞めた記憶はない。

綾香の顔をプレートに突っ込んだ記憶もない。

そして別の声が被さる。

『首を絞めさえしなきゃ助かったんだ。それを畜生、最後には顔まで焼きやがって』

衝撃で全身が総毛立ったように感じた。

# 五　懺悔

## 1

違和感に気づくと、今度は猜疑心と戦慄の虜になった。

主犯格である杉浦剛大は綾香の首を絞めた憶えも顔を薬品で焼いた憶えもないという。証言をそのまま受け取れば、綾香はいったん杉浦たちが廃工場から引き揚げ、また戻って来るまでの間に絶命したことになる。そして宮藤は、事件はまだ終わっていないと東良宅に張りついていた。

伸弘の言葉が何度も甦る理由は、多香美自身にも判然としない。だが今回の事件を通じて身に沁みたことがある。違和感を放置しておけば碌なことにはならないという教訓だ。

追い掛けよう——そう考える一方、誰かにそれを支持して欲しいという気持ちが芽生える。そちらの理由は簡単だ。自分の感覚に自信が持てないからだった。

本来なら兵頭にでも相談して行動すべきなのだろうが、どうしてもその気になれない。決定権を失った人間に手の内を明かすことに逡巡があり、まだ兵頭に信頼を置いていない自分がいる。

多香美は携帯電話を取り出してアドレス一覧を繰る。里谷の番号はすぐに出てきた。今更合わせる顔もなく、子会社に飛ばされた人間に伺いを立てるのがお門違いであることも承知している。それでも多香美の指は里谷の番号をなぞっていた。

『俺だ』

まだ離れて数日しか経っていないのに、ひどく懐かしい声に聞こえた。

「朝倉です」

『どうした』

「あの……その、元気かな、と思って」

『毎日毎日初めて尽くしで、てんてこ舞いだ。元気じゃなきゃやってられるか』

相変わらずの口調に、つい涙腺が緩みそうになった。こちらの様子を訊ねようとしないのもこの男らしかった。

『それで?』

「えっ」

『俺の機嫌を伺うために電話してきた訳じゃあるまい』

ああ、やっぱり見透かされている——悔しさと嬉しさが綯い交ぜになって押し寄せる。

『だったら俺は役に立たんぞ』

そう言われても不思議に落胆はしなかった。おそらく予想した答えだったからだろう。

「どうしてですか」

『もう他人の背中に隠れていてもつまらんだろう。自分の疑問は自分で解決しろ。自分の航路は自分で決めろ』

多香美の願いをいともあっさり断ち切ってしまう。その断ち切り方があまりに容赦ないので、却(かえ)って清々(すがすが)しい。

『一つだけ助言しといてやる。どこへ突っ込むにしろ特攻精神てのはやめろよ。せめて保険は掛けとけ』

「保険？」

意味を問い質(ただ)そうとしたが、その前に電話は一方的に切られてしまった。

念のため、東良宅に電話を掛けてみたが留守電対応だった。綾香の事件が表面上は終息に向かっている今、律子も伸弘も通常の生活に戻りつつあるということか。留守ならばそれに越したことはない。多香美は東良宅に直行した。

先日は報道陣で鈴なりだった802号室の前も、留守であることを知ってか今日は人っ子一人いない。それでいい。多香美の目的はその近隣からの証言だった。

801号室は不在。803号室秋本宅には主婦が在宅していた。

『なあに？　セールスならお断りよ』

「いえ、帝都テレビの〈アフタヌーンJAPAN〉です。お隣の東良さんのことでお話を伺いたいのですが」

ドアはすぐに開かれた。番組の知名度に感謝するのはやはりこういう時だ。

「あたしの顔、出るの？」

連日マスコミが隣宅に押し掛けているので免疫ができているのだろう。彼女の第一声がそれだった。

「素材に使用する場合、ご希望でしたらモザイクをかけますけど」

「そうよね、やっぱりお隣同士だと色々気を遣うことあるしねえ。あっ、声も加工しておいてね」

注文は多いが、それだけ喋る気満々ということなので多香美の方は願ったり叶ったりだ。

「東良さんご夫婦は再婚でしたね」

「そう。ダンナさんが転がり込んできたのが二年くらい前かしらね」

「転がり込んできた、ですか」

「元々は前のご主人と綾香ちゃんの三人暮らしだったのよね。だから以前は垣内(かきうち)って苗字(みょうじ)でね、それがダンナさんが事故で急に亡くなったものだから」

　主婦は一段と声を落とす。眉を顰(ひそ)めながらもどこか嬉しそうなのは、他人の不幸は蜜の味とでもいうことなのだろうか。

「事故だったんですか」

「そうなのよ、交通事故で。仲のいい父娘(おやこ)だったから綾香ちゃんの落ち込みようが半端じゃなくって。傍(はた)で見ていると、この娘自殺するんじゃないかってくらい。それをさ、奥さんが勘違いしたのか、それとも自分が寂しかったのか、すぐ新しい人を咥(くわ)えこんできて。それが今のダンナさんって訳」

「すぐって……いったい、どうやって知り合ったんでしょうね」

「ああ、それは簡単。東良さんが前のダンナさんの部下だったのよ。前にも何度か家に来ていたんだけど、垣内さんが亡くなってから一気に距離が縮まったっていうか、どっちかが接近したんだろうけどね。ほら、よく言うじゃない。ぽっかり開いた心の隙間(すきま)に、すうっと入って行く、みたいな」

　主婦は意味ありげに笑ってみせる。

やはり近所の目と耳は侮れない。もちろん他の近隣住人から裏を取るつもりだが、この情報量は大したものだと舌を巻く。

「でも、きっと信頼できる部下だったんでしょうね」

これは真実を引き出すためのテクニックだった。こちらから肯定的な問い掛けをすると、それが事実と異なっている場合に人は躍起になって訂正したがる。

やはり主婦はすぐに反応してくれた。

「それはどうかしらねえ。垣内さんはちゃんとした主任さんだったらしいけど、東良さんは未（いま）だに契約社員なのよ」

正社員だからどうの、契約社員だからどうのという物言いに不快感を覚えたが、主婦の言わんとすることは別にあった。

「やっぱり真面目（まじめ）さと勤勉さがないとねえ」

「えっ、どういうことですか」

「契約社員は契約社員でもねえ、東良さん、毎日出勤している訳じゃないのよ。週に三日ってとこ」

「隔日出勤なんてあるんですか」

「それだけ不景気なんでしょ。でもさ、それでも東良さんは毎日外出するのよ」

「掛け持ちでバイトとかしてるんですか」

「あたしも最初はそう思ったのよ。稼ぎの少ない分を他で補おうとしてるんなら感心だなあーって。でもさあ、それにしちゃあ非番の日は帰宅時間がまちまちだから妙だとは思ってたのよ。ところがある日、疑問が氷解したっていうか」

「何か分かったんですか」

「駅前のパチンコ屋から東良さんが出て来るのを見ちゃったのよ。こういうのって一回目撃しちゃうと続くのよね。それからは買い物に出る度に東良さんを見掛けて。要はパチンコ屋で遊び呆けているだけだったのよ。まあ、いっつも不機嫌そうな顔してたから、負けてばっかりだったんじゃない？　週に三日働いてもあとの四日で散財してたんじゃ、そりゃあ正社員になるどころじゃないわよね」

主婦は口元を隠しながら言う。唇が意地悪く歪んでいることくらいは自覚しているのだろうか。

「でも、そんなに早く一緒になったんだからさぞかし家族仲もよかったんでしょうね」

「とんでもない！　夫婦仲はともかく、綾香ちゃんと新しいダンナの仲なんて最悪だったのよ。一緒に歩いているところなんて見たことないし、綾香ちゃんは事あるごとに憎まれ口叩いていたしね」

壁一枚隔てているというのによくそこまで聞こえるものだと訝しんでいると、多香美の顔色を読んだのか主婦は言い訳がましく付け加えた。

「この団地、古くってさ。大声出したらどうしたって聞こえちゃうのよね。別に盗み聞きしている訳じゃないのよ」

伸弘の仕事先は千葉県市川市の自動車組立工場だった。終業時に待ち伏せすれば、比較的楽に捕まえられるだろうと多香美は考えていた。

組立工場を見るのは初めてだったが、その敷地の広大さに圧倒された。建物の中から洩(も)れてくる騒音で、この国がモノ造り立国であることを改めて知る。だが多香美のような経済音痴にも、製造業が傍目(はため)より活況でないのは明らかだ。現にここの従業員の八割は契約社員であり、その残業時間もゼロに等しいという。

就業時間が限られているのだから契約社員なら毎日出勤したいところだろうが、どうやら伸弘自身は組立工場の仕事を好んでいる訳ではないらしい。それは隣宅の主婦の証言からも窺(うかが)えた。

午後五時を過ぎてしばらくすると、工場の出口から人が吐き出されてきた。まだ工場内の灯(あか)りは消えていないので、出てきたのは残業のない契約社員ということになる。

やがて目当ての男が姿を現した。

伸弘はポケットに手を突っ込んでいた。シケた顔だ。愛娘(まなむすめ)を亡くして失意の父親というよりは、競馬で有り金をスッた不運な男といった風情だ。

多香美はその後を追う。

伸弘に問い質したいことがあったが、それを直接訊いたとしてもすんなり答えてくれるとは思えない。少なくとも自宅で律子が同席していては本音も見せないだろうから、一人きりになる機会を捉えたかった。

伸弘は何か考え事をしているのか、多香美の尾行には気づかない様子で駅の方角に向かって行く。望むところだ。青砥駅から自宅に向かう間に捕まえられたら御の字だ。

市川駅で伸弘は総武線各駅停車の中野・三鷹方面行きに乗る。

妙だ。

もし青砥に向かうのなら反対方向の船橋まで快速で行き、京成本線に乗り換えた方が早いはずだ。

多香美は少し後ろからぴったりとついて行く。やがて浅草橋に着くと伸弘は下車し、都営浅草線に乗り換えた。

しばらく様子を窺っていると伸弘は四ッ木駅で下車した。

四ッ木だと。

綾香の殺害された廃工場のある場所ではないか。

多香美のセンサーが反応した。予定を変更し、このまま伸弘の行動を探れば何か新しい展開があるかも知れない。

既に夜の帳が下り始め、駅前を過ぎると薄闇が足元の視界を奪っていた。微かにゴムの臭いが鼻腔に侵入する。多香美は綾香の死体を発見した際を思い出し、また嘔吐しそうになる。

伸弘は工場の林立する通りに入って行く。この方角は間違いなく〈羽川生コン〉のある方角だ。ここでまた多香美は訝しむ。伸弘の足は、まるで土地鑑があるかのように何の迷いもなく進む。かつて〈羽川生コン〉を訪れたことがあるとしか思えない。

もちろん義理の父親が娘の死に場所に足を運ぶというのは変ではない。綾香の死後、伸弘は何度か現場を訪れたのかも知れない。

だが多香美の勘はそれを否定していた。日中ならともかく、わざわざこんな時間に来る必要があるだろうか。

やがて伸弘は朽ちかけた〈羽川生コン〉の看板の下に到着した。既に現場は鑑識の捜査員があらかた調べ尽くし、杉浦たちが逮捕されたこともあって立入禁止のテープは剝がされていた。

廃工場の中は値打ちのない廃材とゴミ同然の機材しかない。持主としてはむしろ盗んでくれた方が好都合と考えているのか、入口の施錠はされていなかった。伸弘は難なく工場の中へ侵入する。

多香美は以前、工場内を撮影しようと待機した場所に移動した。隣の工場に面した窓。そこは中から死角になる絶好の観察ポイントだ。誰も掃除する者がいないのか、脇道は相変わらずゴミと雑草で足の踏み場もない。さすがに学習したので、前方に手を翳してクモの巣を払い除ける。

まっすぐ進んで行くと、靴の裏が土砂の盛り上がりを感知した。この土砂に上れば窓ガラスから内部が見える。

闇の中に、淡い光源がゆらゆらと動いている。目を凝らすと、どうやら懐中電灯の灯りらしい。光輪が地面を照らしているので、探し物をしているように見える。実際、伸弘は三十分近く工場内を歩き回っていたが、懐中電灯は常に下を向いていた。

しばらくして光輪が上を向いた。目的物を探し当てたというよりも、捜索を諦めたというような消極的な動きだった。

息を潜めていると、やがて人影が工場から出て来た。そのまま来た道を引き返したところを見ると、今夜の捜索は打ち切りらしい。

多香美の関心は伸弘よりも、その探し物に移っていた。脇道から出て伸弘が立ち去ったことを確認すると、今度は自分が工場の入口に向かっていた。

いったい伸弘は何を探していたのか。現段階では見当もつかないが、こんな夜に人知れず探索していたのだから到底人に知られたくないもののはずだ。

気がつくと工場内に足を踏み入れていた。その途端、再び綾香の焼け爛れた顔面が記憶の底から浮き上がってきた。

慌てて想像を振り払い、自分で両頬（りょうほお）を叩く。

怖気（おじけ）づくな。

こんな展開は予想もしていなかったので、当然懐中電灯など用意していない。即座に思いついたのは携帯端末のライト機能だった。

暗闇の中でのライトはそれなりに明るかったが、やはり光量不足は否めない。先刻の伸弘のようにコンクリート床に光を当ててみたが、どうしても腰を屈（かが）める格好になる。

床の上に残った物はどう見てもゴミでしかなかった。ゴムの欠片（かけら）、ひしゃげたプレート、錆（さ）びついた針金、油で褐色になった布きれ、割れたプラスチック容器、そして完全に凝固してゲル状になった何かの油。

地面に頭を近づけているのでそれらの臭気も、はっきりと嗅（か）ぎ取れる。大きく息をすると嘔吐しそうになるので呼吸を浅くして歩き続ける。

探せども探せどもゴミしか見当たらない。

いや、そもそも伸弘は何を探していたのか。

それは綾香の死に関連したものなのか。

狭い視野と悪臭で、すっかり注意力が散漫になっていたその時だった。

何の前触れもなく、多香美は背後から口を覆われた。

荒々しい、野卑な力だった。

抵抗らしい抵抗もできず、多香美は後ろに倒される。後頭部をしたたか地面に叩きつけられ、一瞬気が遠くなる。

「やめて」

訳が分からないなりに許しを請う。

だが相手は聞く耳を持っていないようだった。

多香美の腹に何者かが馬乗りになる。そして左の頰に拳を放った。

目の前が白くなったような気がした。痛みは遅れてやってきた。激痛の後の疼痛。

今までに体験したことのない痛みだった。

続いて鳩尾を蹴られた。

呼吸が止まる。

胃の中身が逆流しそうになる。

痛みで自然に開いた口に、強引に何かを詰め込まれた。ざらざらとした表面が口腔内を傷つける。新たな痛みで悲鳴を上げようとするが、詰め物が一杯で声にはならない。舌がようやく味覚を回復し、油と鉄錆の味を感知する。鉄錆の中にはおそらく自分の血の味も混じっている。

何者かは顔面の殴打だけでは許してくれなかった。今度は多香美を俯せに転がし、後手に縛りつけた。皮膚に擦れる感触で針金であるのが分かる。背中に乗られ、身動きできない間に両足も針金で拘束された。

恐怖心が身体機能を停止させることを思い知った。身を捩って抵抗しなければと思うが、殴られた痛みを思い返すと萎縮した。

いったい何が起きた。

誰がこんなことを。

怒濤のように押し寄せる不安で思考が形にならない。目の前で急に灯りを灯されたのはそんな時だった。

「何だ、あんただったのか」

頭上から聞こえたのは仲弘の声だった。

「確か帝都テレビの朝倉さん、だっけ」

仲弘は意外そうに多香美の顔を左右に照らす。他に人の気配はないので自分を殴ったのも仲弘らしい。

「誰かが窓から覗いているのが分かったから、いったん離れてまた戻って来たのさ。ひょっとして刑事かとビビったけど、まさかレポーターさんだったとはな」

拘束が確実なことを確認してから、仲弘は横たわった多香美の近くに屈む。逆光の中でもその顔が凶悪に歪んでいるのが分かる。

「どうして俺をつけ回した？　何か尻尾を摑まれるようなことを俺が口にしたか？　ああ、喋れないよな、それじゃあ」

てっきり詰め物を取り出してくれるかと期待したが、そのつもりはないようだった。

「何がどうなっているのか見当もつかないって顔だな」

多香美は目で訴えながら頷いてみせる。こうなった限りは従順に振る舞うしかない。

「ここですっとぼけてあんたを解放する手もあるが、そんなことをしてもあんたはずっと俺を疑い続けるだろう。俺だっていつボロを出すか分からない。だから悪いけど、あんたを始末しなきゃならない」

再び恐怖が襲う。多香美は必死になって首を振る。

「理不尽な話だと思うだろうけど、こんなところまで追っかけて来たあんたが悪い。自業自得だと思うんだな」

伸弘は片手にぶら下げた物をこれ見よがしに照らしてみせる。

それは一メートルほどもある針金だった。ところどころ錆びついているので、これも床から拾った物なのだろう。

一メートル。

首を絞めるには充分な長さだ。

針金の用途に気づいた多香美は一層激しく身悶える。身体を捩れば手足の拘束が緩むかも知れないと、淡い期待をかけた。

だが拘束は頑丈で、いささかの緩みも生じない。逆に暴れれば暴れるだけ皮膚に食い込むようだ。

「ちょっと待ってろ。あんたをどう始末するか考えてる。いや、首を絞めるのは決めてるんだが、その先をどうするかなんだ」

しばしの沈黙の後、伸弘は納得するようにうんと呟いた。

「やっぱり死体は隠した方がいいだろうな。幸いこの辺りは人の行き来が少ない。深夜になったら、あんたの死体をどこかに埋める」

やめて！

声にしようとしたが、くぐもった音にしかならない。息をしようとすると、油と鉄の異臭をしこたま吸い込んでしまった。

「不思議だよなあ。今からあんたを殺そうとしているのに、自分でも驚くくらい落ち着いているんだ。何故だと思う？」

伸弘の口調は平坦で起伏がない分、異様さを感じさせた。

「きっとあんたが二人目だからだろうな。いったん踏み外しちまうと、二回目は抵抗がなくなるって本当だったんだな。綾香の時には慌てふためいて、ろくすっぽ生死も確かめないままに飛び出しちまったからな。後からそれをひどく悔やんだもんだ。発見された時には死んでたっていうから、ほっとしたんだけどな」

　綾香の時には？

　では彼女を殺したのは——。

「綾香の時だって今と一緒だった。あいつの方が殺される理由を作ったんだぞ。俺はあいつから連絡を受けて助けに来たっていうのに、あの野郎こともあろうに俺を詰(なじ)り始めやがった。女とも思えないような汚い言葉でだ。こっちだってかっとするさ。殺されたって当然だ。なあ、そうは思わないか？」

　苛立(いらだ)たしげな顔がこちらを覗き込む。多香美はただ首を振り続けるしかない。

「はねっ返りってのは、ああいう女のことを言うんだよな。口は災いの因(もと)って諺(ことわざ)を知らないのか……ああ、あんたは違うな。あんたのは、好奇心は猫を殺すってヤツだな」

　伸弘は懐中電灯を傍らの作業台の上に置くと、針金をぴんと張った。

「あんたも仕事柄色々と訊きたいだろうけど、そんなに時間の余裕もないもんでね。悪いがこれで終(しま)いだ」

　多香美はこれ以上ないほど大きく目を見開く。

一直線になった針金が眼前に迫ってきた。

## 2

自分が呼吸をしているのか止めているのかさえも分からない。ただ一秒が十秒にも感じられる。恐怖というのは、こんなにも知覚を麻痺させるものなのか。

だが針金が首に触れそうになった時、防衛本能が恐怖心に勝った。

捥げるかと思えるほど激しく頭を振る。伸弘も簡単には針金を首に巻き付けられない。

「おとなしくしろ！」

おとなしくなどして堪るものか。多香美は一層激しく首を振る。抵抗を止めた時に自分は殺される。そう思えば無我夢中だった。

「くそっ」

伸弘は舌打ちをして針金を投げ捨てる。一瞬、諦めてくれたかと思ったがそうではなかった。

「やっぱり慣れた手が一番だ」

そう言い放つなり、両手を多香美の首に宛てがった。

ぐい、と力が入ると急激に気管が締めつけられた。

「ふうううっ」

伸弘の獣(けだもの)じみた声が耳元に迫る。

息もできず、血が脳に行き渡らないためか思考が朦朧(もうろう)としてくる。

次第に恐怖心が薄れてきた。

自分はこのまま死ぬのか。

何も頭に浮かばない。死ぬ間際には走馬灯のように思い出が浮かぶなんて嘘(うそ)だと、こんな時だというのに妙な感慨に襲われた。

更に力が加わり、意識が途切れがちになる。

もう駄目だ――。

意識を繋(つな)いでいた最後の糸が切れかけたその時だった。

「ぐふうっ」

野卑な呻(うめ)き声とともに、首を絞めていた手が緩んだ。一気に気管が拡(ひろ)がり、多香美は盛大に噎(む)せ返る。周囲が何やら騒がしいが確かめるような余裕はない。

ひとしきり咳込(せきこ)むと、ようやく事態が把握できた。薄暗がりの中でも、はっきりと見える。伸弘が何者かに組み伏せられているのだ。

「東良伸弘、殺人未遂の現行犯で逮捕する」

聞き慣れた声――宮藤の声だった。

宮藤は伸弘に手錠をした上で、両足も針金で拘束した。多香美の方に駆け寄ってきたのはその後だったが、これは仕方のないところだ。

「大丈夫か」

口一杯の詰め物をゆっくりと引き出してもらう。全部吐き出すと、それが油で黒ずんだタオルであるのが分かった。あんな物をずっと詰め込まれていたのかという驚きとともに、嘔吐感が込み上げてくる。表面が硬かったせいで口腔内の粘膜をずいぶん傷つけたらしく、まだ血の味が拡がっている。

ちっとも大丈夫じゃない、と言おうとしたが唇は別の言葉を発した。

「あ、ありがとう」

「間一髪だったかな」

話しながら宮藤は多香美の縛(いまし)めを解いてくれた。針金を外してもらうと、食い込んでいた箇所が改めてひりひりと痛み出す。それでも有難いと思った。死んでいたらこの痛みも感じられない。

「……来るの、遅かったですよ」

「そんなことはない。ちゃんと尾行していた」

「尾行？」

「君の後ろに張りついていたんだけどね」

「そんな、全然気がつかなかった」

「一応、こっちはプロだからね。後ろから見ていたけど君は尾行がとんでもなく下手（へた）糞（くそ）だな。だから易々（やすやす）と対象者に見破られてしまった」

「それじゃあ、まさかわたしが首を絞められるまで待っていたんですか。現行犯で逮捕するために！」

　感謝の気持ちが怒りに一変する。

　里谷から保険を掛けておくようにとアドバイスを受けた時、真っ先に思い浮かんだのが宮藤だった。それで伸弘を追う直前、宮藤に連絡を入れていたのだ。

「おっと、それは誤解だな。この被疑者がいったん工場を離れてから姿を見失った。まさか現場に舞い戻るとは予想もしていなかったからな。到着が遅れたのはあくまで不可抗力だ」

　どこまで真実か測りようがなかったが、この場は信用することにした。それでなければ自分があまりに情けない。

　だから、この機会に訊けることを全て（すべ）訊いてやろうと思った。

「ひょっとしたら、以前からこの人をマークしていたんですか」

「ひょっとしたらも何も、ここで綾香の死体が発見されてから、俺はこいつを追っていたよ。いや、正確に言えばマークしていた何人かの一人だった」

「どうして」

「現場検証した時、この男の遺留品が見つかったからさ」

「遺留品？　でもそんな話、一度も捜査本部の発表になかったじゃないですか！」

「他にも杉浦たちの毛髪やら下足痕が残っていて、特定不可の中の一つだった。捜査本部が伝えなかったのはそのためだ」

「まさか杉浦たちを逮捕したのは東良伸弘を油断させるためのブラフだったんですか」

「それも穿ち過ぎだ。捜査本部は遺留品を分析して杉浦たちが事件に関わっていると断定した。防犯カメラにも杉浦たちの姿が映っていたし、アリバイも証明できない。それで四人組を任意で引っ張ったらメンバーの一人が綾香に暴行したと供述し始めた。それで四人組を逮捕したが、捜査本部は一度だってその四人が殺害の犯人と確定したとは発表していない。杉浦を含め、誰も綾香に致命傷を与えたと供述しなかったからだ。だから四人が逮捕された後も、捜査はずっと継続していたのさ。ついでに言うと、伸弘は別の道から工場に入ったから件の防犯カメラには映ってなかった」

それで宮藤は東良宅を張っていたのか。

「おそらくこの男は、最近になって現場にそれを残してきたんじゃないかと不安になり始めたんだろうな。だからここ数日、人目を避けて廃工場の中をうろついていた」

「どうしてその時に逮捕しなかったんですか」

「無茶を言うな。夜の廃工場に忍び込んだくらいで逮捕できるものか。娘の死に場所に祈りを捧げに来たとか言われたら、それで終いだろう」

「じゃあ、やっぱりわたしが襲われて好都合だったんじゃないですか」

「それは否定しない。ただ殺人未遂の現行犯を狙っていた訳じゃない。あくまでも偶発的なものだった。第一、女の身で深夜に怪しい人物を尾行する危険性を考慮していなかったのか」

その点を突かれると、多香美に反駁の余地はない。悔しいが宮藤の言う通りだ。

「この人が残した遺留品って何だったんですか」

「パチンコ玉」

「えっ」

「駅前のパチンコ屋がこいつの行きつけなのは知っているか。そのパチンコ屋の店名の入ったパチンコ玉があったのさ。こいつの指紋つきでな。綾香の死体が発見された際、関係者全員の指紋は採取済みだったから、すぐに照合ができた。問題は、何故現場に義父の指紋の付着したパチンコ玉が残っていたかだった。すると鑑識はパチンコ玉から指紋以外にも興味深いものを採取してくれた。何だと思う」

「さあ……」

「ごく微量の耳垢だった」

「耳垢?」

「それで説明がついた。パチンコ屋というのは騒音の巣だ。従業員の何割かは難聴気味になるくらいだからな。騒音に襲われるのは客も同様だから、常連になると携帯オーディオとかで騒音をマスキングしている。東良伸弘の場合は、そのマスキングの道具がパチンコ玉だった。打っている最中、パチンコ玉で耳の穴を塞いでいたのさ」

パチンコ玉――それで合点がいった。この廃工場の中でそんなものを探そうとすれば、確かに時間がかかる。しかし日中は人目があるので近づけない。それで一度ではなく二度三度と訪れざるを得なかったのだ。

「さっき、この人も少し言ってたんだけど……折角助けに来たっていうのに、その本人とどうしてかいがみ合いになって、挙句の果てには殺すなんて。その辺がよく分かりません」

「それについては本人に語ってもらうのが一番だろう。さて、語る気になったかな」

宮藤は地べたに転がった伸弘の傍らに腰を落とす。

「今、犯行動機を喋るか?」

くそったれ、と伸弘は返した。

「弁護士を呼んでくれ。そうでなきゃひと言も喋らん」

「ああ、そういえば賠償請求のために弁護士を雇うとか何とか言っていたな。いいだろう、呼んでやる。ただし状況は一変している。カネのかかる優秀な弁護士は諦めた方がいい」

二人の会話を聞いているうちに感覚がほぼ甦り、即座に口腔内がひりひりと痛み出した。

宮藤が出動要請したのだろう、やがてパトカーのサイレンが遠くから聞こえてきた。

殺人未遂の被害者ということで、多香美も事情聴取を受ける羽目になった。気分は最悪で夜も遅かったが、手首と口腔内にできた傷を治療した上での聴取、しかも担当が宮藤だったのがせめてもの救いだった。

既に深夜帯だ。これから事情聴取を受けるとなれば、定時出社できないかも知れない。そこで兵頭に連絡することにした。

『どうした？　こんな真夜中に……』

そのくぐもった言葉から、寝入りばなを起こすなという怒りが聞き取れた。だが多香美が伸弘に殺されそうになったこと、それをすんでのところで助けられたこと、そして現在は警察に保護されていることを説明すると、相手の口調は即座に豹変した。

『待て！　そのニュースはまだどこの社も嗅ぎつけてないんだな』

「ここに護送される途中、少なくとも他社の記者は見掛けませんでした」

『東良伸弘を尾行し始めてから襲われるまで、克明に再現できるな？』

「今からそれを警察官相手にする予定です」

よし、と兵頭は電話の向こう側で叫んだ。

『でかしたぞ。解放され次第、局に直行しろ。トップ扱いにして朝のニュースに間に合わせる。どうせだから捜査本部からありったけの情報を引き出してこい。そいつを被害者自らが報道する。こんなスクープはまたとない快挙だ。これで汚名返上、失地回復だ』

多香美の方も否やはない。これだけ実害を被ったのだ。それに見合った報酬がなかったら泣くに泣けないではないか。

事情聴取の段になっても、多香美から話すことは単なる事実確認に留まった。現行犯逮捕であり、目撃者は担当刑事だから多くを話す必要もない。ひと通り回答し終えると、早速こちらからの質問をぶつけてみた。

「東良伸弘の聴取も始まっているんですよね」

「ああ。直前まで弁護士を呼べと鼻息が荒かったが、今の己の経済力じゃあ国選に頼むのが精一杯だと悟ったらしい。現行犯で逮捕されたら冤罪もクソもないことを説明したら、やっと話し始めたよ」

宮藤の言葉をそのまま受け取る訳にはいかない。あれだけ世間を騒がせた――もっとも帝都テレビは勝手に踊っていただけだったが――事件の真犯人を、捜査本部が丁重に扱うはずもない。法律の許容範囲内で執拗かつ苛烈な尋問が行われたと考えるのが妥当だろう。

「綾香さんを殺した動機は何だったんですか」

「おいおい、聴取しているのはこっちなんだぞ。まさか攻守交替して、こっちから情報引き出すつもりか」

「今回の事件では、わたしは被害者です。だから当然、襲われた理由については知る権利があると思います」

「転んでもタダじゃ起きない、か。そういうしたたかさは里谷さん譲りだな」

宮藤は苦笑してみせたが、よく考えればこの男が笑うのを初めて見た。笑うと確かにいい男なので、少し腹が立った。

「まあ、被害者には知る権利があるというのはその通りだから、捜査に支障のない範囲で明らかになったことを喋ってやるよ」

いくらいい男でも、この物言いが全てを台無しにしてしまう。それでも宮藤の方から進んで話してくれるのを止める手はない。

「ひと言で言ってしまうと、東良家というのは家庭不和の末期状態だった」

家庭不和の片鱗は多香美も近所から訊いた。

「義父と綾香さんの折り合いが悪かったそうですね」

「あんたたちの言葉では折り合いが悪いと言うのか。あれはいがみ合っていると言った方が正しいんじゃないのか」

二年前、夫を交通事故で亡くした律子は、ほどなくして夫の部下だった東良伸弘を家に迎え入れ、やがて入籍する。律子本人に訊いた訳ではないが、連れ添いを亡くした女の空虚を埋めてくれる何かを伸弘は持っていたのだろう。

ところが娘の綾香は伸弘を拒絶していた。いや、それどころか憎悪すらしていた。物心つく頃から慣れ親しんできた垣内という苗字を捨てさせられ、異分子が家の中に居座った。初めのうちこそ母親に遠慮して波風を立てなかったが、日が経つにつれて面と向かって伸弘を罵るようになる。

「被疑者東良伸弘の供述によれば、まず家の中で顔を合わせても碌に挨拶をしない。こちらを見る目があからさまに蔑んでいると感じたそうだ。ただし、これは伸弘の方にも問題があって、母親はほぼ毎日働きに出ているのに、伸弘は多くて週に三日、しかも外出は大抵パチンコ屋、軍資金がなくて家にいる時は日がな一日テレビを観るかネットサーフィンをしているか。少なくとも一家の大黒柱という風じゃない。そんな姿を見せられて好感度が上がるはずもないし、多感な年頃の娘には、家の中でトドみたいにしている義父はヒモ同然に見えたのかも知れないな。綾香が家族と口を利かなくなり、ＬＩＮＥの人間関係にどっぷり嵌り込んだのには、そういう背景もあった」

　そして事件当日の七月二十三日がやってくる。

　綾香がＬＩＮＥ上で織川涼菜と会話している最中、涼菜が付き合っていた櫛谷友祐について不用意な発言をしてしまう。それに憤慨した涼菜が友祐に告げ口し、友祐は先輩の杉浦剛大と坂野拓海を巻き込み、やがて綾香は四人の待つ廃工場に呼び出される。

　綾香への暴行が始まり、集団心理と日頃のストレスが相乗効果となって四人の行為は暴走する。綾香はぐったりとして動かなくなる。この時点で四人は綾香がただ意識を失っただけだと思い込んでいた。これが二十三日午後九時のことだ。

「その時点で綾香は死んでいなかった。意識を取り戻した綾香は自宅に助けを呼んだ。だが母親はまだ仕事から帰っておらず、自宅の固定電話に出たのは伸弘だった。ＳＯＳを聞いて伸弘は廃工場に駆けつけ、綾香を介抱しようとする。だが信じていたＬＩＮＥの友人から手痛い裏切りに遭って傷ついた綾香はキレて、伸弘を罵倒し始める」

「ひどく汚い言葉で罵ったそうですね」

「その内容も伸弘は供述したんだが……汚いかそうでないかは本人の取り方次第だな。彼女はこう言ったそうだ。あんたなんか本当は呼びたくなかった。父親面しているけど、お母さんの収入に頼って生きているただの寄生虫じゃないかってな。他にもDQN（ドキュン）やらゴミ屑（くず）やら本人には耳の痛い言葉を吐いたらしい。日頃から劣等感を抱いていた人間が聞けば容易に逆上してしまう言葉だったんだろうな」

「劣等感……」

「結構いい大学を出て、最初は大手出版社に入社している。ところが希望とは畑違いの部署に回され、腐った挙句に退職。それがちょうどリーマン・ショックの頃だったんで再就職も覚束（おぼつか）ない。やっとの思いでありつけた仕事が自動車組立工場の、しかも契約社員。自分はエリートの一員だと自負していた伸弘にしてみれば毎日が恥辱の連続だったらしい。供述の最中も、自分という人間は不当に差別されている、本来は自動車の部品組立なんて仕事じゃなく、クールジャパンのコンテンツを世界に広めるのが自分の使命だとか何とか、まあ鼻息は相当荒かった」

　宮藤は物憂げに首を振る。

「最近はああいう被疑者が多くなったよ。承認欲求だか何だか知らんが、矢鱈（やたら）に今の自分は本当の自分じゃないとか訳の分からん理屈を言い出して、それが社会への報復だとかで犯行動機になっちまってる。今度の一件も、綾香の不用意なひと言をそのまま他人からの評価だと錯覚した伸弘が逆ギレしたってのがそもそもの動機だ」

　そして怒りに我を忘れた伸弘が発作的に綾香を絞殺する。これが午後十時前。

「綾香は薬品入りのプレートに顔を突っ込む。その際、伸弘はジャージを着ていたんだが、このジャージのポケットに入っていたパチンコ玉が弾みで現場に転げ落ちた。だが伸弘はそれに気づかず、そのまま現場を立ち去った。そこに杉浦たちが入れ替わりの形で戻って来る。自分たちのしたことに急に不安を覚えたからだが、何と綾香は死体となっていた。恐怖に駆られた四人は自分たちの犯行を晦ますためにその場で偽装誘拐を思いつき、綾香の自宅に電話を掛けた……と、これが一連の流れだ」

順を追って説明されると、多香美はひどく空しい気分に襲われた。

綾香の不用意なひと言が己の首を絞めてしまった。不用意なひと言に五人もの人間が過剰反応した。

憎しみともいえない憎しみ、動機ともいえないような動機で殺された綾香が急に不憫に思えてきた。

「綾香の事件が報道されるようになってから伸弘はパチンコ屋通いを中断していたんだが、杉浦たちが逮捕されて久しぶりに出掛けようとした。そこでポケットの中にあったパチンコ玉がなくなっていることに気づいた。後は君が体験した通りだ」

「被疑者は他に何か言ってますか」

「他にって？　綾香を殺したことへの後悔とか懺悔なら、今のところないな。自分が殺人を犯したのはあくまで綾香に罵倒されたせいで、自分には全く責任がない。あのまま罵倒され続けていたら自我が崩壊しそうだったから、あの殺人は正当防衛みたいなものだと主張している。それから自分をこんな立場に追い込んだのは、自分の才能と能力に嫉妬(しっと)した社会だと憤っている」

　宮藤は吐き捨てるように言う。

「これで君に対する事情聴取は終わりだ。もう遅いが、よければ署に泊まっていくか。留置場以外にも寝泊まりできる場所はあるんだぞ」

「折角ですけど、これから局に戻ります」

「……もしかして自分に降り掛かった災難をネタにするつもりなのか」

「もう、なりふり構っていられないんです」

　そうか、と呟くと宮藤は早く行けとばかりに手を払った。

　ADに降格されても兵頭の手際はさすがだった。多香美が局に到着すると、既に生中継の準備が整えられていた。

「いけるか」

　兵頭の問い掛けに頷いて応(こた)えると、多香美を加えた取材クルーは早朝にも拘(かか)わらず現場に向かうこととなった。

　午前七時少し前、当然のことながら廃工場付近に人影は見当たらない。朝陽(あさひ)に照らし出された廃工場はただうらぶれているだけで、暗闇の中に君臨していた時の禍々しさは今や微塵もない。

カメラを向けられた多香美は徐に語り始める。

「お早うございます、レポーターの朝倉です。先日不良グループが逮捕されて解決かと思われた東良綾香さん殺害事件でしたが、昨夜から今朝にかけて事態が大きく転回しました。事件の真犯人が現行犯逮捕されたのです。その現行犯の被害者はわたし朝倉多香美でした」

カメラは多香美の顔を捉えて微動だにしない。おそらくカメラはズームして自分を大写しにしている。長らく事件報道をしているが、事件の被害者をライブでこれほど近接に捉えたショットは珍しいのではないか。

「犯人は綾香さん殺害時に遺留品を残し、昨夜も現場でそれを探している最中でした。ところがその場をわたしに目撃され、逆上した犯人はわたしを殺害しようとしました」

多香美は包帯で巻かれた両手首を顔の前に掲げる。少々あざとい演出だが、これこそ被害者のみに許された特権だ。

「犯人は綾香さんの義理の父、東良伸弘容疑者でした」

ここで画面では伸弘の写真が大写しになっているはずだ。

「すんでのところで、わたしは犯人を尾行していた警察官に助けられて事なきを得ました。犯人の東良伸弘は現在捜査本部にて取り調べを受けている最中ですが、既に綾香さん殺害について関与を仄めかしている模様です」

これは言及してもいいだろう。宮藤という男は報道関係者にはひどく無愛想で情報も碌に出さないが、少なくとも確定していない事実を流すような真似はしない。里谷が煙たがりながらもあの男を信用していた理由が、やっと分かりかけていた。

「捜査本部は綾香さん殺害に至った経緯と動機について捜査を進めています。一刻も早い事件の全容解明が望まれます」

カメラマンが指でＯＫのサインを出す。

よし、第一報はこのくらいでいいだろう。詳細は順次現場から中継すればいい。他社が乗り込んで来る頃には、こちらは撤収した後だ。

多香美は肩を下げて深く息を吐いた。

モーニングタイムに放たれた〈真犯人逮捕〉のスクープは瞬く間にマスコミの間を席巻した。内容がネットに取り上げられ、ＳＮＳがこれに拍車をかける形で燎原の火のように拡大したのだ。

帝都テレビは朝のニュース番組の内容を変更して伸弘の逮捕報道に時間を割いた。

この時間帯は同じニュースを反復して伝えるのが定例だが、その度に現場の多香美はマイクを握り自分が体験した全てを細大洩らさず語った。当事者の証言は百万の憶測に勝る。時間を追うに従って帝都テレビの視聴率はうなぎ上りになっていった。
一方、他局は完全に出遅れた。主要レポーターは既に天気の中継や他の現場に回り、局に常駐しているスタッフが急ごしらえのクルーを廃工場に向かわせたが、多香美たちの撤収した後だった。証言者が他局のレポーター本人ではコメントを取ることも難しく、また捜査本部は真犯人逮捕を正式発表したばかりでその後は沈黙を守っている。各局の取材陣は人気のない廃工場を映すことしかできなかった。無論、東良宅に押し掛けた報道陣もいたが、こちらは天岩戸よろしく完全黙秘の状態だった。

翌日公表された視聴率に帝都テレビの関係者は湧いた。モーニングタイムからプライムタイムに至るまで、全ての報道番組は前日比十ポイントから十四ポイントまで上昇していた。無論同時間帯での他局を軽く凌駕する数字であり、この日ばかりは帝都テレビの独壇場といってよかった。

簑島報道局長は快挙だ、と〈アフタヌーンＪＡＰＡＮ〉社会部スタッフを手放しで褒め称えた。大誤報からの逆転劇だったので、痛快さも五割増しだ。人伝に聞いたところによれば、早くも局長賞の候補に多香美の名前が挙がっているのだという。

噂の段階ではあったが、多香美は心中穏やかではなかった。先の大誤報は自分の失敗だった。その責任を負って里谷は左遷され、兵頭たちも降格の憂き目に遭っている。それなのに怪我の功名でものにしたスクープで自分が局長賞をもらうなど、見当違いも甚だしいと思っていた。

それでも溜飲が下がったこともある。視聴率アップで、スタッフたちの士気が目に見えて上がったことだ。兵頭は言うに及ばず、その他のADや木澤社会部長の顔も明るい。視聴率至上主義の風潮に疑問を投げかける向きもあるが、報道は見向きされてこそ存在価値がある。丸一日、テレビを寡占状態にした事実はやはり放送局に勤める者には心地いい。

多香美が意外な人物から連絡を受けたのは、ちょうどそんな時だった。

突然、スマートフォンに着信があった。未登録の番号だったので一瞬警戒したが、聞こえてきたのは憶えのある声だ。

『今、いいか』

「宮藤さん！」

『テレビを観た。朝から大活躍だったな』

若干の皮肉はこの男にとって挨拶みたいなものだ。窮地を救ってくれた恩もある。多香美は苛立ちを抑えて「ありがとうございます」と返答した。

「わざわざ、それを言ってくれるために電話を？」

『いや、違う』

「まさか、事件について新しい情報を提供してくれるんですか」

すると電話の向こう側がいったん沈黙した。少し図々しかったかと反省しかけた時、返事があった。

『東良伸弘の供述調書は取れた。実況見分も近日中に行われる。警察としては事件はそれで終結だ。だが、それが全ての終わりじゃない』

妙に回りくどい言い方だと思った。

「どういう意味ですか」

『もうなりふり構っていられない、と言ったな。警察では公表できないことがある。法律では裁けないことがある。そいつを自分の目で見たいとは思わないか』

## 3

８０２号室のドアが開くと、律子が意外そうな顔で二人を出迎えた。

「え……あなたは帝都テレビの」

「すみません、東良さん。彼女とは今しがた偶然出くわしましてね。まあ、ご主人に殺されかけたという事情もありますから、ご容赦ください」

宮藤は有無を言わせぬ勢いで部屋の中に入る。確かに伸弘の行状を盾にすれば多少の強引さも相殺されるので、多香美を同席させるには格好の理屈だった。

「この度は東良がとんでもないことをしでかしまして……」

律子は申し訳なさそうに二人をリビングに招き入れる。

「わたしがお詫びしたくらいでは何にもならないと思いますけど、本当に朝倉さんには怖い思いをさせてしまって」

「いいえ、あの、大事には至りませんでしたから」

「それで今日はどんな御用で……まさか、主人のしたことで訴えられるとでも？」

「とんでもない」

被害を受けたのは多香美なのに、宮藤が代わって応える。

「ご主人の犯行ですからね。奥さんに責任を取って欲しいとは、彼女も考えていませんよ。なあ？」

強引に同意を求められ、多香美は仕方なく頷いた。

「あの、東良はこれからどうなるのでしょうか」

「供述で犯行を認めていますし、仮に過失致死を主張したとしても懲役は免れないでしょう。それがご心配ですか」

「いえ、どのみちあの人とは別れるつもりでいますから」

「ほう。つまり刑事裁判では被害者遺族として伸弘氏と対峙し、民事裁判では第三者になる、ということですか」

「卑怯だと思われるかも知れませんが、綾香を殺めた男と夫婦関係を続けていくことは不可能です」

「それはそうでしょうね」

「わたしって、本当に男運が悪いんです」

律子は二人の視線から逃れるように俯く。

「これでも若い頃には結構もてたんですよ、ええ。でも、不思議とわたしが選ぶ人は評判の芳しくない人が多くって。何なのでしょうね、わたしと世間との評価がズレているんですよ。その中で、最初の夫の垣内は珍しくわたしと世間の評価が一致した人でしてね。優しくて頼り甲斐のあるいい夫でした。ところが交通事故であっさり死んでしまって。運転していた若い男は任意保険にも入ってなかったんです」

「それじゃあ、賠償金も碌には払えなかったでしょう」

「はい。その人はパート社員でしたから充分な支払い能力もなく、垣内は死に損みたいなものでした。わたしたちにしたら、これから綾香も大きくなっておカネがかかるという時に大黒柱を失ったものだから、心細くてしょうがなかったんです。そんな時に現れたのが、垣内の部下だった東良です。夫を亡くしたばかりのわたしと綾香にとても優しかったものですから……でも、それもとんだ眼鏡違いでした」

律子は自嘲気味に嗤う。

「優しいのはよかったんですけど、それだけでした。変にプライドが高くて夢想家で。独立系の出版社を立ち上げて、出版業界の地図を塗り替えてやるんだと鼻息だけは荒かったんですが、その実していることはネットサーフィンとパチンコ屋通いでしたからね。今だから言いますけど、東良に生活能力は皆無でした。わたしより圧倒的に暇なのに、料理もしなければ炊事洗濯もしない。自分は男だから夫だからという理由だけで、家事はわたしがするものだと決め込んでいる。その癖、二言目には仕事の愚痴をこぼし、わたしの方が収入の多いことに嫌味を言う。学歴しか自慢するものがなく、自分の姿も大きさも勘違いしていた大人子供だったんですね。すぐに、頼る相手を間違えたなって思いました。でも、自分の目が曇っていたわけですから離婚することに躊躇があったんです。馬鹿ですよね、わたしも」

正面で聞きながら、同じ女として多香美は身につまされる。

女は男より賢い生き物だと思うが、それでも全ての女が正しい選択をする訳ではない。聡明そうで人生経験も豊富な女が、どうしてこんなヒモ紛いの男を選ぶのだろうかと不思議に思ったことも、一度や二度ではない。きっと色恋沙汰というのはそういうものかも知れないが、まだ好きになった男の数が片手で足りるほどの多香美には、律子を責める資格がないように思える。

「後悔ですか」

「二度目の結婚はわたしの夫ではなく、綾香の父親を選ばなければいけなかったんです。それなのに、あの二人は最悪の組み合わせでした。本当に、本当に悔やまれます。わたしがもっと早く離婚に踏み切っていたら、綾香も死なずに済んだし、東良も罪を犯すことはなかったのに……」

「それはどうでしょうか」

律子の苦悩など知ったことかという口調だった。

「綾香さんを手に掛けたのは確かに伸弘氏ですが、彼女の死んだ理由はそれだけじゃない」

「もちろんです。あの娘のＬＩＮＥを通じた友達付き合いにも問題がありました。でも、それだって家庭に問題がなければ、そんな訳の分からない交流も生まれなかったはずなんです。だから、やっぱりわたしの責任なんです」

「それもいささか見当違いのような気がします」

おや、と多香美は訝しむ。宮藤にしては珍しく厳しいことを口にするものだと思った。

「今日お伺いしたのは、伸弘氏の供述内容について補完するためです」

「補完？　でも東良は綾香を殺めた経緯も動機も全て話しているんじゃないんですか」

「本人が知っていることは全て供述しているでしょうが、知らないことは話しようがありません」

「あの、何を仰っているのか、わたしにはちょっと」

「具体的には綾香さんの言動なのですよ」

宮藤はわずかに身を乗り出す。

「知らせを受けて駆けつけた伸弘氏が介抱しようとすると、綾香さんはこんな風に言ったそうです。『あんたなんか本当は呼びたくなかった。父親面しているけど、お母さんの収入に頼って生きているただの寄生虫じゃないか』。それからＤＱＮともゴミ屑とも言っている」

「娘ながら恥ずかしいことだと思います。でも、それが何か？」

「いくら乱暴され、死の恐怖を味わったとしても、普通であれば救出に来てくれた者に感謝の念を抱くのが当然です。たとえば非行歴のあるような子供であればそうした反応も分からなくはないが、綾香さんにそういう前歴はない。クラスメートの証言を集めても、彼女がそんなに蓮っ葉な性格とも思えません。それなのにあの瞬間、どうして綾香さんはわざわざ伸弘氏の殺意を誘うような言動をしてしまったのか。あんなことさえ言わなければ、無事家に帰れたはずなのに」

「でも……こんなことを言うのは恥ずかしいのですけど、わたしも綾香の全部を知っている訳じゃありません。あの年頃の女の子は母親にも理解ができないところがあって」

すると宮藤は返事をする代わりに、懐から紙片を取り出した。

「これは綾香さんのスマホに残されていた通話記録です。これを見ると最後に彼女がかけた電話は自宅の固定電話です。時刻は午後九時二十二分。これが伸弘氏の取った電話です。やがて現場に伸弘氏が到着し、綾香さんと口論になり、これを殺害。その後、杉浦たちが様子を見るために現場へ舞い戻って来るのですが、杉浦たちがいったん立ち去った午後九時から最後の電話までの約二十分間、綾香さんは何度も何度も同じケータイに電話を掛けています。その数、実に連続二十四回。この事実が示しているのは、つまりこういうことです」

多香美は息を詰めていた。これは宮藤の口から初めて聞く事実だった。

「綾香さんは意識を取り戻してから同一人物に何度も助けを求めていた。二十分間、連続二十四回。しかし、その相手は遂に一度も電話に出ることがなかった。それでやむなく綾香さんは自宅の固定電話に連絡先を変更したんです。ところが電話に出たのは伸弘氏で、綾香さんの求めていた人物ではなかった。だから救出に来てくれても綾香さんは絶望したのです。助けて欲しかったのは別の人物で仲弘氏ではなかった。綾香さんが仲弘氏を口汚く罵ったのは、助けを求めた人物に裏切られたと思ったからです。そう、綾香さんが求め、何度も連絡を取ろうとした人物は律子さん、あなたでした」

多香美は声にならない叫びを上げる。

だが正面に座る律子は動じる様子もなく、ただ宮藤の顔を穏やかに眺めているだけだ。

「通話記録が残っているのなら、あの娘がわたしのケータイに掛けてきたのは事実でしょうね。でもわたし、夜はパートで働いているから、きっと出られなかったんでしょう」

「いいや。当日、あなたは九時ちょうどに仕事を終えてタイムカードを押している。それもパート先で確認しました。私服に着替えて帰宅準備をする間、あなたには電話に出る時間が充分にあった。でも、あなたは敢えてそれを無視した。それが結果的に綾香さんの首を絞めることになったんです」

「刑事さん、ずいぶんと想像力が豊かなんですね」

「想像、ですか」

「わたしが電話に出なかったくらいで絶望して、それで自棄になって東良に悪態を吐っいた……。まるで見てきたように仰るけど、それこそ何の証拠もないじゃないですか。まさか刑事さんは人の心が読み取れるんですか」

「年頃の女の子の心理はわたしだって分かりません。しかし人が絶望に至るプロセスは理解できます。クラスメートからは疎外され、数少ない友人と信じていたLINE仲間からは手ひどい暴行を受ける。そしてたった一人の味方と頼った母親は電話にも出てくれなかった。十六歳の少女が全てに絶望し、軽蔑していた者に悪罵を浴びせるのも無理からぬ話です。いや」

宮藤は言葉を切って律子を見据える。

「ひょっとしたら、伸弘氏に殺されることを覚悟した上で罵倒したのかも知れません」

宮藤が言い放つと沈黙が落ちてきた。

律子は尚も表情を変えずにいる。その口から次に何が語られるのか、多香美は瞬きもできなかった。

そして二人の睨み合いが数秒も続いた頃、律子がふっと短い溜息を吐いた。

「東良に生活能力がなかったために、わたしは昼も夜も働き通しでした」

許しを請うでも弁解するでもなく、あたかも世間話をするような喋り方だった。

「朝七時半に家を出て、夕方五時までスーパーで働き、いったん家に戻って家族の夕飯をこしらえてからハンバーガー・ショップのパート。帰ってくるのはいつも午後十時。そんな生活を二年近くも続けていれば、いい加減嫌にもなります」

その時、多香美の口から、叫びのような言葉がついて出た。

「仕事で疲れることと綾香さんからの着信を拒否することと、何か関係があるんですか」

多香美から質問されたのが意外だったのか、律子はわずかに眉を上げてみせる。

「高校に入学してから、ずっと綾香は問題児でした。クラスで苛められる度に早退してきて、部屋に籠もるし、勉強せずにスマホばっかり弄るようになるし、わたしとさえ会話しなくなるし、担任の樫山先生からは出席日数が足りないと小言を言われるようになるし……くたくたに疲れて帰って来た身に、そういう話は何より堪えるんですよ」

折角可愛がってやった猫が全然懐いてくれない——そんな口調だった。

「は、母親じゃないですか」

「あなたは母親になったことがあるの？」

律子は多香美をからかうかのように訊く。

「学校で問題を起こし、家の中では碌に口も利かなくなり、何を考えているのか全然分からなくなった娘を抱えながら、日がな一日働かされる母親の気持ちが分かるって言うの？　相談したくても、愚痴をこぼしたくても、五歳児のたわ言みたいな話を繰り返す亭主には何を言っても通じない。そんな女房の気持ちが分かるって言うの？」

反論してやりたいと思った。

だが多香美の唇は強張って開かない。

空気がひどく澱んでいる。

「一日の仕事が終わって家に帰る途中、娘から着信が入る。どうせ碌な用じゃない。わたしがそう思うのは、そんなに責められることなんですか」

終始穏やかな目。

不意に多香美は合点した。

これは感情の一部を放棄した人間の目だ。

辛いことから意識を遠ざけるために、回路を自ら切断した人間の目だ。

「刑事さん」

「はい」

「わたしがあの娘からの電話に出なかったことは、何か罪に問われるのでしょうか」

どこか勝ち誇ったような言い方だった。

思わず腰を浮かしかけた時、宮藤の腕に押さえられた。

「罪に問われるかどうかはともかく、あなたを裁く条文はありませんね」

「それなら安心しました」

「行こうか、朝倉さん」

「だって！」

「警察として確認したいことは確認した。もう、これで本当に終わりだ」

「碌なお構いもできませんでしたね」

「いや、充分でしたよ」

宮藤は多香美の肩を摑んで、押すようにしてリビングから退出する。

振り返るな、と囁(ささや)かれた。

「えっ」

「振り返ったら毒気にあてられる」

二人はそのまま東良宅を後にした。

頬(ほお)が外気に触れると、腐泥の中から抜け出たような気分になる。

矢庭(やにわ)に今まで抑えていた感情が喉元(のどもと)までせり上がり、多香美は廊下に突っ伏した。

止めようとしても止まらない。必死に口を押さえていても、獣の唸(うな)り声に似た嗚咽(おえつ)が後から後からこみ上げてくる。

何て自分は愚かだったのだろう。

いったい自分は何を見ていたのだろう。

綾香に真由の面影を追っているつもりでいたが、勘違いもいいところだった。

自分は犯人捜しと責任の追及だけに明け暮れ、綾香の心情などこれっぽっちも考えようとしなかった。ほんの少しでも想像力を働かせていれば、もっと早く真実に気づくことができたのかも知れないのに。本当は真由のような弱き者、声なき者の声を拾うのが自分の志だったはずなのに。

まだ若く、脆い魂の形を理解しようともしなかった。

嗚咽は更に激しくなった。

決壊した堤から止め処もなく熱い塊が流れ出て、ぼたぼたと廊下に落ちていく。

宮藤は慰めもしなければ、無理に多香美を立たせることもしない。ただ黙って横に立っているだけのようだった。

それが逆に有難かった。

翌日の正午少し前、多香美は再び廃工場の前でマイクを持って立っていた。

すっかりADが板についた兵頭が中継の合図出しをすべく、カメラの横でその刻を待っている。

スタンバイOK。

正午ジャストに〈アフタヌーンJAPAN〉が始まる。トップニュースは綾香殺害事件の続報と決まっていた。昨日のうちに新事実を伝えると、兵頭が持ち前の交渉力を発揮してトップに押し上げたのだ。

綾香の発見されたこの場所で、そして過ちのもととなったこの番組で決着をつけよう――それが多香美の決心だった。

正午。スタジオではキャスターが前振りを始めた頃だ。インカムを装着した兵頭が緊張の面持ちで多香美を見つめる。

そして兵頭のキューが出た。

正念場。

多香美は深呼吸を一つしてから話し始めた。

「レポーターの朝倉です。先日は殺害された綾香さんの義理の父親東良伸弘容疑者が逮捕されたことで、事件は解決に向かうものと報道がなされましたが、昨日、また新たな事実が判明しました。綾香さんは杉浦たちLINE仲間から暴力を受けた後、現場に東良容疑者がやってくるまでの間、親しい人物にずっとSOSを発信し続けていたのです」

発信先が律子であった事実を報道するのかどうかについては、放送直前まで会議が紛糾した。報道すべきだと主張する多香美と兵頭に対して、木澤社会部長をはじめとした新スタッフたちが律子からの訴訟を懸念して匿名を主張してきたのだ。

名前を出された律子が名誉棄損で訴訟を起こした場合、帝都テレビが勝てる確率は四割以下。それが法務部の見解であり、木澤たちの主張はそれに沿ったものだった。

「しかし、綾香さんのSOSは空しく届きませんでした。その人物にSOSを受け止めるだけの余裕がなかったからです。綾香さんは失意のうちに時を過ごし、やがて現場にやって来た東良容疑者と口論になり殺害されてしまいます。もしこの時、SOSがかの人物に届いていたのなら、この悲劇は起きなかったかも知れません」

ここまでが事件の報道になる。

だが、これに続く言葉は報道ではない。律子の名前を出さないことを条件に、多香美が捥ぎ取った五分間のスピーチだ。木澤たちには、〈事件を間近で追い続けてきた記者の感想〉と触れ込んだが、もちろん多香美の方にはありきたりな問題提起で終わらせるつもりなど毛頭なかった。

「事件報道のさ中、わたしたち帝都テレビは誤報を引き起こしてしまいました。まず、それを皆様にお詫びしなければなりません。わたしはその誤報の原因を作った一人でした。こうして事件が終結に向かっている今、わたしは何故誤報が起きたのかを改めて考えてみました。結論はすぐに出ました。わたしたちが報道のあり方を間違えていたからです」

現場スタッフの何人かが驚いていた。それも当然だろう。多香美が喋る内容を知っているのは多香美本人と兵頭だけだった。

「わたしは犯人捜し、真相の追及が報道の使命だと思い込んでいました。確かにそうした一面もあります。警察発表のみに頼らない独自調査と速報性、そして問題提起。でも、それを優先するあまり視野狭窄に陥ってしまいました。結果として招いたのは経験の浅さによる早合点と、扇情を売り物にした取材合戦です。そしてわたしたちの失敗は、そのまま今回の事件を引き起こした原因でもあります」

多香美は息継ぎをして、またカメラを見つめる。

「それは想像力の欠如です。心ない言葉を浴びせられた痛み、殴られた痛み、孤立する恐怖、無援の心細さ、自分の秘密を暴露される不安、軽口を叩いてしまった油断、そして仲間と信じていた者から暴力を受けた悲痛、たった一人の味方と信じていた者から裏切られた絶望。そうした諸々の感情を想像できさえすれば、今回のような事件は起きなかったかも知れません。同じことは報道する側だったわたしにも言えます。報道される側の不安、実名で容疑者扱いされる理不尽さ、それによって社会的信用を失墜させられる恐怖を想像すれば、もっともっと慎重になるべきでした。そしてまた、自分たちが無意識に行使している力の巨きさを認識するべきでした」

里谷はこの放送を見ているだろうか。

綾香と真由は聞いていてくれているだろうか。

「報道のさ中、わたしはある人からギリシャ神話のセイレーンに擬えられたことがあります。船乗りたちを魅力的な歌声で惑わす、あのセイレーンです。最近は一方向の放送だけではなく、双方向多方向とも言えるネット社会が市民権を得ているので昔ほどではないのでしょうが、それでも未だにマスコミは巨大な力を備えています。少なくとも船乗りたちを間違った航路に誘うだけの力は、です。力と責任は比例します。巨大な力を持つマスコミは、だからこそ報道した結果についても責任を負わなくてはなりません。そしてまた力をもった者がとるべき行動は、生贄を見つけて祭壇に捧げることでも、ずかずかと土足で他人の不幸に立ち入ることでもありません。人が、組織が、国が、同じ過ち同じ悲劇を繰り返さないように目を見開き、耳を澄ませることです」

傲慢を口走っているのは自覚している。これは一種の自爆テロだ。その証拠にスタッフのある者は驚愕し、またある者は緊張に表情を硬くしている。覚悟を決めているのは兵頭くらいだが、彼とても多香美のスピーチがどこに着地するのかは知る由もない。

ままよ。

たとえ直後にどんな処分が下されようとも、これを表明しなければ自分はこれから報道の世界で生きていくことはできない。誤報の被害者となった未空や赤城たちとその家族、そして綾香と真由に対して最低限のけじめをつけなければ、一人の人間として許されない。

「同じ過ちを繰り返さないために、誤った報道は直ちに訂正され、誤報した者は直ちに謝罪すべきです。絶えず自分と組織を疑い、決して驕らず、感情に訴えはしても感情に走らず、権力を手にしていても権力に阿ることのないように自らを律し続けなければいけません。ただ、どれほど高みを目指しても、またどこかで間違うかも知れません。でもその度に頭を垂れて初めからやり直します。視聴者の皆様から退場を命じられるまで、わたしは立場の弱い人々の声を拾っていきたいと思っています。以上、現場から朝倉が中継しました」

言い終わって頭を一つ下げると、期せずしてスタッフの中から拍手が起きた。

拍手したのは全員ではなく、ほんの二、三人だろう。それでも多香美は顔が火照るほど嬉しかった。

とうとう言ってしまった。

後悔と、それをわずかに上回る爽快感が綯い交ぜになっている。

空は憎らしいほど澄み渡っていた。多香美は空を押し上げるように、両手を高く伸ばす。局に戻れば早晩社会部長か報道局長から呼び出しを食らうだろう。正直、何を言われてもいい。だが報道の現場にしがみつく努力だけはしよう。好き放題を言ってそのまま消えてしまったら、ただの無責任女だ。

そして気がついた。

見慣れた男が腕組みをしたまま、中継車に凭れかかっている。

「宮藤さん」

仏頂面の刑事は片手を挙げて応えた。

「どうしたんですか、こんなところに」

「刑事に尾行や張り込みはつきものだ」

いきなり何を言い出すのかと思った。

「対象者から身を隠すのに一番好都合なのはクルマの中か道路側に窓のある喫茶店だ。だから喫茶店の位置はすぐに把握するようになる」

「何のことです」

「この辺一帯は尾行で何度も通っている」

「だから、いったい何のつもりなんですか」

宮藤は口をへの字に曲げた。

「近くに美味いコーヒーを飲ませる店がある。今から付き合わないか」

（了）

# 解説

## リアルに迫るメディアの現場

池上　彰

事件の容疑者が浮かぶ。なぜメディアの人間は、その人物を追いかけるのか。悲惨な事件の被害者の遺族に、なぜメディアは群がるのか。なぜ特ダネ合戦に血道を上げるのか。

この本は、そんな根本的な問題をいくつも提起している。長年メディアに身を置いてきた私としては、読んでいて息苦しくなる場面が多々あった。

実は私もかつては放送局の社会部記者。里谷太一や朝倉多香美と同じ立場だった。地方勤務を経て入社七年目に東京の報道局社会部に配属。その年は渋谷警察署に詰めて、渋谷、世田谷、目黒の九つの警察署をグルグルと回っては事件の情報を集めていた。経験豊富なデカ（刑事）にとって、青臭い若造の記者の料理など朝飯前。あるいは、全国各地の支局で特ダネ記者と恐れられた実績を買われて東京に異動してきたライバルの新聞記者たちとの特ダネ競争。神経をすり減らす毎日だった。

さらに翌年から警視庁捜査一課を二年間担当することになった。本書に出てくる

「警視庁記者倶楽部」に所属したのである。数多くの殺人事件を取材し、地方で発生した誘拐事件の取材にも駆り出されたので、「誘拐事件」発生の発表や報道協定の結び方、あるいは解除方法など、かつての経験を思い起こしながら読むことになった。

　誘拐事件が発生すると、報道協定が結ばれるが、これは警察とメディアの間で結ばれるわけではない。あくまでメディア同士の間で結ばれるものだ。警察権力となれ合いで協定など結ぶものではないというメディア側の矜持なのだろう。「メディア同士で報道協定を結び、被害者の安全に配慮して、報道を控えるから、警察は事件の経緯を細大漏らさず発表してほしい」と申し入れるものだ。

　被害者の無事が確認されたり、遺体で見つかったりすると、報道協定は解除。協定締結中に警察が発表していたものが一挙に報道される。

　とはいえ警察だって、「細大漏らさず」発表するわけではない。容疑者の身柄を確保したときに、犯人しか知らない詳細を確認するために、敢えてメディアには発表しないこともあるからだ。

　一方、メディアの側からすれば報道協定が解除されたら直ちに報道したい。そこで、なんとか被害者の自宅や誘拐現場に近づいておきたい。でも、犯人に知られたら大変だからすぐ近くまで行くわけにはいかない。捜査中の捜査員に見つかったら「報道協定破りだ」と指弾されてしまう。里谷と多香美が恐る恐る車で団地に近づくのは、そういう事情だ。

私が取材した幼稚園児誘拐事件は、残念ながら被害者が遺体で発見された。遺体の解剖が行われる間、壁ひとつ隔てた外で結果がわかるのを待ち構えていた。可愛い盛りの我が子が殺害された親の無念を伝えようと決意して立っていたのだが、その一方で、「なぜここまでする必要があるのだろう」と自問自答していたことも事実だ。

本書では、被害者の交友関係をめぐって次々に新事実が判明し、里谷も多香美も翻弄されながら事件の真相に切り込んでいく。真実と見えたことが覆されていくストーリーの躍動感を味わっていると、そこに「視聴率がすべて」としか考えていないようなプロデューサーが登場し、話は事件取材とメディア倫理のあり方が交錯していく。視聴率とスポンサーに気を使う民放の現実が、そこにはある。

「許可されない場所へ当然のように乗り込んで行く」と捜査員に非難された多香美の発言は、次のようなものだった。

「許可されない場所には大抵真実が隠されています。わたしたちには大衆にそれを伝える義務があります。大衆にも知る権利があります」

なんと青臭いセリフだろうか。大衆という呼び方からして上から目線。こんな言い方をするからネットで「マスゴミ」などと謗られてしまうのだ。

とはいえ、「国民の知る権利に奉仕するのが我々の仕事だ」と私も新人記者の研修で先輩記者から諭され、その思いはいまも変わらない。しかし、記者の仕事は苛酷だ。悲惨な現場を見て狼狽えた多香美に対し、里谷はこう語る。

「死体の醸し出す独特の死臭、おぞましさ、やり切れなさ。そういうリアルを知らなけりゃ、どんな取材をしたって嘘になる」

作者の中山さんは、記者経験がないだろうに、どうして作中人物に、こんなリアルな発言をさせることができるのだろうか。

私も数多くの死体を目撃し、「独特の死臭」を何度も嗅いだ。暴力団にも囲まれた。大規模な火災現場では、黒焦げの遺体が多数並ぶ空き地の横でマイクを握って中継した。ソープランド嬢殺人事件の被害者を取材しようとして、女性が勤めていた店を片っ端から聞き込みに歩いた。人質事件の被害者を取材しようとして、家族の怒りを買ったこともある。殺人事件の犯人に警察より先に接触し、後で捜査員から事情聴取を受けたこともある。事件をめぐる人間模様のやりきれなさも数多く知ることになった。

そんなリアルを知ってこそ、事件取材が可能になるのだろうが、事件現場で私は次第に口数が少なくなった。

ところが、多香美の取材相手の捜査員は、こうも言い放つ。

「君たちがいつも声高に叫ぶ報道の自由・国民の知る権利とかいうのは」「君たちにとっては錦の御旗なんだろうが、その旗の翻る下でやっているのは真実の追求でも被害者の救済でもない。当事者たちの哀しみを娯楽にして届けているだけだ」

この言葉に多香美は打ちのめされる。どこかに認めてしまう事実があるからだろう。

そんな多香美に、里谷は、こう話す。

「どんな商売でもそうだろうが、その道に進もうとしたきっかけや動機に立ち戻ってみる。駆け出しの頃だから業界の常識に洗脳されてもいない。会社の社是も知らない。自分がいったい何のためにテレビの仕事をするのか、自分はこの世界で何を実現したかったのか、頭にあるのはそのことだけだったはずだ。それを思い出すだけで、案外霧は晴れていく」

この言葉、私も若い頃に聞きたかった。

読者は、多香美の頼りなさと青臭さに辟易しながらも、やがて報道記者としての成長を目撃するだろう。事件の真相は二転三転。報道記者にとって最悪の誤報も生まれ、読者は推理小説の醍醐味を味わうが、この書は若き女性の成長の物語でもあるのだ。

それにしても中山七里氏の作品の多様さ・多作さには驚く。題名に必ず音楽用語が使われる岬洋介シリーズや、各種の曲が書名になる御子柴礼司シリーズ、ヒポクラテスシリーズなど、それぞれ生き生きとした会話を楽しみながら独特の世界に引き込まれていく。それはまるで人間をたぶらかすセイレーンのような魅力を持っている。

驚かされるのは、それだけではない。なんと著者は二〇二〇年がデビュー一〇周年であることから、出版社一二社から毎月一冊ずつ新作を出版するという一大プロジェクトを始めたのだ。なんという発想。ライバルの出版社がこぞって賛成してこそ実現するプロジェクトだ。それだけ作者は編集者たちから愛されているのだろう。私の書棚にも増えていく岬洋介やヒポクラテス。ただ、一二社の中に小学館の名前がないのは、どうしたことか。きっと一三番目は小学館であろうと勝手に推理しておく。

二〇二〇年七月

（いけがみ・あきら／ジャーナリスト）

―――本書のプロフィール―――

本書は、二〇一六年十一月に小学館から刊行された同名小説を加筆改稿して文庫化したものです。この物語は、二〇一四年九月以前の日本を舞台にしたフィクションです。

小学館文庫

# セイレーンの懺悔（ざんげ）

著者　中山七里（なかやましちり）

二〇二〇年八月十日　初版第一刷発行
二〇二三年十月二十二日　第三刷発行

発行人　石川和男
発行所　株式会社　小学館
〒一〇一-八〇〇一
東京都千代田区一ツ橋二-三-一
電話　編集〇三-三二三〇-五六一六
販売〇三-五二八一-三五五五
印刷所――大日本印刷株式会社



この文庫の詳しい内容はインターネットで24時間ご覧になれます。
小学館公式ホームページ　https://www.shogakukan.co.jp


ISBN978-4-09-406795-8